Werner J. Egli • Die Rückkehr des Kirby Halbmond

cbt

Foto: © privat

DER AUTOR

Werner J. Egli, 1943 in Luzern geboren, lebte lange Zeit in den USA, die im Mittelpunkt vieler seiner Romane stehen. Für sein Gesamtwerk wurde er 2002 für die Hans-Christian-Andersen-Medaille nominiert. Neben zahlreichen Taschenbüchern bei OMNIBUS und cbt erschienen zuletzt seine Jugendromane »Blues für Lilly« und »Aus den Augen, voll im Sinn«. Weitere Informationen zu Werner J. Egli und seinen Büchern im Internet unter:

www.egli-online.com

Werner J. Egli im Urteil der Presse:

»Es kommt im Leben nicht so sehr darauf an, was man erlebt, sondern wie man es erlebt. Und ob man es erzählen kann. Egli kann es.«

Frankfurter Allgemeine Zeitung

»Die Unmittelbarkeit, mit der Egli die Fremdheit in einer fremden Welt schildert, ist beeindruckend und erinnert an die Tradition klassischer Abenteuerbücher.«

Süddeutsche Zeitung

»Spannung und sprachliche Präzision ...«

Neue Zürcher Zeitung

Mehr von Werner J. Egli bei cbt:

Heul doch den Mond an (30039)
San Antonio Blues (30040)
Jamaica Charlie Brown (30041)
Der Fremde im Sturm (30043)
Der Ruf des Wolfs (30044)

Weitere Titel sind bei OMNIBUS und im C. Bertelsmann Jugendbuch Verlag erschienen.

Werner J. Egli

Die Rückkehr des Kirby Halbmond

cbt

Band 30042

cbt – C. Bertelsmann Taschenbuch
Der Taschenbuchverlag für Jugendliche
Verlagsgruppe Random House
München Berlin Frankfurt Wien Zürich

www.bertelsmann-jugendbuch.de

Umwelthinweis:
Dieses Buch wurde auf chlorfrei gebleichtem Papier gedruckt.

Erstmals als cbt Taschenbuch Mai 2002
Gesetzt nach den Regeln der Rechtschreibreform

Umschlagkonzeption: init. büro für gestaltung, Bielefeld
bm · Herstellung: Peter Papenbrok
Satz: Uhl + Massopust, Aalen
Druck: Clausen & Bosse, Leck
ISBN 3-570-**30042**-0
Printed in Germany

10 9 8 7 6 5 4 3 2 1

Inhalt

1. Kapitel

Ein See voll mit Whiskey

Wenn ich an meinen Vater denke, versuche ich meine Gedanken über die Pfade zu lenken, die hinausführen zum Stone Creek, über die alte Brücke und durch den Wald im Tal, wo unsere Vorfahren begraben liegen. Ich gehe an seiner Seite und versuche so sanft und leise aufzutreten, dass nichts von mir zurückbleibt, kein Geräusch, keine Spur, nicht einmal mein Atem in der klaren kalten Luft. Manchmal ist Marvin dabei, mein älterer Bruder. Wir gehen unsere Fallenstrecke ab. Es ist Frühling. Der Boden unter dem weichen Schnee ist noch gefroren. Die Sonne scheint warm an den Südhängen herunter ins Tal, in dem Schmelzwasser von den Ästen der Fichten tropft. Die Fallen sind voll. Wir häuten die Bisamratten an Ort und Stelle, binden die Felle zusammen und tragen sie in Bündeln auf unseren Rücken. Wir gehen langsam das Tal hoch, bis zu den Quellen des Stone Creek, und dort lagern wir und die Nacht ist eiskalt und klar, so klar, dass der Himmel aussieht wie das blaue Tuch, das Mutter unter den Weihnachtsbaum legt und das sie ganz mit Glimmer bestreut, bevor sie unsere Geschenke auslegt.

Und am nächsten Tag gehen wir weiter, Vater geht voran, die kahlen Hügel hoch bis zu jener Stelle, von wo wir das weite Tal des Bear River sehen können, das sich bis zu einer mächtigen Bergkette hin ausbreitet. Hier oben, wo der Wind frei über den Grat hinwegfegt, setzen wir uns hin und mein Vater sagt: »Es ist Frühling. Bald kehren die Karibus zurück.«

Das ist alles, was er sagt. Aber es sind nicht seine Worte, die mich glücklich machen, es ist das Gefühl, dass der lange Winter endlich vorbei ist, und ich verliere die Furcht, die in meinen Alpträumen entstanden ist, die Furcht, dass eines Tages nichts mehr so sein wird, wie es jetzt ist. Die Karibus kehren zurück. Ich blicke in die Talebene, wo die Tümpel noch mit Eis bedeckt sind, aber hier und dort glitzern die Wasser der vielen kleinen Bäche, die dem Bear River zufließen, sich in ihm vereinen und ihn zu einem großen starken Fluss werden lassen. Ich blicke in die Ferne nach Süden und ich weiß, woher sie kommen und wo sie auftauchen werden, aber sie sind noch nicht zu sehen.

Mein Vater nimmt seine Flasche aus dem Rucksack und trinkt. Die Furcht kehrt sofort zurück und vielleicht spürt er es, denn er steht auf und sagt, dass es Zeit ist, nach Hause zu gehen. Wir verlassen den Grat und ich sehe mich noch einmal um und ich wünschte, wir könnten für immer hier bleiben.

Mein Vater sagte mir einmal, als er zufällig nüchtern war, dass der Weg eines Menschen vorbestimmt ist und es sich nicht lohnt, über gewisse Dinge, die einem im Leben passieren, Schlaf zu verlieren. Ich kann nicht behaupten, mein Vater sei eine Leuchte in Sachen Lebenserfahrung gewesen, letztlich trank er sich zu Tode, aber in diesem Fall muss er Recht gehabt haben. Wie sonst wäre es zu erklären, dass sich mein Weg mit dem Weg von Lester Kinsley oder William McGill kreuzte. Ein Zufall war es bestimmt nicht.

Gelegentlich fragen mich Weiße, die von nichts eine Ahnung haben und für die die letzten Abkömmlinge eines Naturvolkes so etwas wie aussterbende Exemplare einer urweltlichen Lebensform sind, warum ich Kirby Halfmoon heiße. Zu Deutsch bedeutet das Halbmond. Und gelegentlich, wenn ich wirklich Bock darauf habe, erzähle ich ihnen folgende Geschichte:

Mein Vater hieß Halbmond, mein Großvater hieß Halbmond. Und mein Urgroßvater hieß Vollmond, aber dann hat ihm einer beim Zweikampf mit dem Tomahawk den Schädel gespalten, mitten durch, und sein Kopf fiel in zwei Hälften auseinander und fortan nannte man uns Halbmond. Für die Weißen ist das natürlich eine überwältigende Geschichte, die ich nach Lust und Laune ausschmücken kann, aber meistens bleibe ich ziemlich sachlich, weil zu fürchten ist, dass mir sonst noch irgendwann einmal ein Zuhörer wegen den Augen, die aus den Höhlen quellen oder wegen dem Blut oder irgendwelchen Gehirnteilen, die dem gespaltenen Schädel entweichen, in Ohnmacht fällt. Die Geschichte ist natürlich erfunden.

Ich bin ein Indianer. Mein Vater war ein Indianer und mein Großvater auch. Meine Großmutter war weiß. Ich verstehe nicht, warum mein Großvater sie geheiratet hat. Ich hätte das an seiner Stelle bleiben lassen. Dann wäre mein Vater nicht geboren worden und er hätte sich auch nicht zu Tode saufen können.

Manchmal, wenn ich alleine bin, irgendwo in den Wäldern oder auf der Karibuebene, wo wir früher Fallen zum Fang von Bisamratten ausgelegt hatten, denke ich über mein Leben nach. Das bringt zwar nichts, aber schaden tut's auch nicht. Die Erinnerungen an meinen Vater sind zwar in letzter Zeit ein wenig blasser geworden, aber ich sehe ihn noch genau vor mir, wie er manchmal heimkam, die Hose voll, weil er zu betrunken war, um irgendwo auf die Toilette zu gehen oder sein Geschäft hinter einem Busch zu verrichten. Sein Gesicht war ein aufgedunsener Schwamm, voller Löcher, mit einer geschwollenen Kartoffelnase mittendrin und zwei kleinen wässerigen Augen, in denen sich selten etwas anderes spiegelte als Leere. Nicht eine Leere wie, zum Beispiel, der Himmel ohne Wolken oder eine Leere wie in einem tiefen schwarzen Teich im Wald, sondern eine vollkommen leere Leere.

Meine Mutter hatte andere Augen. Voller Wärme. Wenn ich an meine Mutter denke, fängt mir meistens das Herz an wehzutun. Richtig weh. Und manchmal gerate ich unweigerlich in diese Stimmung, die mich fix und fertig macht, und damals, als ich in der Stadt war, wollte ich jedes Mal am liebsten sofort meine Sachen zusammenpacken und nach Hause gehen.

Ich ging natürlich nicht nach Hause. Was sollte ich dort? Nicht einmal das Dorf existierte mehr. Unser Dorf. Die Kirche und alles. Die Kneipe, in der mein Vater sich langsam zu Tode soff. Das kleine Schulhaus, dessen Bretterwände wir Schüler in Fronarbeit mit himmelblauer Farbe angestrichen hatten, die Fensterrahmen und Dachränder weiß. Alles war verschwunden. Alles lag in der Tiefe eines Stausees, die Gräber hinter der Kirche auch, das Kreuz, auf dem der Name meines Vaters stand, James P. Halfmoon, und das Grab meines Großvaters und das Grab meiner kleinen Schwester Belinda, die an einer Lungenentzündung gestorben war, kurz bevor sie drei Jahre alt werden konnte.

Der Staudamm war von der LK-Baufirma gebaut worden. LK stand für Lester Kinsley. Ich sah Lester Kinsley nur ein einziges Mal in unserem Dorf, als er nämlich mit seinem Privatflugzeug auf dem neuen See landete. Zur

Einweihung des Staudammes, der zu Ehren eines alten Trappers und Pfadfinders der Hudson Bay Company Jim-William-Damm hieß. Kinsley hielt im neuen Gemeinschaftssaal eine Rede. Ich war dort. Das Beeindruckendste an Lester Kinsley war seine Tochter Amanda. Er stellte sie den ganzen Dorfleuten vor, indem er sie auf die Bühne holte.

»Das ist mein ganzer Stolz«, sagte er. »Meine Tochter Amanda!« Ich weiß bis heute noch nicht, warum dem Damm nicht der Name Amanda gegeben worden war.

»Den Damm habe ich zu Ehren meiner Tochter gebaut«, hatte Kinsley damals gesagt. »Ihr und den anderen jungen Leuten im Saal gehört die Zukunft unseres Landes!«

Mir zum Beispiel. Ich war vielleicht ein Jahr älter als Amanda. Mir und ihr gehörte die Zukunft. Am liebsten hätte ich es sogleich ausprobiert, aber sie war ein Mädchen aus den so genannten besseren Kreisen, während ich mein Geld mit dem Fang von Bisamratten verdiente.

Ich weiß nicht mehr, ob ich in die Stadt ging, weil ich hoffte Amanda dort wieder zu sehen oder ob ich einfach mal sehen wollte, wie Leute vom Schlag eines Lester Kinsley lebten. Nun, vorerst blieb ich noch zu Hause. Die Regierung hatte uns ein neues Dorf hingestellt. Am Ufer des Sees. Die Lebensbedingungen werden besser, versprach man uns. Die Elektrizität bekommt ihr selbstverständlich gratis. Die Fischrechte gehören euch. Das Wasser wird jahraus, jahrein zum Verschwenden da sein. Der See wird dieses Land in ein Freizeitparadies verwandeln. Motorboote sollt ihr haben. Segeln sollt ihr können wie die reichen Pinkel mit den weißen Schuhen und den Goldketten um den Hals. Wasserski soll euer Zeitvertreib werden.

Wasserski!

Ich konnte das nicht aushalten. Meine Mutter merkte es. Sie hatte Angst um mich. Sie dachte, ich würde hingehen und den Staudamm in die Luft sprengen. Aber ich hatte kein Dynamit und kein TNT und nichts. Ich hatte nur eine schreckliche Wut im Bauch, weil plötzlich nichts mehr stimmte. Der See machte alles kaputt. Das Wetter änderte sich. Der Wind wehte nun volle Pulle über die Wasseroberfläche und fegte sozusagen mit Anlauf durch das neue Dorf und die Wälder. Es wurde kälter, als es jemals war. Merkwürdige Pflanzen begannen zu wachsen. Überall. Zuerst am Ufer des Sees, dann in den Wäldern. Im Sommer gab es häufiger Gewitter als zuvor. Blitze schlugen in den See und in die Wälder. Dann brannte es. Es begann am Hang des Pilot Hill, einem dicht bewaldeten Hügel hinter dem Dorf, auf dem man einen Fernsehumsetzer errichtet hatte. Das Feuer breitete sich schnell aus. Es bedrohte das neue Dorf. Alle Leute wurden evakuiert. Die Feuerwehren kamen nicht gegen den Brand an, obwohl Hubschrauber eingesetzt wurden und riesige Bulldozer. Der Himmel über dem Land war schwarz. Ich dachte, jetzt geht endlich die Welt unter und die Prophezeiung von James P. Halfmoon wird wahr. James, der Säufer, hatte nämlich einmal kundgetan, dass die Menschen dümmer sind als die dümmsten Viecher und sie deshalb eines Tages mit dem Ast in die Tiefe sausen, an dem sie schon all die Jahre mit bornierter Vehemenz herumsägen. Aber noch war der Tag nicht gekommen, und als, wie durch ein Wunder, der Wind plötzlich drehte, blieb unser neues Dorf in seiner ganzen Trostlosigkeit von dem Feuer verschont und James, der Säufer, entstieg nicht dem See wie ein erzürnter Gott aus der Geisterwelt. Das Feuer fraß sich durch die Wälder nach

Osten, durch die Täler und über Hügel hinweg auf die Berge zu. Es war nichts zu machen. Tausende von Hektar brannten. Nach einigen Wochen war das Land verwüstet. Voll mit verkohlten Baumstümpfen, wo einmal die Bäume so dicht gestanden hatten, dass die heiße Sommersonne die Erde niemals austrocknen konnte.

Es war nicht mein Land, aber ich liebte es.

Es war nicht mein Wald, aber in ihm hatte ich mich sicher gefühlt.

Es ist nicht einmal mein Himmel, aber wenn ich heute zu ihm aufblicke, bin ich dankbar, dass ihn noch niemand besitzt und zerstören kann.

Ich hasste den Staudamm und den See. Ich hasste meinen Vater, der nichts dagegen unternommen hatte, als die Regierung ihn fragte, ob er den See wollte oder nicht. Mein Vater wollte den See. Ein See voll mit Whiskey, hörte ich ihn auf einer der vielen Versammlungen grölen, die in unserem himmelblauen Schulhaus abgehalten wurden.

Nach dem Brand ging ich weg.

Es war in einer kalten Nacht.

Der See lag unter einer dicken Eisdecke.

Die elektrischen Leitungen, die vom Tal herauf zum neuen Dorf führten, summten. Der Geruch von Holzfeuern lag in der Luft. Einige Leute hatten noch einen richtigen Ofen. Aber die meisten heizten ihre Häuser mit Elektrizität.

Ich verabschiedete mich von niemandem. Nicht einmal von meiner Mutter. Und auch nicht von Laura, die ich einige Tage zuvor auf dem Pilot Hill zum ersten Mal geküsst hatte. Ich wollte nicht noch einmal in Lauras Augen sehen und ein schlechtes Gewissen kriegen, nur weil ich ihr in jener Nacht auf dem Pilot Hill möglicherweise das Herz gestohlen hatte.

Ich sah auch meine Brüder und Schwestern nicht mehr. Marvin war im Busch auf seiner Fallenstrecke. Robert trieb sich rum. Er war wild geworden. Unberechenbar. Niemand kam an ihn ran und meine Mutter fürchtete großes Unglück.

Philip, der Kleine, schlief in Marvins Bett. Ich schaute kurz in sein Zimmer. Da lag er, halb aufgedeckt, auf dem Bauch, den Daumen im Mund. Ich machte die Tür leise zu.

Melanie schlief bei meiner Mutter im Elternbett, seit mein Vater tot war, und Andrea hatte ein Zimmer für sich, weil sie älter war und furchtbar eigenwillig.

Es war kurz vor Mitternacht, als ich das Haus verließ. Blue wurde wach. Ich wollte, dass er zurückblieb, aber er begleitete mich. Wahrscheinlich dachte er, ich ginge auf die Jagd. Oder zu unserer Fallenstrecke am Bear River, wo im Sommer die Karibus ihre Jungen zur Welt brachten. Blue und ich waren fast immer zusammen gewesen. Ich blieb einige Male stehen und versuchte ihn nach Hause zu schicken. Es nützte nichts. Er setzte sich nur hin und blickte mich von unten herauf schief an. Er konnte nur ein Ohr aufstellen, das andere hing ihm lose herunter.

Ich ging am alten Trading Post von Francis Leroux vorbei, als es schon nach Mitternacht war. Da im Haus noch ein Licht brannte, wollte ich eigentlich schnell hineingehen und dem alten Franzosen zum Abschied die Hand geben, als ich jedoch durch ein Fenster in seinen Laden blickte, sah ich ihn auf dem Sofa liegen, halb mit einem Bärenfell zugedeckt. Er schlief. Sein Arm hing leblos herunter. am Boden lag eine leere Whiskeyflasche. Sein Gesicht war aufgedunsen und gerötet. Im Kamin brannte kein Feuer und so dachte ich, dass er im Vollrausch ohnmächtig geworden war und vielleicht den Winter nicht überleben würde. Eigentlich war ich beinahe sicher, dass ich ihn nicht lebend wieder sehen würde, falls ich überhaupt jemals hierher zurückkehrte. So ging ich weiter.

Blue folgte mir die ganze Nacht und am nächsten Tag bis zum Mittag. Ich gab ihm nichts zu fressen. Ich wollte nicht, dass er bei mir blieb. Am Mittag setzte ich mich unter einem schneebeladenen Baum hin. Es war sehr still, doch ich wusste, dass einige Meilen weiter im Westen, jenseits einer lang gezogenen Hügelkette, die Überlandstraße vorbeiführte. Blue, der in einiger Entfernung von mir stehen geblieben war, schaute mich an. Dann blickte er den Weg zurück, den wir gekommen waren. Mindestens zehn Minuten lang war er unschlüssig. Schließlich, als ob ihn jemand gerufen hätte, lief er auf unserer Fährte davon. Ich blickte ihm nach, bis ich ihn nicht mehr sehen konnte.

Wie ich schon sagte, außer wenn ich an meine Mutter dachte, verspürte ich eigentlich nie das Bedürfnis, nach Hause zurückzukehren. Genau genommen hatte ich nämlich gar kein Zuhause mehr, seit das alte Dorf in Kinsleys Stausee untergegangen war. Früher dachte ich, das alte Dorf lebt unter Wasser weiter. Mit allen Toten, die wir im Laufe der Zeit begraben hatten. Die Toten sind alle auferstanden und leben nun unter Wasser im alten Dorf, und mein Vater geht jeden Tag in die Kneipe und säuft, und Curly Bill Baker, der vor vielen Jahren am Glenrose Creek Gold entdeckt hatte, hockt vor seiner Hütte auf der Bank, den zerfetzten Schlapphut auf dem Kopf, und raucht genüsslich seine Pfeife. Und die fette Marybelle bedient die Kunden in ihrem kleinen Laden, blättert mit ihnen die neuen Versandhauskataloge durch, die Pete McCafferty, der beste Buschpilot unserer Zeit, im Postsack von der Stadt herüberflog. Wöchentlich zweimal war der Postsack gekommen, bis zu jenem Tag im November vor sieben Jahren, als sich Pete McCafferty in einem Schneesturm verschätzte und gegen den Springwater Peak flog. Im letzten Moment gelang es ihm zwar noch, die Nase seiner Piper Archer hochzuziehen, aber das war das Letzte, was Pete McCafferty in seinem Leben tat. Das kleine, vom Wind gebeutelte Flugzeug prallte bäuchlings gegen einen steilen Geröllhang, direkt unter der Bergspitze, und im Frühling, als es endlich gelang, dort hinaufzukommen, fand man Pete McCafferty im Cockpit eingeklemmt und man brachte ihn ins Dorf und beerdigte ihn hinter der Kirche, und anstelle eines Kreuzes steckte man ein Stück des Propellers seiner Piper Archer in den neuen Grabhügel.

Ich konnte sie mir alle vorstellen, die Seelen des alten Dorfes, wie sie dort unten in der Stille des tiefen Wassers umhergeisterten, froh, dass sie nicht mehr unter uns waren und nicht mehr mit ansehen mussten, wie ihre alte Welt langsam zu Grunde gerichtet wurde.

Nein, ich hatte keinen Bock, dorthin zurückzugehen, wo ich einmal zu Hause gewesen war. Der See hatte meine Welt zerstört. Dafür kannte ich als Einziger sein Geheimnis, denn ich gehörte mehr zu Pete McCafferty, Marybelle und Curly Bill Baker als zu denen, die noch nicht begraben waren.

2. Kapitel

Ein Elch für Chestnut Charlie Clark

Dreieinhalb Jahre lebte ich in der Stadt, mehr als dreihundert Meilen vom See entfernt, der ebendiese Stadt mit Elektrizität versorgte.

Es gibt Leute, die behaupten, dass die Stadt Kinsleys Stadt ist. Auf den ersten Blick scheint es so. Kinsley ist der Besitzer des größten Hotels, des Ambassadors. Kinsley gehört eine der Banken, nämlich die North-West National Bank, kurz NWN genannt. Kinsley besitzt die Ford-, Lincoln-, Mercury-Niederlassungen, die Toyota-, Suzuki- und Nissan-Niederlassungen und das größte Warenhaus am Platze, den Kinsley Department Store. Er ist auch Mitbesitzer der einzigen Brauerei, aber sein einträglichstes Geschäft war wohl das Mutterunternehmen, die LK-Hoch-und-Tiefbau-Firma. Ob die Stadt tatsächlich Lester Kinsleys Stadt ist, weiß ich nicht, weil es dort immerhin ein paar Leute gibt, die nicht in Kinsleys Schuld stehen, zum Beispiel meinen Freund Chestnut Charlie, von dem ich später noch erzählen werde.

Die Stadt ist keine große Stadt. Nicht wie die Städte an der amerikanischen Westküste, wo ich noch nie gewesen bin. Trotzdem ist für mich die Stadt ein bösartiges und gefräßiges Monster, halb Spinne, halb Kröte, die ihre eigenen Jungen verschlingt und ihr eigenes Nest mit einem schleimigen Giftbrei voll kotzt, dessen Dämpfe langsam alles Leben in einem weiten Umkreis ersticken.

Die Stadt hat sieben Papiermühlen.

Die Papiermühlen sind die Mäuler des Monsters. Tatsächlich verschlingen sie tausende und abertausende von Bäumen, aus denen dann Streichhölzer werden, Schreibpapier, Schuhschachteln und Werbeprospekte. Rund um die Stadt gibt es keine richtigen Wälder mehr, sondern nur noch etwas, was die Leute »Busch« nennen. Die Bäume, die im Busch abgeholzt und von den Mäulern des Monsters verschlungen werden, sind Pappeln. Kleine mickerige Pappeln, die überall dort wachsen, wo der alte Wald vor über fünfzig Jahren radikal abgeholzt wurde. Wer einen richtigen Baum sehen will, muss die Stadt verlassen und hinausfahren ins Hinterland, weit hinaus. Meilen um Meilen durch den Pappelbusch, und dann, wenn man schon denkt, der Pappelbusch hört nie mehr auf, begegnet man vielleicht einem riesigen Holztransporter, der mächtige Bäume geladen hat, Baumstämme, die zwei Meter dick sind und achtzehn Meter lang. Und der Holzlaster donnert in Windeseile an einem vorbei auf der schmalen Holzlasterstraße, von denen es im Hinterland ein ganzes Netz gibt und die alle an einer Stelle zusammenlaufen, dort, wo das immerfort gefräßige Monster in seinem schmutzigen Nest hockt.

Ich arbeitete nie in einer der Papiermühlen, obwohl man mir dort einen anständigen Lohn gezahlt hätte. Zuerst dachte ich daran, für Kinsley zu arbeiten. In seiner Baufirma. Oder bei Ford als Handlanger. Ich dachte, dass ich dann Amanda vielleicht mal sehen würde. Aber Amanda war nicht hier in der Stadt. Amanda studierte an der Simon-Frazer-Universität in Vancouver. Sie kam nur während ihrer Semesterferien nach Hause. Und sie war für ihre Vorliebe für Pizza von Gino bekannt. Also arbeitete ich für Gino. Gino war neu im Land.

»Du arbeiten gut, ich machen Millionär aus dir, Mezzoluna.« So nannte er mich. Mezzoluna. Halbmond. Ich mochte ihn eigentlich, obwohl er mir Minimallohn zahlte. Millionär? Jesus, wer will schon Millionär werden? Sauber, meine ich, geht's nicht. Mit reiner Weste und so, vom Gewissen ganz zu schweigen. Also, ich arbeitete bei Gino in seinem Pizzaladen, für dreieinhalb Dollar die Stunde, von fünf am Nachmittag bis elf in der Nacht, durchgehend, zwischen dem hochmodernen Pizzaofen und der Anrichte. Mozzarella, Champignons, Sardellen, Hackfleisch und Peperoni.

Nach sechs Monaten war ich ein perfekter »Chef de Pizza« und dann hängte ich meine fleckige Schürze an den Nagel und ging fischen.

Die Lachse kamen den Fluss hoch.

Ich kannte einige Tricks, die ich von meinem Großvater gelernt hatte. Ich verkaufte Lachs auf eigene Faust. Mit dem Geld bezahlte ich die Miete für meine Hütte am Stadtrand.

Und als die Lachszeit vorbei war, jagte ich Elche. Und ich verkaufte das Fleisch auf eigene Faust und mit dem Geld bezahlte ich die Miete für meine Hütte am Stadtrand.

Und mit dem Pizzalohn kaufte ich mir ein paar Dinge. Ein neues Gewehr. Ein Jagdmesser. Ein Paar Schnürstiefel. Einen daunengefütterten Parka. Und ein Auto. 76er Pontiac. V8. Braun. Mit durchgerosteten Türen und verbeulten Kotflügeln.

Im Sommer kam Amanda nach Hause. Lester Kinsley ließ es sich nicht nehmen, seinen ganzen Stolz persönlich mit seiner schneeweißen Cessna in Vancouver abzuholen. Ich machte von diesem Tag an Überstunden, weil ich Amanda auf keinen Fall verpassen wollte, wenn sie herkam und ihre erste Pizza aß. Ihr Lieblingsplatz war der runde Tisch beim Fenster, sagte mir Gino und er kaufte mir zuliebe Blumen und stellte sie in einer schönen azurblauen Vase auf den runden Tisch.

Ich arbeitete Tag und Nacht. Ginos Frau entließ den anderen Gehilfen, einen Inder, den Gino »Sitting Bull« nannte, weil er einen dicken, platt gesessenen Arsch hatte. Nach zwei Wochen kippte ich beinahe aus meinen Schuhen. Ich war völlig überarbeitet. Einfach runter. Gino wollte mir Erholungsurlaub geben.

»Du dir schaufeln dein eigenes Grab«, warnte er mich, aber ich gab nicht auf. Und siehe da, eines Tages erhielt Gino eine Bestellung übers Telefon. Achtzehn Gino Speziale, mit allem drauf, außer Sardellen. Lieferung am Freitagabend um sieben Uhr ins Haus Kinsley, Spruce Ridge Drive. Haus Kinsley. Das war mehr eine Burg aus Beton und Glas als ein Haus. Es stand zuoberst auf der Spruce Ridge, dem letzten dicht bewaldeten Hügelrücken im weiten Land. Die Straße, die in mehreren Kehren hinaufführte, war von Kinsley gebaut worden. Von seinem Haus aus hatte er einen freien Ausblick über die Stadt und die ganze Schleife des Flusses. Bei klarer Luft, das heißt, wenn der Wind den Rauch aus den Schloten der Papiermühlen ostwärts wehte, konnte man von der Spruce Ridge bis zu den Bergen sehen, die sich wie kahle Buckel eines riesigen Tieres aus dem Busch hoben. »Höcker des Monsters« nannte ich die Berge. Im Winter konnte man dort Ski fahren. Es gab sogar eine Seilbahn und mehrere Schlepplifte.

Gino und ich lieferten am Freitagabend die Pizzas pünktlich ab. Sieben Uhr. Vor dem Haus Kinsley waren mindestens zwei Dutzend Autos geparkt. Freunde von Amanda. Der Laden war bumsvoll. Überall hingen Lampions und bunte Girlanden. Aus Lautsprechern tönte Milli Vanilli. Ein Hausmädchen machte uns auf.

»Ginos Pizza Delivery«, sagte Gino. Wir trugen beide Schirmmützen mit der Aufschrift »Gino's Pizza – Best in the West«. Kinsleys Rottweiler wurden dadurch irritiert. Das behauptete Kinsley auf jeden Fall später, als ihm die Sache Leid tat und er eine Strafanzeige befürchtete. Die Rottweiler fielen Gino ohne Vorwarnung an. Die drei Pizzas, die er in den Händen trug, flogen in der Gegend herum. Gino brüllte auf Italienisch um sein Leben, während er davonrannte und sich mit einem Hechtsprung in den Swimmingpool stürzte. Einer der Rottweiler zerfetzte Ginos Mütze. Der andere zerrte wie ein Wahnsinniger an meinem Hosenbein und gab dabei Laute von sich, die ich einem Hund nie zugetraut hätte. Leute stürzten aus dem Haus. Gino war am Ertrinken, weil er nie schwimmen gelernt hatte, obwohl er am Mittelmeer aufgewachsen war und mir die ganze Zeit schon erzählte, wie er am Strand mit seiner behaarten Brust hübsche Touristinnen aus dem Norden verführt hatte. Der Rottweiler biss mir ins Bein und ich fiel um und schlug mit dem Kopf auf einer der Schieferplatten auf, mit denen der Weg zum Haus ausgelegt war. Sterne tanzten vor meinen Augen. Milli Vanilli wurde zum Engelschor. Mein Vater tauchte aus den Fluten, ganz grün im Gesicht. Es roch nach Whiskey. Das war aber nur Kinsley, der sich über mich beugte.

»Meine Hunde mögen Mützen nicht«, sagte er und schüttelte mich, als hätte ich den Rottweiler gebissen.

»Lass ihn los, Vater. Er blutet doch!«

Das war Amandas Stimme. Ich wurde sofort munter, blickte in ihre Augen und sagte im Tonfall eines wahren Helden: »Ich schaff das schon, Amanda.«

Und während sie noch darüber nachdachte, wieso ich ihren Namen wusste, kam ich auf die Beine. Kinsley hieb mir kameradschaftlich die Hand auf die Schulter und sagte: »Die Mütze bist du wohl los, Junge.«

Mir wurde hundsübel und ich taumelte und wäre wohl auf der Stelle zusammengebrochen, wenn mich nicht Amanda und eine Schar ihrer Freunde aufgehalten hätte.

»Wir sollten dich ins Spital bringen«, sagte Amanda. »Bestimmt hast du eine Gehirnerschütterung.«

»Die Hunde sind auf Tollwut geimpft«, sagte Kinsley. »Da ist nichts zu befürchten.«

»Wer gebissen wird, kriegt automatisch eine Spritze ins Rückenmark, wenn er ins Spital eingeliefert wird.«

»Ich geh nicht ins Spital«, sagte ich. »Ich gehe nach Hause.«

»Jemand sollte ihn nach Hause bringen«, sagte einer von Amandas Freunden.

»Ich finde meinen Weg schon«, sagte ich.

»Nein, nein«, sagte Amanda. »Wir bringen dich nach Hause.«

»Wo wohnst du denn?«, fragte Kinsley.

»Am Fluss«, sagte ich. »Die Hunde sind ziemlich wirr, nicht wahr?«

»Die Hunde sind schon in Ordnung. Sie mögen nur keine Mützen, verstehst du. Sie knurren sogar mich an, wenn ich mit meiner LK-Mütze nach Hause komme.«

»Deine Hunde sind schwachsinnig«, sagte Amanda. Sie nahm mich beim Arm. »Komm, ich bringe dich nach Hause.«

Was hätte ich tun sollen. Ich war völlig benommen und

schwach auf den Beinen. Zuerst dachte ich natürlich an Gino, der am Rande des Swimmingpools lag. Jemand hatte ihm das Hemd ausgezogen und ein dickes Mädchen kniete zwecks Wiederbelebung auf seiner schwarz behaarten Brust. Kinsley lärmte, dass die Party noch nicht einmal richtig angefangen hätte. »Es ist dein Geburtstag, Amanda!«

»Und was ist mit der Pizza?«, rief eine andere von Amandas dicken Freundinnen. »Die Rottweiler fressen die Mützen und wir kriegen nicht einmal Pizza.«

Amanda führte mich durchs Tor hinaus. Als wir draußen waren, hielt sie an. »Lieber Gott, ich hoffe, dein Freund ist nicht ertrunken.«

»Das ist nicht mein Freund. Das ist nur mein Boss.«

»Und wer bist du?«

»Kirby.«

»Wie geht's deinem Bein, Kirby?«

»Es ist nur ein Kratzer.«

»Vaters Rottweiler sind wirklich das Allerletzte«, sagte sie. »Komm, mein Auto steht in der Garage.«

Wir gingen in die Garage. Dort standen ein Jaguar, ein Range Rover, ein Chevy Corvette und ein BMW-Kabrio einträchtig nebeneinander. Amanda öffnete mir die Tür des Kabrios.

Natürlich wollte ich nicht, dass sie meine Hütte sah. Deshalb sagte ich ihr, sie könnte mich beim Eisstadion rauslassen.

»Ich bringe dich lieber nach Hause«, sagte sie.

»Es ist schon in Ordnung. Ich krieg vielleicht einen klaren Kopf, wenn ich ein Stück gehe.«

Sie fuhr am Eisstadion vorbei.

»Kirby?«

»Ja?«

»Wie kommt es, dass du meinen Namen gewusst hast?«

»Wusste ich deinen Namen?«

»Ja.«

»Vielleicht hat ihn Gino auf dem Lieferschein aufgeschrieben.«

»Das glaube ich kaum. Das Dienstmädchen hat die Bestellung aufgegeben.«

Ich schwieg. Sie fuhr zum Fluss hinunter. Unter den großen Cottonwoods hielt sie an. Mondlicht schimmerte auf dem Wasser. Es war still hier unten.

»Warum willst du nicht, dass ich dich nach Hause fahre?«, fragte sie. »Schämst du dich deiner Herkunft?«

»Ich bin nicht von hier«, sagte ich.

»Aber du wohnst in einer der Indianerhütten, nicht wahr?«

»Ja.«

»Wo kommst du her?«

»Vom Norden. Kennst du das Karibugebiet am Bear River?«

»Beim Stausee?«

»Ja.«

»Ich war dort. Zur Einweihungsfeier des Staudammes.«

»Ich weiß. Ich habe dich gesehen, als dich dein Vater auf die Bühne holte und sagte, dass dir die Zukunft gehört.«

Sie lachte. »Nicht nur mir.«

»Dir und mir«, sagte ich. »Ich habe deinen Namen nie vergessen.«

Sie schwieg. Etwa zehn Minuten vergingen. Wir blickten auf den Fluss hinaus. Das Wasser schien sich nicht zu bewegen.

»Wenn du Lust hast, können wir am Freitagabend zusammen ins Kino gehen«, sagte ich plötzlich.

Sie wandte den Kopf.

»Am Freitag?«

»Ja.«

»Am Freitag wollte ich mit Tom tanzen gehen«, sagte sie.

»Das geht schon in Ordnung«, sagte ich. »War nur so 'ne Idee.«

»Weißt du was? Ich geb dir Bescheid. Ich rufe dich bei Gino an.«

»Okay.«

»Gut. Und jetzt fahr ich dich nach Hause. Weißt du, ich mag dich so, wie du bist, Kirby. Ich dachte nicht einen Moment, dass du in einem Palast wohnst.«

»Fahr bitte zurück zum Eisstadion.«

Sie fuhr zurück zum Eisstadion und ließ mich dort raus. Ich ging zu Fuß ins Geschäft. Gino war noch nicht da. Seine Frau fiel beinahe in Ohnmacht, als sie das Blut in meinem Haar entdeckte.

Ich war absolut überzeugt, dass sie mich niemals anrufen würde. Warum hätte sie mit mir ins Kino gehen sollen, wenn sie mit Tom Cook zum Tanzen verabredet war. Tom Cook war der Sohn des Besitzers von drei Papiermühlen.

Am nächsten Abend kam sie in den Laden. Zusammen mit einer ihrer dicken Freundinnen und einem pickelgesichtigen Kerl, der einen Bürstenschnitt hatte und viel zu weite Hosen trug. Das war nicht Tom Cook. Das war der Freund ihrer Freundin. Mir fiel ein Stein vom Herzen.

Sie bestellte Pizza und Coke. Diet Coke für ihre Freundin. Pickelgesicht wollte Sardellen auf seiner Pizza.

»Igitt, Sardellen«, sagte seine Freundin und rümpfte die Nase.

Die Bude war ziemlich voll und ich hatte eine Menge zu tun. Außerdem wollte ich nicht allen Leuten zeigen, dass ich Amanda näher kannte. Nicht wegen mir natürlich, aber ich dachte, dass es ihr lieber war, wenn niemand wusste, dass wir zusammen am Fluss in ihrem BMW gesessen hatten. Aber wann immer ich verstohlen zu ihr hinübersah, trafen sich unsere Blicke. Zuerst dachte ich, das kann nur Zufall sein. Aber beim neunten Mal wusste ich, dass etwas nicht stimmte. Ich legte eine kurze Pause ein, ging auf die Toilette und tastete meine Beule am Hinterkopf ab, weil ich eigentlich nicht pinkeln musste. Als ich wieder in den Laden kam, war der runde Tisch am Fenster leer. Mir wurde für einen Moment sterbenselend zu Mute, aber dann machte sich Ginos Frau an mich heran und flüsterte mir folgende Mitteilung ins Ohr:

»Amanda sagen, Kino geht in Ordnung, du kleines Schelm.«

Ich hätte ihr am liebsten einen Kuss gegeben, aber ich zeigte äußerlich nur die alte stoische Ruhe, für die wir Rothäute ja weltweit bekannt sind. Stattdessen tat ich auf die nächste Pizza – der Minister einer Baptistenkirche bestellte sie – eine doppelte Portion Mozzarella und ein paar Oliven extra, aus dem Heiligen Land.

Wir gingen ins Kino. Mel Gibson. Wir aßen Popcorn und tranken Coke und anschließend aßen wir schokoladeüberzogene Rosinen. Unsere Hände berührten sich wie zufällig. Drei Reihen hinter uns saßen ein paar Freunde von ihr, die ihre Füße auf der vorderen Lehne hatten. Sie warfen uns Popcorn an den Hinterkopf und manchmal lachten sie dieses altbekannte herausfordernde Lachen.

Wir kümmerten uns nicht darum. Wir hielten Händchen. Es war mal was anderes. Ich hatte mit Laura nie Händchen gehalten. Wir hatten uns geküsst und so, aber Händchen hatte ich bisher noch mit niemandem gehalten. Es war nicht schlecht. Ich dachte daran, sie zu küssen, wagte es aber nicht. Manchmal bringe ich die einfachsten Dinge im Leben nicht fertig. Später, dachte ich, wirst du es bereuen.

Nachdem der Film längst aus war, saßen wir noch immer im Kino und glotzten die leere Leinwand an. Alle anderen waren schon draußen.

Schließlich gingen auch wir.

Auf dem Parkplatz lümmelten die anderen herum. Der Parkplatz vor dem Kino war sozusagen der Haupttreff für alle, die über fünfzehn Jahre alt waren.

»Jesus, da sind ja alle«, sagte Amanda. »Macht es dir was aus?«

»Ich kenne keinen von ihnen außer Tom Cook.«

»Den kennt jeder.«

Tom Cook saß auf der Kühlerhaube seines Jeep Wrangler. Eine Zigarette hing in seinem Mundwinkel. Er war umrundet von Freunden und Freundinnen.

»Heh, Rothaut!«, rief er mir zu.

»Komm«, sagte Amanda drängend. »Hör nicht auf ihn.«

»Hast du Pizza in den Ohren oder was?«, rief Cook. Die anderen lachten. Amanda zog mich weiter. Wir waren mit meinem Pontiac gekommen, nicht im BMW. Der Pontiac stand merkwürdig schief auf dem Parkplatz. Vorne links und hinten links war keine Luft mehr im Reifen. Ich blieb stehen.

»Heh, Rothaut, du hättest mit deinem Gaul kommen sollen«, rief Tom Cook. Er sprang von seinem Jeep herunter und kam auf uns zu. Amanda warnte mich. »Er hat mich angerufen und gesagt, dass er dich bei der nächsten Gelegenheit windelweich prügeln wird. Ich sagte ihm, dass das kindisch wäre.«

Natürlich war das kindisch. Aber Tom Cook war eben so. Ein bisschen infantil und vollkommen verwöhnt. Ich ließ ihn zuerst schlagen und er traf sogar. Was danach geschah, ist schnell erzählt. Ich stieß ihm von unten her mein Knie zwischen die Beine, und als er röchelnd zusammenzuckte, packte ich ihn am Hemd und hinderte ihn daran, zu Boden zu fallen.

»Hör mal, du Kröte, wenn du nicht einer von Ginos besseren Kunden wärst, würde ich dir auf altbewährte Indianermanier das Fell über die Ohren ziehen. Geh mir von nun an lieber aus dem Weg!« Erst jetzt ließ ich ihn fallen und er krümmte sich stöhnend am Boden.

Wie man das macht, habe ich von meinem Vater gelernt. Der war gut in solchen Dingen. Überall an seinem Körper hatte er Narben aus seiner Jugend. Narben sind Siege, Kirby, hatte er mir oft genug gesagt. Nur gegen den Alkohol kam er leider nicht an.

Wir gingen zu Fuß bis zur Pizzeria und dort lieh ich mir den Lieferwagen mit der Aufschrift »Gino's Pizza – Best in the West«. Wir fuhren zum Fluss hinunter und dort küsste ich sie. Es klappte auf Anhieb. Sie hatte Lippenstift mit Himbeergeschmack drauf. Irgendwie gelangte ich mit einer Hand unter ihren Pulli und plötzlich sprang der Büstenhalter auf und ich hatte eine Brust in der Hand und Amanda atmete mir ins Ohr, als wäre sie hundert Meilen gerannt.

Ich weiß nicht, wie weit wir an diesem Abend im Lieferwagen unten am Fluss gegangen wären. Ich war drauf und dran, alles zu versuchen, aber da hielt hinter uns plötzlich ein Auto, und wir bemerkten es erst, als jemand mit einer Taschenlampe hereinleuchtete, und da war natürlich alles aus. Amanda kriegte sich kaum mehr ein und ich war im ersten Moment so stinkig, dass ich an meiner Wut beinahe erstickt wäre.

Die Taschenlampe traf mein Gesicht voll.

»Mach das Scheißding aus, Arschloch!«, brüllte ich und stieß die Tür auf und sie schlug gegen einen harten Gegenstand. Eine Männerstimme fluchte und die Taschenlampe ging aus. Jetzt konnte ich die Silhouette eines uniformierten Beamten der Royal Canadian Mountain Police, kurz RCMP, erkennen, dem ich die Autotür gegen die Kniescheiben gedonnert hatte.

»Mister McGill«, sagte Amanda erstaunt. »Haben Sie denn nichts anderes zu tun, als in geparkte Autos hineinzuleuchten?«

»Entschuldige, Amanda«, sagte Konstabler William McGill mit gepresster Stimme. »Ich sah den Lieferwagen und dachte mir, was tut denn der hier unten.«

Er entschuldigte sich noch einmal.

»Ist alles in Ordnung, Amanda?«

»Ja, natürlich. Was soll denn nicht in Ordnung sein?«

»Der Konstabler meint vielleicht, dass ich dich entführt habe«, sagte ich und das hätte ich vielleicht besser nicht sagen sollen. McGill leuchtete mir nämlich sofort noch einmal ins Gesicht.

»Halbmond, nicht wahr?«, sagte er. »Kirby Halbmond.«

Ich sagte nichts mehr. Er knipste die Lampe aus, ging zu seinem Streifenwagen und fuhr davon.

»Jesus, hoffentlich sagt er meinem Vater nichts«, sagte Amanda.

Ich fuhr sie nach Hause.

McGill sagte es ihrem Vater. Zwei Tage später rief Kinsley in der Pizzeria an. Ich war dabei, die Tische sauber zu machen. Gino ging ans Telefon.

»Ginos Pizzeria«, hörte ich ihn sagen. »Bitte schön. Jawohl, Mister Kinsley. Sehr wohl. Wie Sie wünschen. Mamma mia, das ist eine Schande. Selbstverständlich will ich bleiben hier. Es gefällt mir gut. Ausgezeichnet. Mein Geschäft? Sie wollen mein Geschäft kaufen? Nicht kaufen? Mister Kinsley, ich nicht verstehen, was ich haben falsch gemacht. Nicht ich? Halbmond? Jawohl. Kirby Halbmond. Jawohl, Sir. Ich ihm werden sagen, was …«

Er brach plötzlich ab, starrte eine Weile in den Hörer, als ob da was rauskäme, dann knallte er ihn auf die Gabel, wischte seine Hände an der Schürze ab und kam um die Anrichte herum drohend auf mich zu.

»Porca miseria, Kirby Halbmond, habe ich dir nicht tausendmal gesagt, du sollen lassen Finger von Mädchen aus besseren Kreisen? Was du denken, beim Geier. Du sein gut genug für solches Leute? Nein, Kirby Halbmond. Du sein gut genug für Indianer, nicht für Amanda Kinsley.«

»Bin ich entlassen?«

»Noch nicht. Aber bevor ich machen Geschäft dicht, du entlassen, klar.«

»Ich werde mit Amanda reden.«

»Das ist gutes Idee, du krummes Hund. Aber heimlich, bitte schön! Wenn du erwischt wirst, dann …« Gino fuhr sich mit den Fingern über die Gurgel und ich wusste, dass entweder er oder Kinsley oder vielleicht McGill mir die Kehle durchschneiden würden.

Ich wollte mich am Abend mit Amanda treffen.

Sie kam nicht.

Am nächsten Tag kam sie in die Pizzeria. Zusammen mit Tom Cook. Ich wusste Bescheid.

Als Cook auf die Toilette ging, winkte sie mich zum Tisch.

»Es tut mir Leid, Kirby«, sagte sie und beinahe kamen ihr die Tränen.

»Mach dir nichts draus«, erwiderte ich.

Das war alles. Ich sah sie noch den ganzen Sommer hindurch hier und dort. Jedes Mal brach mir beinahe das Herz. Und ihr vielleicht auch. Ich mochte sie, auch wenn sie Kinsley zum Vater hatte. Aber was konnte ich tun, außer die Zeit verstreichen lassen. Wunden heilen mit der Zeit, sagt man.

Als der Sommer vorbei war, flog Kinsley seine Tochter nach Vancouver zurück.

Vier oder fünf Tage nachdem sie weg war, schoss ich einen Elch, obwohl die Elchsaison noch nicht begonnen hatte. Ich schoss den Elch für meinen alten Freund Chestnut Charlie Clark, der mit seiner Familie unten beim Güterbahnhof hinter einem halb zerfallenen Stückgutschuppen hauste. Es gab dort unten etwa zwei Dutzend Hütten, in denen Leute wohnten, die zu wenig zum Leben hatten und zu viel zum Sterben. Die meisten waren Indianer aus der Umgebung. In guten Zeiten fanden einige Arbeit in den Papiermühlen. In schlechten Zeiten waren sie die Ersten, die auf die Straße geschickt wurden. Die Regierung gab Lebensmittelmarken aus. Und alle erhielten monatlich einen Scheck. Armenversorgung. Arbeitslosengeld.

Vielleicht hätte es ihnen zu einem besseren Leben gereicht, aber ein besseres Leben war für sie nicht unbedingt ein gutes Leben. Gino, der über Gott und die Welt Bescheid wissen wollte, hatte mir oft genug mit einem Satz erklärt, was dort unten hinter dem Stückgutschuppen beim Bahnhof los war.

»Für deine Freunde dort unten ist der Zug längst abgefahren, Kirby.«

Er hatte Recht. Charlie, zum Beispiel, hatte fünf Kinder, einen Klumpfuß, chronisch entzündete Augen, Zahnfleischbluten und eine Frau, die mit seinem Bruder durchgebrannt war und irgendwo im Süden wohnte.

Charlie war Alkoholiker. Das Geld, das er von der Regierung erhielt, wandelte er in billigen Fusel um. Charlie kroch nachts durch die Straßen der Stadt, schlief im Rinnstein oder in einer Häusernische, bettelte um ein paar Cents, bis er genug zusammen hatte, um sich in einer der düsteren Kneipen das nächste Bier zu kaufen.

Ich schoss den Elch für Chestnut Charlie und seine Kinder, die alle in einer windschiefen, mit Wellblech gedeckten Hütte wohnten und für die der Zug längst abgefahren war.

Ich schoss den Elch draußen am Blackwater Lake, keine zwölf Meilen von der Straße entfernt, an der Straße, die zur städtischen Abfallgrube hinausführte. Ich hatte keine Elchlizenz und Charlie hatte auch keine. Charlie hatte nicht einmal mehr ein Gewehr oder Kugeln, Charlie war halb nüchtern, als wir zum Blackwater Lake hinausfuhren. Er stierte in den Busch hinaus. Seine geröteten Augen tränten.

»Wo sind wir hier?«, fragte er einmal.

»Wir fahren zum Blackwater Lake hinaus«, sagte ich. »Wenn wir Glück haben, läuft uns ein Elch vor die Mündung.«

Er hatte keine Ahnung, wovon ich sprach. Er wusste nicht, dass ich für ihn und seine Kinder einen Elch schießen wollte, damit sie genug Fleisch für den langen Winter hatten.

»Hast du Bier dabei?«, fragte Charlie.

Natürlich hatte ich Bier dabei. Ich öffnete die kleine Kühlbox, die auf dem Hintersitz lag, und gab ihm eine Dose. Charlie grinste.

»Danke«, sagte er.

Etwas später entdeckte ich die Elchkuh. Etwa zweihundert Yards von der Straße entfernt. Sie war allein und stelzte durch ein gerodetes Waldstück. Ich hielt an und nahm das Gewehr vom Rücksitz. Charlie trank Bier. Er merkte kaum, was um ihn herum vorging.

»Dort drüben steht eine wunderschöne Elchkuh, Charlie«, sagte ich leise.

Charlie blickte zur Elchkuh hinüber. Jetzt bemerkte er sie.

»Donnerwetter«, flüsterte er.

Ich stieg aus. Es war still draußen. Nur die Fliegen summten und aus weiter Ferne kam ein Ton, der nur von einem Flugzeug stammen konnte. Ich blickte zum Himmel auf. Es war Spätnachmittag. In der Ferne, über dem gelben Smog der Stadt, leuchtete ein dünner Kondensstreifen im wolkenlosen Blau. Die Elchkuh äugte in unsere Richtung, aber sie ließ sich nicht aus der Ruhe bringen. Vielleicht dachte sie, es ist nicht Elchzeit und deshalb droht mir keine Gefahr. Vielleicht war es die friedliche Stille, die ihr ein trügerisches Gefühl der Sicherheit gab.

Ich legte an, zielte kurz und schoss.

Die Elchkuh fiel um. Ihre langen kräftigen Beine fuhren auskeilend durch die Luft. Der schwere Körper bäumte sich einige Male auf, aber dann fiel ihr Kopf zurück und sie streckte ihre Glieder.

Das Echo des Schusses war verhallt.

Ich stand ziemlich steif neben dem Pontiac. Ich schaute mich nach allen Seiten um, blickte die Straße hinauf und hinunter. Nichts geschah. Ich stieg ein und fuhr den Pontiac vorsichtig von der Straße hinunter, durch einen breiten, tiefen Graben und zum Waldrand hinüber, wo die Elchkuh im Gras lag.

Ich stieg aus. Charlie stieg auch aus. Er warf die leere Bierdose achtlos ins Gras und wischte sich mit dem Handrücken den Schweiß von der Stirn.

»Hast du noch Bier, Kirby?«, fragte er.

»Hinten, auf dem Rücksitz.«

Er öffnete die hintere Tür und nahm eine Labbatt's Blue aus der Box.

»Das ist ein feiner Tag, Kirby«, sagte er und grinste breit. »Ich war schon lange nicht mehr hier draußen.«

Er kam auf unsicheren Beinen herüber. Bier lief ihm über das Kinn. Er verlor beinahe das Gleichgewicht, als er mit der linken Hand ein paar Fliegen wegscheuchen wollte.

Ich kniete nieder und begann die Elchkuh abzuhäuten. Es musste alles schnell geschehen. Zwar wurde die Straße nur selten befahren, aber man konnte nie wissen, wo sich die Cops von der RCMP herumtrieben.

»Feiner Schuss«, sagte Charlie, der neben mir stand und Bier trank. »Blattschuss. Du bist ein feiner Jäger, Kirby.«

Ich arbeitete schnell. Der Schweiß lief mir über das Gesicht. Das T-Shirt klebte an mir.

»Ich war ein guter Jäger, als ich jung war«, sagte Charlie. »Ich war wie du, Kirby.« Er lachte auf. »Jesus, das ist eine lange Zeit her.« Er entfernte sich und pinkelte ins Gestrüpp.

Plötzlich vernahm ich Motorengeräusch. Ich hielt sofort in der Arbeit inne, stand aber nicht auf.

»Charlie, geh in Deckung«, rief ich.

Charlie versuchte die Fliegen von sich abzuhalten. Er hörte mich nicht. Oder vielleicht hörte er mich, aber er reagierte nicht. Er stand mit gespreizten Beinen pinkelnd am Waldrand und schlug mit der linken Hand nach den Fliegen. In der rechten hielt er sein Bier.

Ein gelber Toyota-Pick-up fuhr vorbei. Mit dem LK-Firmenzeichen.

Es war Lester Kinsley, der hinter dem Steuer saß. Ich weiß nicht, was Lester Kinsley an jenem Tag dort draußen zu tun hatte. Dort draußen war nichts als die Abfallgrube, in der ab und zu Schwarzbären herumstöberten. Ich will nicht sagen, dass Lester Kinsley ein hinterlistiger Protz ist, der sich an jenem Tag einen Schwarzbären schießen wollte, einfach so zum Spaß und weil er dachte, dass die Gesetze für ihn nicht gelten. Aber ich weiß wirklich nicht, was er dort draußen sonst zu tun gehabt hätte.

Auf jeden Fall fuhr er auf der Straße in seinem brandneuen Pick-up an uns vorbei und er tat so, als bemerkte er uns nicht, aber ich sah deutlich, wie er einen schnellen Blick zu uns herüberwarf, ohne dass er dabei den Kopf drehte. Als er vorbei war, machte ich noch schneller voran, die Elchkuh abzuhäuten, auszunehmen und zu zerlegen. Eine innere Stimme warnte mich. Ich hätte auf sie achten sollen. Ich hätte mein Zeug zusammenpacken und nach Hause fahren sollen. Aber ich wollte den Kadaver nicht einfach liegen lassen. Außerdem war ich nicht ganz sicher, ob uns Lester Kinsley tatsächlich gesehen hatte. Und selbst wenn er uns gesehen hatte, vielleicht hatte er keinen Bock darauf, uns zu verpfeifen. Immerhin hatte ich in Sachen Amanda ein geradezu erwachsenes Verantwortungsbewusstsein an den Tage gelegt, für das er mir eigentlich zu Dank verpflichtet sein müsste.

Nach zwanzig Minuten war ich so weit, dass ich die Elchkuh zerlegen konnte. Noch zehn Minuten und sie war im Kofferraum verstaut und wir konnten nach Hause fahren. Charlie kam vom Pontiac herüber. Er brachte mir ein Bier.

»Hier, trink ein Bier, Kirby«, sagte er.

Ich öffnete die Dose und trank ein paar Schluck. Dann kniete ich wieder nieder und griff nach der Knochensäge.

In diesem Moment hörte ich sie kommen. Mit Blaulicht und Sirene.

»Scheiße«, stieß ich hervor.

»Was, zum Teufel, ist los?«, rief Charlie und blickte verwirrt zur Straße hinüber, wo zwei Streifenwagen hintereinander auf uns zubrausten.

»Lester Kinsley hat uns verpfiffen, Charlie«, sagte ich und stand auf. Ich trank die Bierdose leer. Einer der Streifenwagen hielt auf der Straße an. Der andere machte ein paar Bocksprünge durch den Graben und schoss auf uns zu. Hinter der Windschutzscheibe sah ich das Gesicht von Konstabler William McGill. Er trug eine verspiegelte Sonnenbrille und er hatte die Oberlippe von den Zähnen gezogen wie ein hungriger Wolf.

Dicht vor uns riss er den Streifenwagen herum. Er kam in einer Staubwolke zum Stehen. Im nächsten Moment war McGill draußen und richtete eine doppelläufige Schrotflinte auf mich.

»Endlich habe ich dich, Halbmond«, stieß er zwischen den gebleckten Zähnen hervor.

»Was heißt hier endlich, McGill?«, fragte ich ruhig zurück.

»Das heißt, ich wusste immer, dass du ein verfluchter Wilderer bist, Halbmond. Streck die Flossen hoch!«

Ich grinste und schüttelte dabei den Kopf.

»Die Elchkuh ist für Charlie und seine Familie, McGill. Damit sie über den Winter kommen.«

»Streck deine dreckigen Indianerflossen hoch oder du kriegst eine Ladung direkt in die Fresse!«

McGill scherzte nicht. Der Mann hatte absolut keinen Humor.

Also hob ich meine Hände. Und da kam der andere von der Straße herüber und McGill befahl ihm, mir Handschellen anzulegen. Damit hatte es sich. Ich verlor, was ich mir mit meinem Pizzalohn angeschafft hatte. Meinen Pontiac und das Gewehr. Beides wurde auf der Stelle beschlagnahmt. Zum Glück hatte ich damals den Parka nicht dabeigehabt.

Drei Wochen später war die Verhandlung. Öffentlich. Ich war des Wilderns angeklagt und bekam übers Armenrecht einen Strafverteidiger zugeteilt, der in Anbetracht meiner guten Absichten auf mildernde Umstände plädierte. Zeuge für die Regierung war Lester Kinsley.

»Ich tat, als sähe ich sie nicht«, gab er zu Protokoll. »Dabei sah ich sie ganz genau. Der Alte torkelte wie besoffen herum und der Junge war dabei, die Elchkuh abzuhäuten.«

Kinsley machte seine Aussage, ohne viel Regung zu zeigen. Sachlich und genau, wie das von einem erfolgreichen Geschäftsmann zu erwarten war. »Ich nahm erst an, die hätten die Elchkuh vielleicht unabsichtlich mit dem Auto angefahren, und ich dachte, lass die beiden nur mal machen, weil die wahrscheinlich daheim am Hungertuch nagen und das ganze Fleisch in der Hitze sowieso nur verkommen würde, aber dann entschied ich mich doch, die RCMP zu verständigen und meine Pflicht als verantwortungsbewusster Bürger zu tun, weil wir ja alle wissen, dass das Wildern überhand nimmt und wohin es noch führt, wenn wir nicht aufpassen.«

Das war ungefähr Lester Kinsleys Zeugenaussage. Ich lauerte ihm ein paar Tage später in der Nähe seines Hauses auf, obwohl er die beiden belämmerten Rottweiler-Wachhunde hatte. Eigentlich wollte ich ihn nach Strich und Faden verdreschen, damit er mich sein Lebtag lang in Erinnerung behielt, aber dann ließ ich es aus unerklärlichen Gründen bleiben. Es machte alles keinen Sinn mehr. Ich redete mir ein, dass ich Amanda beinahe schon vergessen hatte.

Ich trieb mich in der Stadt herum. Es schien, als ob McGill mich im Auge behalten wollte. Hin und wieder folgte er mir mit dem Streifenwagen durch die dunklen Straßen. Ich hatte keine Ahnung, was er von mir wollte, aber wahrscheinlich war er bitter enttäuscht, dass man mir nur sechs Monate bedingt aufgebrummt hatte und eine 800-Dollar-Strafe.

Etwa eine Woche nach der Gerichtsverhandlung ging ich in die Pizzeria von Gino, wo ich mir das Geld für die Strafe zu verdienen hoffte. Achthundert Dollar sind kein Pappenstiel. Ich hätte dafür monatelang Pizza machen müssen. Mozzarellakäse. Champignons. Hackfleisch. Sardellen. Peperoni.

»Heh, dein Zug ist abgefahren, Halbmond«, sagte Gino mit einem Schulterzucken. »Ich beschäftigen niemand, der vorbestraft ist. Tut mir Leid.«

Es waren schlimme Tage für mich. Das Gericht hatte entschieden, dass ich die Stadt nicht verlassen durfte, es sei denn mit einer gerichtlichen Erlaubnis. Ich hätte vielleicht in einer der Papiermühlen arbeiten können. Oder für Lester Kinsley als Baggerfahrer. Lester Kinsleys Baumaschinen waren die Zähne des Monsters. Kräftige gelbe Zähne, die alles zerstören konnten, was sich ihnen entgegenstellte.

Ich trieb mich in der Nähe von Lester Kinsleys Maschinenpark herum, der von einem zwei Meter hohen Maschendrahtzaun umgeben war, oben zusätzlich mit Stacheldraht abgesichert. Kinsley besaß etwa hundert Schaufelbagger, Planierraupen, Kräne, Erdhobel und Lastwagen.

Ich hätte sie in einer Nacht alle anzünden können, und zwar mit Leichtigkeit. Es gab hier sogar genug Dieselöl, um das ganze Monster in seinem Nest abzubrennen, wenn der Wind günstig stand.

McGill erwischte mich eines Abends, als ich beim Maschendrahtzaun am Boden hockte und lustlos auf einem Grashalm herumkaute. Er parkte seinen Streifenwagen auf dem Platz neben dem Tor und stieg aus. Wie immer trug er seine verspiegelte Sonnenbrille, seine braune Uniform mit dem wunderbar gebügelten und gestärkten Hemd und den lächerlichen Pfadfinderhut. Seine Cowboystiefel waren auf Hochglanz poliert und an seiner rechten Hüfte, in einem schwarzen Futteral, steckte ein Revolver.

Etwas schlaksig kam er auf mich zu, blieb etwa zwei Schritte von mir entfernt breitbeinig stehen und stemmte die Hände in die Hüften. Dann betrachtete er mich eine Weile und ich vermied es, ihn direkt anzuschauen, weil mir seine Visage zuwider war und ich nicht unbedingt in der Nacht Alpträume haben wollte.

»Halbmond«, sagte er plötzlich. »Das ist doch dein Name, nicht? Halbmond?«

Er hatte meinen Namen bei der Verhandlung mindestens tausendmal gehört. Ich blickte nicht einmal auf.

»Ich habe hier was für dich. Eine Nachricht von zu Hause.«

Jetzt hob ich den Kopf ein bisschen. Er hatte die Zähne gebleckt. Keine Ahnung, wem er das abgeguckt hatte. Humphrey Bogart vielleicht. Oder James Coburn. Im Grunde genommen war er ein fürchterlich eingebildetes Arschloch, der seine krankhafte Eitelkeit wie eine Seuche mit sich herumschleppte.

»Du hast einen Bruder, nicht wahr?«, sagte McGill näselnd.

Ich sagte nichts. Ich hatte drei Brüder und zwei Schwestern. Jeder Bulle hätte das mit Leichtigkeit rausfinden können.

»Marvin Halbmond.«

Marvin. Meine Gedanken trugen mich im Flug zurück. Marvin war ein Jahr älter als ich. Neunzehn musste er jetzt sein. Ich versuchte ihn mir vorzustellen, aber ich sah ihn nur so, wie ich ihn in Erinnerung hatte, drahtig und zäh, mit schulterlangem, strähnigem Haar und einem ernsten Gesicht. Solange ich zurückdenken konnte, hatte ich Marvin kaum je fröhlich gesehen.

»Dein Bruder macht von sich reden«, sagte McGill in meine Gedanken hinein. »Er hat sich in den Kopf gesetzt, ganz allein das große Rad aufzuhalten, und dabei bereitet er einigen Leuten eine ganze Menge Ärger.«

Ich schwieg. Was hätte ich sagen sollen? Irgendetwas stimmte nicht. McGill hatte mich beim Wickel und das kostete er aus. Ich tat, als wäre ich völlig ungerührt, als ob er mir den Buckel hinunterrutschen könnte.

»Das große Rad der Zeit«, erklärte er spöttisch. »Es lässt sich nicht zurückdrehen. Das hast du inzwischen hoffentlich auch begriffen, Halbmond.«

»Ich wollte hier in Frieden den Sonnenuntergang genießen«, sagte ich. »Dann kommst du her und versaust alles, McGill.«

Er presste für einen Augenblick die Lippen zusammen. Niemand sonst nannte ihn einfach McGill. Seine Freunde nannten ihn William und die anderen nannten ihn Konstabler McGill oder einfach Sir. Für mich war er McGill. Ein Kind des Monsters. Irgendwann würde auch McGill von ihm gefressen werden.

»Dein Bruder will verhindern, dass am oberen Bear River weitere Probebohrungen vorgenommen werden. Alle Anzeichen sprechen dafür, dass es dort große Erdöl- und Erdgasvorkommen gibt. Sind gute Nachrichten für unser Land und die Wirtschaft, Halbmond.«

Ich kniff die Augen etwas zusammen und blinzelte zu ihm auf.

»Bist du deswegen hergekommen, McGill? Um mir das zu sagen?«

Er grinste schief. »Ich dachte, es interessiert dich, Halbmond. Ich dachte, vielleicht überfällt dich das Heimweh, wenn ich dir sage, dass dein Bruder Marvin dabei ist, sich und deine Familie ganz schön in Schwierigkeiten zu bringen.«

»Was geht das dich an, McGill?«

»Eine ganze Menge«, spottete McGill. »In Anbetracht der Sachlage im Bear-River-Gebiet hat man mich nämlich kurzerhand versetzt.«

Sein Grinsen verriet ihn. Ich brauchte ihn nicht zu fragen, wohin man ihn versetzt hatte.

»Ich werde mich deshalb zwangsläufig mit deinem Bruder und deiner Familie beschäftigen müssen, Halbmond. Wie gefällt dir das?«

Ich stand auf.

»Leck mich am Arsch, McGill«, sagte ich und spuckte

ihm vor seine blitzblanken Stiefel. Er zuckte mit keiner Wimper und für einen Moment kreuzten sich unsere Blicke. Ich spürte deutlicher denn je, dass er mein Feind war, und ich nahm mir vor, von nun an noch mehr auf der Hut zu sein.

Ich lief in die Stadt zurück und trank in einer Kneipe ein Bier. Dann ging ich nach Hause, legte mich auf mein Bett und schloss die Augen. Zum ersten Mal verspürte ich so was wie Heimweh. Es war ein Gefühl, das mich verunsicherte.

3. Kapitel
Julie

Ich stattete Chestnut Charlie einen kurzen Besuch ab.

Seine Kinder hockten vor dem Haus an einem kleinen Feuer und brieten zwei Eichhörnchen, die sie gefangen hatten. Charlie schlief in seiner Hütte, deren kleine Fenster mit Fetzen von alten Wolldecken verhängt waren.

Er lag auf seiner Matratze und schnarchte. Ich weckte ihn nicht und stellte einen Karton mit sechs Dosen Labbatt's Blue auf den Tisch. Dann ging ich hinaus und setzte mich zu den Kindern ans Feuer. Sie boten mir von den Eichhörnchen an, aber ich hatte keinen Hunger.

Eines der Mädchen fragte mich, ob ich irgendwo Cola auftreiben könne. Ich fuhr mit ihm zum nächsten Lebensmittelladen und kaufte zwei Literflaschen Pepsi und zwei große Tüten Kartoffelchips.

Ich war ziemlich einsam. In der Nacht trieb ich mich rum. Ich lernte ein Mädchen kennen. Julie.

»Du kannst bei mir schlafen, wenn du willst«, sagte Julie.

Ich schlief nicht bei ihr. Ich ging in eine Billardhalle und spielte bis lange nach Mitternacht. Ich gewann sieben Dollar. Ich brauchte achthundert, um meine Strafe zu bezahlen.

Am nächsten Tag telefonierte ich mit dem zuständigen Amtsrichter, der eigentlich ein verständnisvoller Mensch war. Er bat mich, später noch einmal anzurufen. In der Zwischenzeit wollte er persönlich sehen, was zu machen wäre. Ich rief am Nachmittag noch einmal an. Der Richter war freundlich und bat mich, bei ihm vorbeizusehen. Er hätte etwas für mich. Ich ging sofort hinunter zum Gerichtsgebäude, und man ließ mich zu ihm in sein Büro, und da lag eine Zeitung auf dem Schreibtisch mit einem Bild auf der Titelseite, das eine riesige Planierraupe zeigte, vor der ein paar Gestalten am Boden lagen, als ob sie sich überrollen lassen wollten.

»Das ist eine ärgerliche Sache, die dort vor sich geht«, sagte der Richter, als er bemerkte, dass ich auf die Zeitung blickte. Ich war ziemlich aufgewühlt, aber ich wagte es nicht, ihm irgendwelche Fragen zu stellen oder ihn gar um die Zeitung zu bitten.

Der Richter hatte eine Anstellung für mich gefunden, und zwar als Pflanzer für eine der großen Holzfirmen, die die ganzen Wälder zerstörten. Ich konnte, wenn ich tüchtig war, pro Tag bis zu dreißig Dollar verdienen, indem ich in einem riesigen gerodeten Waldstück herummarschierte, mit einem Spaten in der linken und einer Taschenschürze vor dem Bauch, voll mit kleinen Setzlingen. Die Sache war einfach. Drei Schritte, Spatenstich und Setzling ins Loch. Beim Weitergehen einmal auf die lockere Erde treten und drei Schritte weiter den nächsten Spatenstich anbringen. Der Richter erklärte mir alles ganz genau, so als hätte er früher auch schon als Pflanzer gearbeitet, aber er lachte, als ich ihn daraufhin ansprach, und sagte, dass nur sein Sohn, der an der Uni in Vancouver studierte, seinen Sommerurlaub in den Wäldern verbrachte und sich das Geld für sein Auto auf diese Art verdiente.

Da es bald Herbst war, blieb mir nicht mehr viel Zeit.

Die Setzlinge, die zu spät im Jahr in den Boden kamen, hatten kaum eine Überlebenschance. Ich sollte am nächsten Tag anfangen. Ein Wagen der Holzfirma würde mich abholen und dorthin bringen, wo es notwendig war, den Wald sofort wieder aufzuforsten.

Ich war ziemlich erleichtert, als ich das Gerichtsgebäude verließ. Auf dem Heimweg kaufte ich mir eine Zeitung.

INDIANER BILDEN LEBENDES HINDERNIS war die fette Schlagzeile. Und darunter der Untertitel *Kein Durchkommen für CANOIL.*

Ich ging zum Flussufer hinunter und setzte mich in den Schatten der alten schwarzen Eisenbahnbrücke. Auf der anderen Seite des Flusses, über dem bewaldeten Steilhang, stieg der Rauch aus den mächtigen Schloten einer Papiermühle auf. Die Abendsonne schien wie durch Nebel und die Luft stank fürchterlich. Hinter mir, in einiger Entfernung, rumorte die Stadt.

Ich las den Artikel. Ich bin kein guter Leser. Ich hatte nur vier Jahre Schule hinter mir, im kleinen, himmelblauen Schulhaus, das nun auf dem tiefen Seegrund stand.

Vergeblich suchte ich nach dem Namen meines Bruders Marvin. Der Artikel war nicht sehr lang und er beschrieb, wie einige Indianer aus meinem Dorf versucht hatten die Baumaschinen Kinsleys aufzuhalten, um zu verhindern, dass eine Straße ins Hinterland gebaut wurde. Kein Wort über Marvin. Ich sah mir das Bild genauer an, aber ich konnte die Gestalten, die vor der mächtigen Planierraupe am Boden lagen, nicht auseinander halten. Es war gut möglich, dass eine von ihnen Marvin war. Das Foto war nicht besonders gut, aber an der Kabinentür der Planierraupe konnte ich die Buchstaben LK erkennen, die für

Lester Kinsley standen und an allen seinen gelben Baumaschinen aufgemalt waren.

Ich blieb eine Weile am Flussufer sitzen.

Wolken von Mücken schwebten über dem braunen, sanft dahinfließenden Wasser. Ein rotes Kanu glitt lautlos vorbei. Ein Mann und ein Hund saßen darin, der Mann hinten, der Hund vorn. Es war ein alter Mann mit einem grausträhnigen Bart. Der Hund blickte neugierig herüber. Der Mann beachtete mich nicht.

Ich arbeitete fünf Wochen in einem Gebiet, das aussah, als wäre ein Orkan darüber hinweggefegt, aber es war nur das Monster gewesen, mit seinen hydraulischen Baumscheren, die an riesigen Raupenfahrzeugen befestigt waren, mit seinen Baggern und den Lastwagen und den Männern, die mit der Motorsäge arbeiteten, wo die Maschinen im Gelände nicht vorankamen. Das Monster hatte sich ausgetobt. Was zurückgeblieben war, war ein Ödland, der Boden aufgerissen, voller tiefer, schrundiger Wunden, mit weitflächigen Brandnarben, wo das Abfallholz mit Feuer vernichtet worden war. Hier und dort, unter den knöchernen Skelettresten des ehemaligen Waldes, lugten zaghaft die ersten Schößlinge hervor und an den Hängen wuchs schon wieder das Feuerkraut. Und wenn ich gewusst hätte, dass das Monster nun satt geworden wäre, hätte ich nicht um mein Land gebangt, um meinen Wald, um meine Erde, mit der Schindluder getrieben wurde, solange ich zurückdenken konnte.

Die Holzfirma, für die ich arbeitete, war stolz auf ihr Aufforstungsprogramm. Manchmal, wenn die warnenden Stimmen von irgendwelchen Umweltschützern zu laut wurden und die Öffentlichkeit Anstalten machte, aufmerksam zu werden, brachte die Holzfirma Werbespots im Fernsehen über ihr Aufforstungsprogramm, mit herrlichen grünen Jungwäldern, in denen Rehkitze spielten und Hirsche röhrten, mit kristallklaren Sprudelbächen, in denen die Sonnenstrahlen blitzten, und mit Menschen, die sich in freier, unverdorbener Natur beim Wandern oder Kampieren vergnügten.

Wo sich die Wälder befinden, die in den Werbespots zu sehen sind, weiß ich nicht. Es kann schon sein, dass es sie gibt, aber ich bin ziemlich weit herumgekommen in meinem Land, und die einzigen Wälder, die so sind, wie sie sein müssen, sind die aus meiner Erinnerung. Ich traue keiner Holzfirma. Ich traue keiner Ölfirma. Ich traue keinem Politiker, nicht einmal einem, der heute für den Wald eintritt, denn hinterm Rücken macht er womöglich schon die hohle Hand, ohne dass es jemand sehen kann.

Die fünf Wochen, die ich für die Holzfirma arbeitete, waren für mich nicht die schlechtesten. Wir waren insgesamt drei Dutzend junge Leute, Mädchen und Jungs, die alle drei Schritte einen winzigen Baum pflanzten. Wir wohnten in einem Zeltlager und es fehlte uns eigentlich an nichts. Das Essen war gut. Wir kriegten sogar die Post zugestellt und wir hatten fahrbare Duschen und Toiletten.

Die meisten anderen, die für die Holzfirma arbeiteten, waren Studenten, die in der Stadt an die Uni gingen. Einige fragten mich, warum ich Halbmond hieße. Ich erzählte ihnen meine Geschichte. Wir lachten darüber. Insgesamt kamen wir alle gut miteinander zurecht, und abends saßen wir oft beisammen, und jemand spielte auf der Gitarre, und manchmal roch die Luft ein bisschen nach Marihuana.

Tagsüber gingen wir in Reihen durch das Ödland, stießen unsere Spaten in den Boden und ließen einen Setzling in das Loch fallen. Dreißig Prozent war die Erfolgsquote für die Setzlinge. Das heißt, von zehn kleinen Bäumen überlebten nur drei, entweder weil der ehemalige Waldboden nun schutzlos den Elementen ausgesetzt war, der Hitze der Sonne, dem Wind, den Gewitterregen, oder weil die Erde einfach nicht mehr bereit war, sich dem Monster zu unterwerfen und ihm bedingungslos zu dienen. Es war Spätsommer und eigentlich zu trocken.

Wir hofften alle, dass es bald regnen würde, damit unsere Setzlinge wenigstens eine Chance hatten. Wir hielten sogar eines Abends einen Regentanz ab. Zuerst wollten die anderen, dass ich ihnen das vormache. Einer begann auf einem Kerosinkanister herumzutrommeln.

»Tanz, Halbmond!«, forderten sie mich auf. »Es ist für die jungen Bäume.«

Nach einer Weile tanzte ich und schließlich tanzten wir alle, sogar die Aufseher der Holzfirma, und mitten in der Nacht, als wir alle in unseren Zelten lagen, begann es wie durch ein Wunder zu regnen und es regnete fast zwei Stunden lang und am Morgen hingen glitzernde Tropfen an den kleinen Setzlingen und über dem ganzen Ödgebiet hatten sich dünne Dunstschleier ausgebreitet. Die Erde war schwer und sie roch gut und klebte an unseren Stiefeln und Tennisschuhen und den ganzen Tag umschwirrten uns Wolken von Stechmücken.

Man feierte mich als Regenmacher.

Einer der Aufseher sagte am Abend, dass mich die Holzfirma für immer beschäftigen sollte, aber nach fünf Wochen wurde es kalt und der erste Frost legte sich über das Land und wir wurden zurück in die Stadt gefahren, wo man uns den Lohn auszahlte.

Ich erhielt eintausendvierhundertzweiundsechzig Dollar und vier Cents. Das war mehr, als ich für meine Strafe zu bezahlen hatte. Ich lieferte das Geld dem Richter persönlich ab und er war ganz gerührt und gab mir die Hand und dann ließ er eine Quittung ausstellen. Beim Abschied sagte er mir, dass ich mich immer an ihn wenden könnte, wenn ich irgendwelche Schwierigkeiten hätte oder gar in Bedrängnis geriet.

»Viel Glück wünsche ich dir, Kirby«, rief er mir nach, als ich davonging.

Es war September. Ich wusste nicht, wohin ich gehen sollte. Durch Zufall entdeckte ich bei einem Gebrauchtwagenhändler meinen alten Pontiac. Ich kaufte ihn für zweihundert Dollar. Am Abend traf ich in einer Kneipe das Mädchen Julie. Es hatte eine verkrustete Narbe im Gesicht. Ein eifersüchtiger Knilch hatte sie mit dem Messer angefallen. Julie war ziemlich verstört. Sie wollte zurück nach Winnipeg, wo ihre Großmutter wohnte. Aber sie hatte kein Geld für die Eisenbahnfahrt. Ich gab ihr zwanzig Dollar.

Julie sagte mir, dass McGill nicht mehr in der Stadt war und dass es im Norden bald Arbeit gäbe. Alle warteten nur darauf, dass man am Bear River mit den Ölbohrungen beginnen würde.

Es war nicht viel Betrieb in der Stadt. Ich blieb nur ein paar Tage. In meiner alten Hütte hatten sich ein paar Verwandte von Chestnut Charlie eingenistet. Deshalb wohnte ich im Zimmer von Julie. Der Mann, der sie mit dem Messer angefallen hatte, war nicht mehr in der Stadt. Er hatte irgendwo in Alberta Arbeit gefunden.

Ich hatte einen fürchterlichen Traum, als ich bei Julie schlief. Ich war zu Hause in unserem alten Dorf. Mein Vater lebte noch. Auf jeden Fall begegnete ich ihm, als ich in den Wald hinausging. Er kam mir entgegen und er fragte mich, wohin ich gehen würde. In den Wald, sagte ich und er sagte, dass es keine gute Idee sei, weil bald ein fürchterliches Gewitter aufziehen würde.

Mein Vater war an diesem Tag nicht betrunken und so überlegte ich mir, ob ich seine Warnung ernst nehmen sollte oder nicht. Nicht eine einzige Wolke war zu sehen. Also ging ich in den Wald, aber plötzlich war ich anderswo. Plötzlich war ich in einer fremden Stadt. Die Leute, die in entgegengesetzter Richtung an mir vorbeihasteten, waren alle nackt und haarlos und sie hatten keine Augen und keine Ohren. Nur Mäuler hatten sie alle und sie gaben einen merkwürdigen Summton von sich, der immer lauter und lauter wurde, bis er schließlich in ein ohrenbetäubendes Heulen überging. Ich fürchtete mich vor den Leuten und ich wollte davonlaufen, aber da bemerkten sie mich und sie begannen hinter mir herzulaufen und ihre nackten weißen Hände griffen nach mir und ich rannte um mein Leben, ich schrie und rannte, ohne dass ich vom Fleck kam, und plötzlich stand ich dem Monster gegenüber, das fett in unserer himmelblau gestrichenen Schule hockte und die Kinder fraß. Eins nach dem anderen und es war gerade dabei, Laura zu verschlingen.

»Warum tust du das?«, schrie ich das Monster an und da begann es zu lachen und es lachte dröhnend mit der Stimme meines Vaters. Es lachte und fraß Laura und die anderen Kinder, und als keine Kinder mehr da waren, übergab es sich und eine schwarze Brühe kam aus seinem Maul und ergoss sich über den Fußboden des Schulhauses, lief aus der Tür die Treppe hinunter und durch die staubige Hauptstraße unseres Dorfes. Sie verwandelte sich in einen Fluss und der Fluss überschwemmte das ganze Tal und wir versuchten ihn einzudämmen, aber das gelang uns nicht. Schließlich versank das ganze Dorf in der schwarzen, stinkigen Brühe und nur Blue und ich überlebten, weil es uns gelang, in mein altes Kanu zu steigen. Der schwarze Fluss trug uns davon, Blue und mich, und in der Ferne hörte ich das Monster grollen und Blitze zuckten vom Himmel und einer traf mich und verwandelte mich in den alten Mann, den ich einige Wochen zuvor mit einem kleinen Hund in seinem roten Kanu gesehen hatte. Meine Mutter rief meinen Namen und ich erwachte, aber das war nur Julie und sie hatte sich über mich gebeugt und sagte leise meinen Namen.

»Kirby, du musst einen furchtbaren Traum gehabt haben«, sagte sie besorgt.

»Ein Blitz hat mich erschlagen.«

Julie machte das Licht an. Ich war schweißgebadet. Das T-Shirt klebte an mir. Sogar die Bettlaken waren nass. Ich stand auf und stellte mich unter die Dusche. Ich ließ das kalte Wasser herunterlaufen, bis ich es nicht mehr spürte. Als ich aus der Dusche kam, saß Julie am Tisch in der kleinen Küche. Ich setzte mich zu ihr und erzählte ihr von meinem Dorf, von meiner Familie und der Schule. Ich verschwieg ihr, dass mein Vater sich zu Tode getrunken hatte, und ich erzählte ihr nicht von Laura. Aber ich erzählte ihr von unserer Fallenstrecke am Stone Creek und von einem Tag, als der Schnee in den Bergen zu schmelzen begann und die Karibus zum Bear River zurückkehrten. Ich erzählte ihr von Andrea und ihrem ungeheuren Schminkkasten, der es ihr erlaubte, sich in etwa zwei Stunden vor dem Spiegel in einen anderen Menschen zu verwandeln, zum Beispiel in eine kunstvoll aufgetakelte »femme fatale«, und ich erzählte ihr von meinem wilden kleinen Bruder Robert, der, kurz bevor ich weggegangen war, ohne Führerschein ein gestohlenes Auto zu Schrott gefahren hatte, und dass man deshalb mich vor ein Jugendgericht gestellt hatte, weil das Auto, eine alte, völlig verrostete Karre ohne Zulassung, unserem Onkel Jack gehört hatte, einem Bruder unserer Mutter, der noch zwei andere Wracks hinter dem Haus stehen hatte.

Julie und ich tranken einige Dosen Bier zusammen. Es war drei Uhr am Morgen.

»Warum gehst du nicht nach Hause?«, fragte Julie nach einer Weile.

»Ich weiß nicht«, sagte ich. Ich wusste es wirklich nicht.

»Ich gehe nach Hause«, sagte Julie. »Sobald ich das Geld dazu habe.«

»Du hast nicht einmal ein Zuhause«, sagte ich.

»Ich habe meine Großmutter«, sagte Julie. »Ich kenne Leute, die haben nicht einmal eine Großmutter.« Sie legte ihren Kopf gegen meine Schulter. »Manchmal denke ich, wir könnten zusammenbleiben. Aber ich weiß, dass das nicht gut ginge.«

Ich schwieg.

»Es würde schief gehen mit uns.«

»Ich glaube nicht, dass ich auf die Dauer mit jemandem zusammen sein könnte«, sagte ich leise.

Wir gingen ins Bett. Ich konnte nicht schlafen. Ich fragte Julie nach dem Mann mit dem Messer und ob er ihr etwas bedeutet hätte.

»Solange er hier war, war ich nicht einsam«, sagte sie. »Ich mag es nicht, allein zu sein. Wenn ich allein bin, fürchte ich mich.«

»Wovor fürchtest du dich?«

»Zum Beispiel, dass ich eines Tages allein in einem Grab liegen werde.«

Ich drehte den Kopf. »Du meinst, wenn du tot bist?«

»Ja.«

»Wenn du tot bist, merkst du nichts von der Einsamkeit.«

»Bist du sicher?«

»Ja.«

»Wie kannst du sicher sein? Du warst noch nie tot.«

»Doch«, antwortete ich. »Ich glaube, einmal haben sie mich schon umgebracht, Julie.«

Wir schwiegen. Ich dachte, dass Julie ein merkwürdiges Mädchen war. Ziemlich durcheinander. Ziemlich einsam.

»Warum hat er dich mit dem Messer angegriffen?«

»Ich sagte ihm, dass ich nach Winnipeg gehen würde. Zu meiner Großmutter. Er glaubte mir nicht. Er glaubte, dass ich mit einem seiner Freunde durchbrennen würde. Der Gedanke machte ihn verrückt.«

»Und jetzt ist er es, der abgehauen ist.«

»Ja.« Julie lachte leise auf. »Jetzt bin ich es, die allein ist.«

Da beugte ich mich zu ihr hinüber und wir küssten uns.

4. Kapitel

Die Straße nach Norden

Ich verließ die Stadt am nächsten Morgen. Julie schlief noch. Ich packte so leise wie möglich meinen Plunder zusammen. Bevor ich aus der Wohnung ging, legte ich einen Zettel auf den Tisch, auf den ich meinen Namen schrieb und den Namen unseres Dorfes am See. Das genügte wohl. Falls mir Julie mal schreiben wollte, konnte sie es tun. Ob ich jemals in mein Dorf zurückkehren würde, war natürlich eine andere Frage. Unten an den Zettelrand schrieb ich noch Folgendes: Julie, irgendwann sehen wir uns bestimmt wieder. Pass auf dich auf.

Ich war schon mit meinem Pontiac unterwegs auf der alten Landstraße nach Norden, als über den Hängen im Südosten endlich die Sonne aufging. Es war kalt, die Luft klar. Die kahlen jungen Pappelwälder schimmerten blass an den Hügeln, über denen noch dunkel die Nachtschatten lagen. Ich fuhr langsam nach Norden und ich dachte an Julie und einige Male war ich nahe daran, umzukehren, obwohl es dafür eigentlich keinen Grund gab. Ich hasste es nur, jemand allein irgendwo zurückzulassen.

Die Straße überquerte mehrere Male den Fluss. An einer der Brücken waren Arbeiter dabei, die alten rostigen Eisenstreben mit Sandstrahlen sauber zu machen, damit sie später silbergrau gespritzt werden konnten. Ich hielt an einem Rastplatz an. Der Pontiac war heißgelaufen.

Ich stellte fest, dass der Kühler durchgerostet war. In der nächsten Ortschaft kaufte ich an der Tankstelle ein Dichtungsmittel, das ich in den Kühler tat. Und ich rief Julie an. Es war elf Uhr am Morgen. Julie schlief meistens bis Mittag. Ich ließ es lange läuten, aber entweder war Julie nicht in ihrer Wohnung oder sie lag im Bett mit der Decke über dem Kopf.

Ob ich unterwegs zum Bear River sei, wollte der Tankwart wissen. Er war ein untersetzter rothaariger Mann mit schiefen Zähnen, die vom Kautabak gebräunt waren. Nach jedem zweiten oder dritten Wort spuckte er einen Strahl Tabaksaft aus. »Falls man dort oben Öl findet, wird bald richtig was los sein«, sagte er.

»Ich habe davon gehört«, sagte ich kurz. Ich hatte keine Lust, mich mit ihm zu unterhalten. Aber er folgte mir, bis ich einstieg, und dann beugte er sich sogar zum offenen Fenster herunter und legte mir die Hand auf die Schulter.

»Junge, vor zehn Jahren noch hätte ich mir dort oben ein Stück Land umsonst unter den Nagel reißen können und in ein paar Monaten wäre ich steinreich gewesen und könnte mir auf Hawaii oder sonstwo den Bauch sonnen, während meine Ölpumpen auf Volldampf laufen. Das Gebiet dort oben ist eine einzige Goldgrube, wenn du mich fragst. Und wer macht wieder einmal das große Geld damit? Die, die sowieso schon genug davon haben. CANOIL! Was machen die nur mit ihrem ganzen Geld? Das frage ich mich. Unsereins hat kaum genug für ein anständiges Leben und die Ölheinis können den Kragen niemals voll kriegen. Wo ist da die Gerechtigkeit, frage ich dich?«

»Ich mach mir meine eigene Gerechtigkeit«, antwortete ich, drehte den Zündschlüssel und fuhr davon. Ich sah ihn im Rückspiegel zurückbleiben, direkt unter dem großen CANOIL-Schild seiner Tankstelle.

Am Nachmittag rief ich Julie noch einmal an. Ich ließ das Telefon etwa zehn Minuten läuten. Dann hob endlich jemand ab, aber es war nicht Julie. Eine Männerstimme sagte: »Hallo.« Ich meldete mich nicht.

»Hallo«, wiederholte der Mann ungeduldig.

Ich schwieg.

Da drehte er durch.

»Hör zu, du Arschloch! Falls du denkst, dass du dich hier noch einmal blicken lassen kannst mit deinem verdammten Messer, dann lass dir gesagt sein, dass ich einem Arschloch wie dir mit Leichtigkeit das Genick breche!«

Ich legte auf und ich versuchte nie mehr, Julie anzurufen. Ich wusste nun, dass sie wirklich einen furchtbaren Bammel davor hatte, allein zu sein.

Die nächste Nacht schlief ich im Pontiac. Ich hatte einen Schlafsack dabei, der ziemlich mit Daunen gefüttert war. Trotzdem fror ich. Als ich am Morgen erwachte, lag draußen Schnee. Nicht sehr viel, aber das ganze Land war fein überpudert und wunderbar weiß. Ich aß eine Banane. Ein riesiger Tanklaster fuhr vorbei. CANOIL stand in großen roten Buchstaben an seinem Tank. Als mich der Fahrer sah, hupte er. Hinter dem Tanker wirbelte eine Wolke von Schneestaub auf.

Ich fuhr ins nächste Dorf und hielt vor einem kleinen Restaurant an, das auf einem Schild auf dem Vorbau ein komplettes Frühstück für 99 Cents anpries: zwei Eier, Toast und Kaffee.

Ein paar alte Knacker saßen an einem Tisch. Der Fernseher lief ohne Ton. Die Kellnerin hatte blutrot geschminkte Lippen und ein Glasauge. Mit dem einen Auge musterte sie mich, während sie meine Tasse mit Kaffee füllte. Plötzlich dämmerte ihr was.

»Halbmond«, rief sie aus. »Kirby Halbmond. Einer von James P. Halbmonds Söhnen. Bist du's oder bist du's nicht, Junge?«

»Ich bin's«, sagte ich.

»Jesus Christus, du bist ein gestandener Mann geworden, Kirby Halbmond. Gut schaust du aus. Besser noch als dein Vater in seiner besten Zeit, als er mir den Hof machte.«

Ich nippte von meinem Kaffee und blickte sie dabei von unten herauf an. Ich konnte sie in meiner Erinnerung nirgendwo unterbringen. Mein Vater hatte nie von seiner Jugendzeit geredet und ich hatte keine Ahnung, dass er jemals eine andere Frau gekannt hatte als meine Mutter.

»Charlotte«, lachte die Alte. Sie beugte sich zu mir herunter und küsste mich auf die Stirn, als wären wir miteinander verwandt, und dabei blieb sie mit ihren klebrigen Lippen an meiner Haut hängen und dann holte sie eine Papierserviette und wischte mir lachend den Lippenstift von der Stirn. Die alten Knacker rissen ein paar zweideutige Witze und alles war mir ziemlich peinlich, weil ich plötzlich merkte, dass ich eigentlich nicht nur ziellos in der Gegend herumfuhr, wie ich mir das einredete, sondern ganz eindeutig nach Hause unterwegs war.

Noch befand ich mich mehr als dreihundert Meilen weit vom Bear River entfernt, aber es schien, als hätte mich plötzlich meine Vergangenheit in der Person von Charlotte eingeholt. Sie machte mir anstatt zwei Spiegeleiern deren drei, brachte mir einen Orangensaft aus der Dose und Toast, so viel ich haben wollte. »Iss dich satt, Kirby Halbmond«, forderte sie mich unaufhörlich auf. »Du siehst aus, als hättest du ein großes Loch im Bauch.«

Tatsache war, dass ich in den letzten paar Tagen nicht viel gegessen hatte. Ich aß die Spiegeleier, und Charlotte machte mir unterdessen drei riesige Pfannkuchen, die sie mit einer halben Flasche Ahornsirup übergoss. Die alten Knacker vom anderen Tisch wollten wissen, warum Charlotte ihnen nicht die gleiche Aufmerksamkeit schenkte wie mir, und da erzählte sie ihnen von meinem Vater und wie gut er ausgesehen hatte und dass sie beinahe ohnmächtig geworden war, als er sie einmal auf seinem Motorrad mitgenommen hatte. So, wie sie von meinem Vater erzählte, kannte ich ihn gar nicht. Für mich war er immer schon ein Saufbold gewesen, solange ich zurückdenken konnte. Aber für Charlotte war er ein Mann, mit dem sie auf dem Motorrad in die Stadt ins Kino gefahren war. Und anschließend hatten sie in einem Schuppen getanzt, bis der Morgen graute, und dann waren sie in aller Frühe ins Dorf zurückgefahren und beim Abschied hatte er sie geküsst und für Charlotte waren das noch immer die besten Erinnerungen ihres Lebens.

»Warum hast du ihn dann nicht geheiratet, wenn er schon so ein Pfundskerl war?«, wollte einer der Knacker wissen. »Vielleicht, weil er ein Indianer war? Oder hat ihn vielleicht dein Glasauge gestört?«

Die alten Knacker lachten, als wäre das ein Witz.

»Ich hatte damals noch kein Glasauge, Tom«, sagte Charlotte. »Ich war damals jung und hübsch, mit langen blonden Locken und einem richtigen Engelsgesicht.«

»Da sieht man, wie die Zeit vergeht«, sagte einer der alten Knacker voller Spott. Charlotte ging zu ihrem Tisch und goss aus einem Glaskrug Kaffee in ihre Tassen. Einer von ihnen kniff ihr in den Hintern. »Was dran ist da schon noch, altes Mädchen«, lachte er.

Charlotte winkte ab.

»Ich mache mir nichts vor, Richard. Was soll also der

Quatsch? Ich sag euch nur, was mal war, vor vielen Jahren. Der Junge dort, das ist der Sohn von James P. Halbmond und manchmal, wenn ich an ihn denke, kommen mir die Tränen. Zu Tode gesoffen soll er sich haben. Stimmt's, Kirby? So als ob ihm das Leben überhaupt nichts mehr wert gewesen wäre. Dabei sah für ihn alles so gut aus, als er jung war. Er arbeitete beim Bau der Pipeline für die Amerikaner. Als er zurückkam, war er der reichste Mann im Dorf. Außer meinem Vater, natürlich. Mein Vater war der Besitzer der Kneipe. Erinnerst du dich, Kirby? Erinnerst du dich überhaupt noch an den Bear River Saloon?«

Ich nickte. Wie hätte ich die Kneipe jemals vergessen können? Es war dort, wo ich einmal meinen Vater unter einem Tisch hervorkriechen sah, wie ein geprügelter Hund, das Hemd voll gekotzt, die Augen blutunterlaufen. Er hatte in seinem Suff mit einem anderen Mann Streit angefangen und der andere Mann hatte ihn windelweich geschlagen. Ich erinnerte mich an den Saloon, aber ich erinnerte mich nicht an Charlotte.

»Bestimmt erinnerst du dich nicht an mich«, sagte sie, als hätte sie meine Gedanken erraten. »Ich ging weg, als du vielleicht vier Jahre alt warst. Ich ging in die Stadt. Ich bin nur einmal zurückgekehrt. Als mein Vater starb. Ich kam zur Beerdigung. Er ist hinter der Kirche begraben. Neben meiner Mutter. Seit der See dort ist, gibt es keinen Grund mehr für mich, dorthin zurückzugehen. Ich könnte nicht einmal die Gräber besuchen.«

»Jesus, man hat euch alle gefragt, ob die Toten exhumiert und irgendwo anders begraben werden sollten«, brummte einer der alten Knacker. »Die Regierung hätte dafür bezahlt.«

»Mir ist egal, wo die Gräber sind«, sagte Charlotte. »Ich

sag nur, dass es für mich keinen Grund gibt, dorthin zurückzukehren. Meine ganzen Erinnerungen sind sozusagen im See ertrunken.«

Sie kam zu meinem Tisch und wollte Kaffee nachgießen, aber meine Tasse war noch voll. Durchs Fenster sah ich, wie draußen ein Streifenwagen der RCMP parkte. Zwei Mounties stiegen aus, verspiegelte Sonnenbrillen wie McGill, blitzblanke Stiefel und alles. Als sie das Restaurant betraten, blickten sie sich erst einmal um, als wären sie die letzten zwei Revolverhelden in einem TV-Western. Der eine, er hatte einen an den Enden hochgezwirbelten Schnurrbart, streifte mich mit seinem Blick, der andere nahm die Brille ab und prüfte mich bis auf die Knochen. Ich war nahezu bereit, aufzustehen und ihm irgendein Verbrechen zu gestehen, das ich gar nicht begangen hatte. Schließlich setzten sie sich an die Theke und bestellten Kaffee und mit Puderzucker bestäubte *Donuts*, gefüllt mit Vanillecreme.

»Was ist los?«, fragte der mit dem Schnurrbart, als Charlotte hinter der Theke aufzuräumen begann.

»Nichts Besonderes, Paul«, sagte Charlotte. »Unten am Fluss ist gestern das Haus von Ray Carpender abgebrannt. Sein Propangastank explodierte. Zum Glück ist Ray versichert.«

»Die meisten Leute, denen das Haus abbrennt, sind versichert«, grinste der jüngere der beiden Mounties. Der mit dem Schnurrbart drehte sich auf dem Drehstuhl und blickte mich wieder an, während er seinen *Donut* aß.

Ich fühlte mich ziemlich unwohl, obwohl ich nichts auf dem Kerbholz hatte. Ich winkte Charlotte heran.

»Willst du schon gehen, Kirby?«, fragte sie. »Du hast nicht einmal alle deine Pfannkuchen gegessen.«

Ich bezahlte und ging. Die Straße, die draußen am Restaurant vorbeiführte, ging nur in zwei Richtungen. Nach Norden und nach Süden. Ich hatte also keine Wahl, wenn ich nicht dorthin zurückkehren wollte, wo Julie inzwischen schon nicht mehr auf mich wartete. Ich fuhr zur Tankstelle am Ende des Dorfes und füllte den Benzintank randvoll. Ich kaufte mir eine Sonnenbrille, eine französische Leberpastete, die ein Vermögen kostete, eine Schachtel Marlboro und zwölf Dosen Labbatt's Blue im Karton. Dann fuhr ich nach Norden. Ich war etwa eine Stunde unterwegs, als ich im Rückspiegel den Streifenwagen bemerkte.

Er holte schnell auf und ich wusste, dass die beiden Mounties nicht irgendeinen Geschwindigkeitsrekord aufstellen wollten, sondern dass sie es auf mich abgesehen hatten.

Ich fuhr langsamer. Sie hängten sich hinter mich und fuhren mindestens eine halbe Stunde lang dicht hinter mir her. Vielleicht hofften sie, dass ich nervös werden und in einer Kurve über den Mittelstreifen fahren würde. Schließlich hielt ich einfach an und das verblüffte sie und sie parkten vor mir am Straßenrand. Beide stiegen aus. Der mit dem Schnurrbart blieb breitbeinig vor meinem Pontiac stehen und betrachtete das verbeulte Nummernschild, der andere kam zur Fahrertür. An seiner Jacke hing ein Namensschild. Reeves hieß er. Konstabler Reeves. Barsch verlangte er, meine Ausweise zu sehen. Ich gab sie ihm wortlos.

»Halbmond«, murmelte er, während er meinen Führerschein inspizierte. »Steig mal aus!«

Ich stieg aus. Jetzt kam der mit dem Schnurrbart herüber. Er hieß Harker. Mit unverhohlener Geringschätzung musterte er mich von Kopf bis Fuß. Ich hatte bis jetzt noch kein Wort gesagt.

»Wo kommst du her, Halbmond?«, wollte er schließlich wissen.

»Aus der Stadt«, sagte ich.

»Und wohin willst du?«

»Zum Bear River hoch.«

Jetzt blickte er auf und er grinste dabei schief.

»Ich glaube, du wirst dort oben schon erwartet, Halbmond.«

Ich gab ihm keine Antwort.

Er nickte, so als hätte er nichts anderes erwartet. »Moment mal«, sagte er. Die beiden wechselten einen Blick und Harker ging zum Streifenwagen und stieg ein. Ich wusste, dass er über Sprechfunk Informationen einholte. Reeves stand vor mir, die Hände in den Hüften und die Beine leicht gespreizt.

»Weißt du, warum wir dich angehalten haben, Halbmond?«, fragte er.

Ich hob die Schultern.

»Es ist wenig Verkehr«, sagte ich.

»Das linke Bremslicht an deinem Schlitten geht nicht.«

»Schlimm«, sagte ich reumütig.

Er grinste. »Gibt es vielleicht einen besonderen Grund, warum du zum Bear River unterwegs bist?«

»Nein.«

Harker kletterte etwas umständlich aus dem Streifenwagen, setzte den Hut auf seinen Kopf und kam herüber. Er baute sich vor mir auf und blickte mir streng in die Augen. Ich wich dem Blick nicht aus.

»Keine besonders gute Idee, nach Hause zurückzukehren, Halbmond«, sagte er nach einigen Sekunden. »Ich hoffe, du machst uns keinen Ärger da oben am Bear River. Sechs Monate Knast sind kein Pappenstiel.« Er streckte mir meine Papiere hin.

»Hier, sieh zu, dass du an der nächsten Tankstelle die Bremslichtbirne hinten links auswechselst.«

Ich steckte meine Papiere ein.

»Gute Fahrt«, wünschte mir Harker. Ich brauchte ihn nicht zu fragen, ob er William McGill kannte. Ich sah es ihm an und wusste gleichzeitig, dass ich ihm schon bald wieder begegnen würde.

Sie fuhren davon und ich fuhr hinter ihnen her und nach einer Weile hielten sie wieder an. Ich fuhr langsam an ihnen vorbei und im Rückspiegel sah ich, wie sie umdrehten. Vielleicht hatten sie in ihrem Eifer, mich einzuholen, bei Charlotte ihre Sonnenbrillen vergessen.

5. Kapitel

Mickey Mouse auf dem Zifferblatt

Je weiter ich mich vom Monster entfernte, desto sicherer fühlte ich mich. Das Land wurde mir vertrauter, der Himmel wurde mir vertrauter, die Luft begann nach zu Hause zu riechen. Ich hielt an diesem Tag nur zweimal an, einmal, um die Leberpastete zu essen, und das zweite Mal beim Trading Post von Francis »Bear River« Leroux, dem ich früher alle meine Felle geliefert hatte.

Der Handelsposten von Leroux befand sich etwa zwanzig Meilen vom See entfernt an einer Nebenstraße, die zum Stone Creek führte. Früher hatte hier einmal ein Handelsfort der Hudson Bay Company gestanden, aber davon war nur noch ein kleines, von Holzwürmern zerfressenes Blockhaus übrig geblieben, an dem ein Schild mit der Aufschrift »Fort Lavender« angebracht war.

Leroux' Handelsposten war zugleich ein Lebensmittelladen, eine Kneipe und eine Tankstelle. Neuerdings vermietete Leroux auch Videofilme.

Der kleine Franzose erkannte mich sofort, als er aus dem Laden kam.

»Kirby Halbmond, mon Dieu, ich dachte, dich haben längst die Fische gefressen«, rief er und watschelte auf seinen säbelkrummen Beinen auf mich zu.

»Die Fische?«, fragte ich grinsend.

»Oder die Bären«, lärmte er und hob, zum Zeichen, dass

es für ihn keinen Unterschied machte, wer mich auffraß, die Schultern. »Mon ami, du glaubst gar nicht, wie ich mich freue, dich zu sehen. Und deine Mutter erst. Sie wird bestimmt herkommen und mich fragen, ob ich dich gesehen habe. Natürlich habe ich dich gesehen, werde ich sagen. Ein Mann bist du geworden, groß und stark, und es werden ihr vor Freude darüber gleich die Tränen kommen.« Der kleine Franzose breitete die Arme aus und wir drückten uns und er klopfte mir eine Weile auf dem Rücken herum und schließlich ließ er mich los und hatte selbst Tränen in den Augen.

»Ich habe schon so lange nicht mehr geweint, dass ich fürchtete, meine Tränenkanäle wären verstopft«, schnaufte er und wischte sich mit einem großen karierten Taschentuch die Augen aus. »Mon Dieu, wie lange ist es schon her, seit du weggegangen bist, Kirby? Zwei, drei Jahre müssen es sein.«

»Dreieinhalb«, sagte ich.

»Dreieinhalb Jahre. Das ist eine halbe Ewigkeit. Es hat sich vieles geändert in dieser langen Zeit. Sacrebleu, alles hat sich geändert. Ich habe bald keine Haare mehr auf dem Kopf, dafür wachsen sie mir immer dichter aus den Ohren. Und meine alten Knochen sind morsch geworden. Schau her!« Er hob mir seine Hände entgegen. Sie sahen alt und knorrig aus. »Arthritis nennt man das. Ich kann nicht einmal mehr einen kleinen Fisch von der Angel nehmen, mein Freund. Aber warte nur, bis du mein Weib siehst, Kirby. Sechsunddreißig Jahre jünger als ich. Sozusagen eine frische Henne. Ich denke daran, mit ihr eine Reise um die Welt zu machen. Per Luxusdampfer. Ich will ihr Paris zeigen und meine alte Heimat. Und wenn alles klappt, schenkt sie mir vielleicht einen Sohn. Schwanger ist sie schon.«

»Von dir?«

»Von mir! Jesus Christus, von wem sonst! Sie war nicht schwanger, als ich sie heiratete, und sie geht nicht fremd, weil ich sie die ganze Zeit höllisch im Auge behalte. Und das, was bei der Jungfrau Maria passiert ist, das passiert ein zweites Mal nicht wieder, compris?« Er drehte sich um und rief nach seiner Frau, die Lavelle hieß. Sie kam aus dem Laden und ich kippte beinahe aus meinen Tennisschuhen, als ich sie sah. Sie war klein und dünn und sie trug grasgrüne Hosen und eine blau-grün gestreifte, tief ausgeschnittene Bluse. Ihr schwarzes Haar trug sie kurz geschnitten und ihr dünnes Gesicht war schneeweiß, mit Augen, die in dunklen Höhlen lagen, und grellrot geschminkte Lippen.

»Lavelle, Kirby ist zurück«, sagte Leroux zu ihr.

»Hallo, Kirby«, sagte sie schläfrig. »Francis erzählte mir von dir.«

»Hallo«, sagte ich. »Wie geht's?«

Sie musterte mich von unten nach oben.

»Wie gefällt er dir?«, fragte Leroux sie. »Sieht er nicht gut aus, der Junge? Wie sein Vater, sage ich dir, genau wie sein Vater.«

Sie verzog ihr Gesicht. Wahrscheinlich hatte sie meinen Vater gar nicht gekannt. »Wo warst du, Kirby?«

»In der Stadt.«

»In der Stadt? Und dann kommst du hierher zurück? Das verstehe ich nicht.«

Ich hob die Schultern. Was hätte ich ihr sagen sollen? Dass es nur eine Straße gibt und die führt hin und zurück. Francis Leroux sagte ihr, dass ein Mensch, der hier draußen am Bear River geboren wurde und aufgewachsen ist, immer wieder hierher zurückkehrt. »Der Junge hat Wurzeln hier, mon cherie. Genau wie ich. Ich kann dir zwar Paris zeigen, aber die Gefahr besteht, dass ich auf den Champs-Élysées aufs Pflaster falle, sollte dort zufällig ein kräftiger Nordwind blasen. Keine Wurzeln, ma petite, compris?«

Sie murmelte, dass das jammerschade sei, und verschwand wieder im Laden.

»He, was sagst du nun, Kirby?«, wollte Leroux wissen.

»Steiler Zahn«, sagte ich und begann Benzin zu tanken. So nebenbei fragte ich Francis Leroux nach meiner Familie. Er hob die Schultern. Mein Bruder Marvin hätte sich mit den Großen angelegt, sagte er. Mit Kinsley, falls ich noch wüsste, wer das sei. Einer der ganz Großen, der einige Male mit seinem Privatflugzeug hergekommen war, um sich vor Ort über die Lage der Dinge zu informieren. Und die sei zeitweise beschissen, weil man sich nicht einig werden könne, ob das Öl wichtiger sei oder die Karibus, die am Oberlauf des Bear River ihre Jungen zur Welt brachten.

»Marvin hat Kinsley gedroht, die Versuchsbohrungen zu sabotieren, falls es ihm überhaupt gelänge, die Straße zu bauen. Bis jetzt führt die neue Transportstraße nur bis zur alten Brücke über den Stone Creek und dort hat Kinsley ein Baulager errichtet, mit zwei Dutzend Baracken, eingezäunt wie ein Gefangenenlager. Die haben sogar einen Wachturm dort. Sacrebleu, Kirby, dein Bruder denkt vielleicht, er kann die Welt retten, aber die Welt gehört der CANOIL, und die kann mit ihr machen, was sie will!«

»Die Welt gehört uns allen, Francis.«

»Merde alors, und wie kommt es dann, dass du mir nicht einmal eine Besitzurkunde für einen Quadratmeter dieser Welt vorzeigen kannst, während die CANOIL eine für einen großen Teil des Bear-River-Gebietes besitzt?«

»Du meinst, CANOIL hat das Land gekauft?«

»Gekauft, und was nicht zu kaufen war, das wurde von der Regierung gepachtet. Das Land gehört nun der CANOIL-Company. Die Warntafeln stehen überall, Kirby. Mit einem schönen roten Ahornblatt drauf. Als ob die CANOIL-Company etwas mit der Regierung zu tun hätte und mit uns. ›Zutritt verboten‹ steht überall drauf. Und dass du eingesperrt wirst, solltest du das abgesteckte Gebiet unberechtigt betreten.«

»Es ist Karibuland«, beharrte ich.

Francis zeigte mir seine schiefen langen Pferdezähne.

»Am Montag will Kinsley mit der ersten Baukolonne die Brücke über den Stone Creek überqueren. Und Marvin hat geschworen, ihn daran zu hindern, selbst wenn die Regierung einschreiten sollte und Panzer auffahren lässt.«

»Wo stehen die Leute, Francis?«

»Im Dorf gibt es kaum jemand, der noch auf der Seite deines Bruders steht. Die Leute riechen Geld. Die Verwirklichung ihrer Träume. Aber im Hinterland gibt es noch ein paar von euch. Ziemlich verstreut. Außerdem sind es nicht mehr als eine Hand voll und die kommen nicht ins Dorf und machen Krach, verstehst du. Das sind die Vergessenen dort draußen. Und dann ist da noch Goetzmann, eine Reporterin, die die Welt vor dem Untergang bewahren will, sozusagen auf eigene Faust. Sie glaubt, dass die Indianer zu viele ihrer alten Werte verlieren, ohne dass ihnen die Zukunft der Weißen ein besseres Leben verspricht.«

»Und was glaubst du?«

»Jesus Christus, ich bin ein alter Mann und trotzdem kein Philosoph, mon ami. Wenn du mich fragst, dann sage ich dir, dass ich meinem Weib Paris zeigen möchte und dass ich das nur tun kann, wenn die Arbeiter aus dem

Baulager kommen und Videofilme mieten. Dein Bruder würde mir den Schädel einschlagen, wenn er das hört.«

Der Tank war voll. Ich hing den Zapfhahn ein und wir gingen zusammen in den Laden. Lavelle, seine Frau, war dabei, ihr Gesicht zu pudern.

»Wie ist es mit den Fellen?«, fragte ich beim Bezahlen.

»Nicht mehr viel los«, sagte er. »Seit dem Brand ist nicht mehr viel los. Ich habe umgestellt, Kirby. Videofilme sind der neue Renner. Uhren mit Mickey Mouse auf dem Zifferblatt. Magazine mit nackten Weibern drin und Nike-Tennisschuhe. Seit Kinsley verkündet hat, dass er ein Freizeitzentrum mit Wellenbad und Tennishalle bauen wird.«

»Was ist mit Silberfuchs?«

»Ich sag's dir, mein Freund, die Amerikaner sind die Einzigen, die noch herkommen und Felle kaufen. Wolfsfelle. Da frag ich mich, warum sie sich nicht Hunde umhängen. Ein paar von euch haben noch Fallenstrecken dort draußen. Marvin auch. Und die beiden Lightfoots haben sich in den Bergen eingenistet. Bestimmt erinnerst du dich noch an die beiden Brüder. Ross und Pete Lightfoot. Ziemlich verschrobene Burschen. Einer hat nur noch ein richtiges Bein. Das andere ist aus Holz oder Plastik. Ich hab's noch nie gesehen. Sacrebleu, das sind zwei eigenartige Burschen. Kommen zweimal im Jahr her, einmal im Frühling, wenn sie die Pelze abliefern, und einmal im Herbst, wenn sie Proviant für den Winter kaufen. Reden kein Wort. Niemand weiß genau, wo ihre Hütte steht. Irgendwo im Glenrose Canyon, sagt man. Aber gesehen hat sie noch niemand dort draußen.«

»Und der alte Jeffrey Parker hat aufgegeben?«

»Jeff? Jesus, weißt du denn nicht, was mit Jeff passiert ist?«

»Ich war dreieinhalb Jahre weg«, sagte ich.

»Sacrebleu, ich dachte, du weißt, was mit Jeff passiert ist. Aber wenn du's nicht weißt, sag ich's dir.«

»Erfroren ist er«, rief Lavalle herüber. »Einfach erfroren. In einem Blizzard. Er hat seine Hütte nicht mehr gefunden. Im Frühling, als das Eis schmolz, kam ein Leichnam den Fluss herunter. Deine Schwester Mel hat ihn entdeckt, wo der Fluss in den See mündet. Er war im Ufergestrüpp hängen geblieben. Mel rannte ins Dorf und schlug Alarm, aber natürlich war alles zu spät, weil Jeff nämlich schon ein oder zwei Monate tot war.«

Francis folgte mir hinaus. Draußen sagte er: »Vielleicht wäre es besser, wenn du nicht zurückgekommen wärst, Kirby.«

Ich stieg in meinen Pontiac.

»Natürlich hast du Wurzeln hier, aber die Welt ist doch noch nicht so klein geworden, dass ein junger Mann nicht irgendwo einen Platz findet, wo er bleiben möchte.«

»Ich habe nicht viel von der Welt gesehen, Francis«, sagte ich.

»Dann hättest du eben weiter weggehen sollen.«

»Wohin? In eine andere Stadt?« Ich hätte ihm gern vom Monster erzählt, das seine eigenen Kinder verschlang, aber ich glaube nicht, dass mir Francis zugehört hätte. Er war alt geworden und jetzt fehlte es ihm an der Zeit zuzuhören.

Ich fuhr ein Stück den Sawmill Creek entlang, bis zur verlassenen Sägemühle, deren Gebäude abgebrannt waren, als der ganze Wald um den Pilot Hill herum in Flammen aufgegangen war. Von dort führte ein schmaler, nur noch selten benutzter Karrenweg zum Pilot Hill hoch, dem höchsten Punkt im weiten Umkreis des Dorfes. Als sie den Staudamm gebaut hatten, hatten sie dort oben einen TV-Umsetzer errichtet, damit wir die Programme besser empfangen konnten. Wie durch ein Wunder war der Umsetzer vom Feuer verschont geblieben und auf der Kuppe des Hügels und am Nordhang standen noch die alten Bäume. Das letzte Mal war ich mit Laura dort oben gewesen. Vor dreieinhalb Jahren, wenige Tage bevor ich weggegangen war. Laura war die Tochter von Karl »Trucker Joe« Jackson, der jahrelang mächtige Holzlaster gefahren war und dann eine Autowerkstatt aufgemacht hatte. Ich hatte keine Ahnung, ob die Jacksons noch im Dorf wohnten und was in den dreieinhalb Jahren mit Laura passiert war. Sie war ein sehr hübsches Mädchen gewesen, und als ich wegging, sagte sie mir, dass sie auch weggehen würde, wahrscheinlich nach Vancouver oder sogar nach Amerika, wo sie einen reichen Mann heiraten würde. Und dann, eines Tages wollte sie zurückkommen, in einem schneeweißen Cadillac, und sie würde die Dorfstraße hinauf und hinunter fahren und alle Leute würden ihr nachblicken und sagen, das war einmal unsere Laura Jackson, sie hat das Glück gefunden.

Wir hatten uns hier oben beim TV-Umsetzer geküsst und ich zog ihr damals die Bluse aus. Wir lagen halb nackt im Mondlicht und es war das erste Mal, dass ich ihre Brüste küsste, und beinahe hätten wir uns allen Warnungen zum Trotz richtig geliebt, aber wir wussten nicht so recht wie und alles war ziemlich umständlich und schließlich ritzte ich mit meinem Taschenmesser ein Herz in einen Baumstamm, mit den Buchstaben L für Laura und K für mich.

Ich fand den Baum. Das Herz und die Buchstaben waren noch gut sichtbar, weil die Rinde dort dünne Wülste gebildet hatte.

Ich betrachtete das Herz im flackernden Lichtschein eines Streichholzes und ich dachte an jene Nacht, die so lange zurücklag und mir im Moment dennoch so deutlich erschien, als wäre damals die Zeit stehen geblieben. Als die Streichholzflamme verlöschte, hatte ich für einen Moment sogar das Gefühl, als ob Laura hier wäre, und ich drehte mich um, aber da war niemand. Ich ging zum Umsetzer hoch und von dort konnte ich auf unser Dorf hinuntersehen, das neue Dorf, meine ich, und den See, der sich dunkel zwischen den Hügeln ausbreitete.

Im alten Dorf hatten wir keine Elektrizität gehabt, aber jetzt leuchteten dort unten Lampen entlang der Hauptstraße und auf dem Parkplatz vor dem Supermarkt. Und am Seeufer beleuchteten die Lampen ein Bootshaus und zwei lange Landestege und mehrere Boote, die im stillen Wasser lagen.

Ich setzte mich hin und ließ meine Blicke auf dem Dorf verweilen, das von hier oben aussah wie ein Spielzeugdorf mit lauter Spielzeughäusern, die unregelmäßig verstreut auf einer Ebene standen, die meisten jedoch zu beiden Seiten der Hauptstraße. Es gab zwei Tankstellen, die ich wegen der Leuchtschilder gut sehen konnte, und drei Kneipen, das Moosehead Motel, ein Schulhaus und eine Kirche.

Viel schien sich in den Jahren während meiner Abwesenheit nicht geändert zu haben. Wahrscheinlich waren noch immer die meisten Leute in unserem Dorf Indianer. Ein Pick-up-Truck fuhr die Hauptstraße hoch, schwenkte auf einen Karrenweg ein und fuhr bis zu einem der kleinen Häuser, die alle gleich aussahen, weil es sich bei ihnen um ein Wohnprojekt der Regierung handelte. Man hatte uns allen damals neue Häuser versprochen, mit Elektrizität, mit fließendem Wasser, Zentralheizung und

Gemeinschaftsanschluss an eine Sickergrube, damit wir unser Geschäft nicht mehr auf Plumpsklos verrichten mussten. Das ist wichtig. Im alten Dorf hatten wir alle noch ein Außenhaus mit Donnerbalken, und das wurde uns besonders im Winter bei Temperaturen von über vierzig Grad unter null zu einer höllischen Qual, weil man sich alles abfrieren konnte, wenn man nicht ungeheuer aufpasste. Im Sommer war ein solches Außenhaus wegen der Fliegenplage auch nicht gerade das Gelbe vom Ei und so hießen die meisten Leute den Fortschritt selbstverständlich willkommen, als die Regierungsleute mit den Hausplänen aufmarschierten.

Ich konnte es nicht fassen, dass ich alleine hier oben auf dem Hügel saß und über Plumpsklos nachsann.

Das Haus, das sie uns zugeteilt hatten, konnte ich nicht sehen. Es befand sich hinter einigen Bäumen, durch deren Geäst ich nur schwach ein Licht erkennen konnte. Für meine Mutter war es natürlich angenehmer, in diesem neuen Haus zu wohnen.

Die Hütte, in der wir früher gehaust hatten, war uns mehrere Male, wenn der Wind blies, beinahe über den Köpfen zusammengebrochen. Das Wasser hatten wir vom Fluss holen müssen und der Raum, in dem ich mit meinen Brüdern schlief, war so klein gewesen, dass Robert einmal im Halbschlaf unabsichtlich mit den Fingern in meinem Gesicht herumstocherte, anstatt in seiner eigenen Nase zu bohren.

Nachdem ich eine Weile auf das Dorf hinuntergeblickt und über meine Jugend nachgesonnen hatte, erhob ich mich. Ich ging zurück zum Pontiac, der die letzte Steigung nicht geschafft hatte, weil die Fahrrillen zu tief ausgewaschen waren und überall loses Geröll herumlag. Ich stieg ein, zündete eine Zigarette an und fuhr langsam rückwärts den Steilhang hinunter. Der Pontiac schaukelte und hopste herum und plötzlich ging die Kühlerhaube auf und ich konnte nicht anhalten, weil ich mich an der steilsten Stelle befand und der Boden unter den Reifen wegrutschte, aber schließlich erreichte ich den Platz beim alten Sägewerk, wo ich umdrehen konnte.

6. Kapitel

Ein Bild an der Wand

Ich hielt auf dem Weg vor dem Haus und schaltete den Motor und die Lichter aus. Unter einem Schrägdach, das an der Schmalseite des Hauses angebaut war, brannte eine nackte Glühbirne und beleuchtete mit ihrem kalten weißen Licht einen halb verrosteten 69er Chevrolet Camaro mit offener Motorhaube. Überall lagen abgefahrene Reifen herum und Teile von irgendwelchen Autowracks. Etwas vom Haus entfernt stand ein Motorschlitten im hohen Unkraut, die Sitzbank zerrissen, die Farbe von der Sonne ausgebleicht.

Ich verharrte einige Minuten lang in meinem Pontiac und rauchte die Zigarette zu Ende.

Im Haus rührte sich nichts, aber durch die Vorhänge in einem der Fenster drang schwacher Lichtschein.

Ich stieg aus und da sah ich Blue. Er kam unter dem Camaro hervor, schaute mich einen Moment lang verblüfft an und dann trottete er auf mich zu und er begann dabei mit seinem Schwanz zu wedeln.

»Blue, mein Freund«, sagte ich zu ihm und er musste mich an meiner Stimme erkannt haben, denn jetzt begann er zu laufen und dann sprang er an mir hoch wie früher und ich hielt ihn in meinen Armen. Er fuhr mir mit seiner Zunge ein paar Mal quer übers Gesicht, um mir zu zeigen, dass er mich niemals vergessen hatte, und ich streichelte ihn und dann stellte ich ihn wieder auf den Boden.

Die Haustür ging auf und Blue rannte über den Platz und sprang auf die Veranda. Es musste Melanie sein, die zögernd auf die Veranda herauskam und versuchte Blue von sich fern zu halten, während sie misstrauisch zu mir herübersah.

»Mel«, sagte ich, »ich bin's, dein Bruder.«

»Kirby!«, rief sie erstaunt aus. Und dann noch einmal, dieses Mal voller Freude. »Kirby! Du lieber Gott, warum hast du nicht geschrieben, dass du nach Hause kommst.« Sie drehte sich um und stürzte ins Haus und ich hörte sie rufen, dass ich zurückgekommen wäre. Mein Herz zersprang fast vor Freude, als ich die Veranda betrat und meine Mutter die Tür aufmachte. Sie sagte kein Wort. Sie lächelte nur und ich nahm sie in die Arme und ich konnte nicht vermeiden, dass mir die Tränen kamen. Ich musste sie mehr vermisst haben, als ich mir selbst gegenüber hatte zugeben wollen. Es tat gut, zu Hause zu sein und meine Mutter zu umarmen.

Meine Mutter weinte auch ein bisschen, während wir uns umarmt hielten, und dann löste sie sich von mir und sie wandte sich ab und wischte sich die Tränen vom Gesicht.

»Komm herein, mein Junge«, sagte sie. Sie nahm mich bei der Hand und Blue sprang an uns beiden hoch und meine Mutter sagte ihm, er wäre ein ziemlich dummer Hund, aber sie ließ ihn ausnahmsweise auch ins Haus.

Mel kam ins Wohnzimmer. Sie hatte sich ganz schnell etwas zurechtgemacht, mit Lippenstift und Lidschatten, und sie sah hübsch aus, obwohl sie nichts anderes trug als verwaschene graue Jeans und einen schwarzen Pullover, den sie vermutlich selbst gestrickt hatte.

Wir umarmten uns und ich fragte, wo denn die anderen seien. Da streckte Philip den Kopf durch einen Türspalt und blinzelte mich verschlafen an. Philip war erst fünf gewesen, als ich weggegangen war, aber wir hatten viel Zeit zusammen verbracht, unten am Fluss beim Fischen und im Wald.

»Mann, du bist alt geworden«, sagte er gähnend.

»Du auch«, sagte ich. »Gehst du wenigstens schon zur Schule?«

Er hob die Schultern. »Hin und wieder«, murmelte er. »Wir sehen uns am Morgen.«

Er machte die Tür wieder zu. Mel lachte. »Philip glaubt, dass er das Schärfste ist, was Gott jemals erschaffen hat. Willst du etwas trinken, Kirby? Oder vielleicht bist du hungrig? Wenn du willst, kann ich dir was machen.«

Ich blickte mich um. An der Wand über der Kommode hing ein Bild, das mich auf dem alten Motorrad meines Vaters zeigte, mit einer Baseballmütze auf dem Kopf, den Schild nach links gedreht, einem zerrissenen T-Shirt und Jeans, die an den Knien durchgescheuert waren. Das Bild hatte mein Vater beim alten Haus aufgenommen. Man konnte noch ein Stück vom alten Haus sehen; die lose zusammengenagelten Bretter und das Wellblechdach, dessen Ränder vom Wind hochgebogen waren. Wie vertraut mir das alles war. Als ob die Zeit stehen geblieben wäre, seit mein Vater starb.

Auf dem kleinen Tisch stand ein neuer Farbfernseher, daneben am Boden eine Stereoanlage mit großen Lautsprecherboxen. Der Fernseher lief. Dallas. Mir wurde sofort schlecht.

»Wo sind Marvin und Robert?«, fragte ich meine Mutter, die sich in ihren Polsterstuhl gesetzt hatte.

»Schalte den Fernseher bitte aus«, sagte sie zu meiner

Schwester. Mel gehorchte ohne Widerrede. Blue drückte sich gegen meine Beine und ich beugte mich nieder und kraulte ihn hinter seinem Hängeohr. Er begann die merkwürdigsten Laute von sich zu geben und verdrehte dabei die Augen.

»Andrea arbeitet im Supermarkt«, sagte meine Mutter. »Sie wird erst nach elf nach Hause kommen. Robert war vor einer Weile noch draußen und versuchte seinen Camaro zum Laufen zu bringen.«

»Und Marvin?«, fragte ich und richtete mich auf und schaute meine Mutter an. Sie senkte für einen Moment die Lider. Als sie sie wieder hob, lag ein anderer Ausdruck in ihren Augen.

»Ich weiß nicht, wo Marvin ist«, sagte sie. »Er war nicht zum Abendessen hier.«

»Ich sah ihn heute Abend«, sagte Mel. »Er holte Robert ab. Robert hat sein Jagdgewehr mitgenommen. Ich weiß nicht, was sie vorhaben, aber manchmal treffen sie sich in einem Versteck, von dem niemand sonst weiß, wo es sich befindet.«

Mel fragte noch einmal, ob ich wirklich nicht hungrig sei. »Ich kann dir schnell etwas warm machen, Kirby. Eine Pizza, wenn du willst.«

»Eine Pizza?«

»Vom Supermarkt. Fix und fertig. Ich brauche sie nur in den Mikrowellenherd zu tun und in zwei, drei Minuten hast du deine Pizza auf dem Tisch.«

»Das klingt nicht schlecht«, sagte ich. Mel lief in die Küche. Ich setzte mich an den Tisch. Meine Mutter sah nicht viel anders aus, als ich sie in Erinnerung hatte. Ihr Haar war glatt und noch immer ohne Grau, ihr Gesicht ebenmäßig und mit sanften Zügen. Seit Vater gestorben war, schien die Zeit spurlos an ihr vorbeizugehen und nur ihre Augen verrieten mir, dass ihr Leben keineswegs sorgenfrei war.

»Erzähl mir von deinen Erlebnissen, Kirby«, forderte sie mich mit einem Lächeln auf.

Ich schüttelte den Kopf. »Es gibt nicht viel zu erzählen, Mutter«, sagte ich.

»Soll ich dir ein Bier bringen?«, rief Mel aus der Küche. Ich stand auf und ging in die Küche. Der Mikrowellenherd begann zu piepen. Sie machte ihn auf und jetzt roch ich die Pizza. Ich nahm ein Bier aus dem Kühlschrank und ging ins Wohnzimmer zurück. Blue folgte mir auf jedem Schritt.

Die Pizza war nicht besonders gut, aber ich ließ mir nichts anmerken. Ich mag keine Fertiggerichte aus dem Supermarkt. Alles schmeckt ungefähr gleich. Ich tat Salz darauf, Pfeffer und ein paar andere Gewürze. Ein Stück Pizza gab ich Blue. Für ihn war es ein Leckerbissen. Mel und meine Mutter betrachteten mich, während ich aß. Das machte mir nichts aus. Sie hatten mich eine Ewigkeit nicht mehr gesehen.

»Erzähl mir, was hier los ist«, forderte ich Mel auf.

Sofort verschwand das Lächeln aus ihrem Gesicht.

»Wir sollten nicht darüber reden«, sagte sie.

»Worüber?«

»Über die Straße zum Bear River hinaus und über das Öl.«

»Warum nicht?«

»Weil es Unglück bringt.«

»Unglück?« Ich lachte, bemerkte jedoch, dass die Gesichter von Mel und meiner Mutter ernst blieben.

»Warum bist du nach Hause gekommen, Kirby?«, fragte meine Mutter. »Hat dir jemand gesagt, was hier geschieht?«

»Es stand in der Zeitung, Mutter.«

»Dann weißt du auch, dass Marvin keine Chance hat, den Bau der Straße aufzuhalten«, sagte Mel. »Er hat jetzt schon zu viele Feinde.«

»Wer sind seine Freunde?«

»Am Anfang waren es die meisten Leute, die hier leben«, sagte meine Mutter, ohne aufzublicken. »Wir hatten uns zum Bau des Staudammes überreden lassen. Man redete uns ein, dass für uns daraus nur Vorteile entstehen würden. Aber die Vorteile wogen die Nachteile nicht auf. Als man anfing vom Öl im Bear-River-Gebiet zu reden, wollten die meisten Leute davon nichts wissen. Aber in den letzten Monaten ist vieles anders geworden, mein Junge. Die Leute sind verwirrt. Wenn ich jünger wäre, würde ich unsere Sachen zusammenpacken und dieses Dorf verlassen.«

»Wohin?«, lachte Mel kopfschüttelnd.

»Ich weiß es nicht«, erwiderte meine Mutter.

»Ich gehe weg von hier, sobald ich erwachsen bin«, sagte Mel. »Ich gehe in die Stadt. Hier ist nichts los, Kirby. Ich verstehe nicht, dass du zurückgekommen bist.«

Ich hätte auch ihr vom Monster erzählen können, vom Gestank, mit dem es die Luft verpestete, und von den sterbenden Wäldern, stattdessen fragte ich sie, wer sich im Ernstfall gegen Marvin und Robert stellen würde.

»Fast alle«, schnappte Mel. »Die Leute wollen den Fortschritt.«

Ich sah meine Mutter an.

»Es stimmt leider, Kirby«, sagte sie. »Man nennt das Öl nicht umsonst schwarzes Gold. Das Fieber packt alle nach und nach. Sogar unsere Leute.«

Mit »unsere Leute« meinte meine Mutter uns Indianer.

Früher, bis vor ungefähr dreißig Jahren, war unser Dorf ein reines Indianerdorf gewesen und die meisten Leute hier hatten von der Jagd gelebt und vom Handel mit Pelzen. Und dann hatten sich die Weißen bei uns eingenistet. Zuerst die Fallensteller, von denen Francis »Bear River« Leroux einer war und die wir eigentlich nie so richtig als Weiße angesehen hatten, weil sie nicht anders lebten als wir, aber nach ihnen kamen die anderen, die Holzfäller, die Arbeiter der neuen Sägemühle, die Lehrerin, ein Lebensmittelhändler und seine ganze Familie, ein Priester, einer, der einen Trödlerladen aufmachte, und ein anderer, der Charlotte herbrachte und meinem Vater ermöglichte, sich in seiner schummerigen Spelunke zu Tode zu saufen. Jetzt lebten im Dorf fast so viele Weiße wie Indianer und ein Weißer hatte natürlich kein Problem mit dem Dorf, da es für ihn einen neuen Anfang bedeutete. Aber unsere Leute gingen in den letzten Jahren regelrecht ein, weil sie ihre Vergangenheit sozusagen mit dem Untergang des alten Dorfes verloren hatten und mit ihm alle Traditionen und alles, was uns zu dem machte, was wir waren. Kein Wunder, dass da die Letzten von uns auch vom Fieber gebeutelt wurden und Marvin in seinem Kampf so ziemlich alleine stand.

»Goetzmann?«, fragte ich aus meinen Gedanken heraus.

»Eine Reporterin aus dem Osten«, sagte meine Mutter. »Die Leute sagen, dass sie Marvin Flausen in den Kopf gesetzt hat. Aber das stimmt nicht. Marvin ist davon überzeugt, dass niemand das Recht hat, uns das Bear-River-Gebiet wegzunehmen und es für immer zu zerstören. Es ist der Platz der Karibus, seit die Welt besteht.« Meine Mutter seufzte. »Die Welt bleibt nicht stehen, Kirby. Dinge ändern sich überall. Schau dich nur um. Wir haben einen Farbfernseher und einen Mikrowellenherd. Vor zwei Jahren wusste ich noch nicht einmal, dass es so was wie einen Mikrowellenherd überhaupt gibt.«

»Könntest du ohne Mikrowellenherd leben, Mutter?«

»Natürlich könnte ich das, mein Junge«, lachte meine Mutter. »Ich habe es sogar verstanden, ohne Mann zu leben.«

Ich stand auf und sie nahm meine Hand und hielt sie fest.

»Und du hast wirklich keine Ahnung, wo Marvin und Robert hingegangen sind?«, fragte ich Mel.

Sie schüttelte den Kopf. »Keine Ahnung«, sagte sie.

»Sag es deinem Bruder trotzdem«, sagte meine Mutter.

»Marvin will nicht, dass ich über seine Angelegenheiten rede, Kirby. Mit niemandem.«

»Auch nicht mit mir? Immerhin bin ich sein Bruder.«

»Sag es ihm, Mel«, forderte meine Mutter Mel noch einmal auf.

Mel gehorchte zögernd. »Heute sind sie zum Laden von Leroux gegangen, um dort etwas vorzubereiten.«

»Leroux?«, fragte ich verblüfft. »Was hat er denn mit der Sache zu tun?«

Bevor Mel auf meine Frage eine Antwort geben konnte, sagte meine Mutter, dass ich all diese Dinge selbst herausfinden müsste, weil nämlich weder von Marvin noch von Robert etwas Genaues zu erfahren wäre. »Sie reden nicht über ihre Pläne, Kirby«, sagte meine Mutter. »Ich weiß nur, dass irgendetwas geschehen wird und dass ich Angst davor habe, Kirby.«

»Wir haben alle Angst«, sagte Mel.

»Ich bin froh, dass du nach Hause gekommen bist, Kirby«, sagte meine Mutter leise. »Ich glaube, wir haben alle die ganze Zeit auf dich gewartet.«

7. Kapitel

Die Zähne des Monsters

Da Mel fürchtete, sie würde fortan als Verräterin gelten, wenn ich Marvin und Robert während ihres »geheimen« Treffens im alten Handelsposten von Leroux überraschte, blieb ich zu Hause und leistete meiner Mutter und Mel Gesellschaft. Natürlich wollten sie genau wissen, was ich während meiner Abwesenheit alles erlebt hatte. Aber ich merkte bald, dass sie beide nicht in der Lage waren, mein Leben in der Stadt zu begreifen. Sie konnten nicht verstehen, dass ich es satt hatte, mich weiterhin wie ein hilfloses, in die Enge getriebenes Tier irgendwelchen profitsüchtigen Ausbeutern auszuliefern, die nichts anderes als ihre ureigensten Vorteile im Sinn hatten und diese mit sturer Rücksichtslosigkeit verfolgten. Leute wie Lester Kinsley, zum Beispiel, der einer der reichsten Männer des Landes war und der im Namen des Fortschrittes mit seinen Baukolonnen mein Land zerstörte, als wäre dieses Land zukünftig ohne Schwierigkeiten zu ersetzen. Insgeheim hatte ich mir natürlich erhofft, dass ich zu Hause mit meiner Todesangst auf mehr Verständnis stoßen würde als in den Kneipen und Straßen der Stadt, wo die meisten Menschen vom Gift des Monsters längst mehr oder weniger verseucht waren. Aber ich merkte sofort, dass selbst meine Mutter stolz war auf die Errungenschaften unserer Technik. Schließlich kam Andrea vom Supermarkt nach Hause.

»Jesus«, sagte sie, als sie mich sah, »William hat mir gesagt, dass du vielleicht herkommst, Kirby. Geh lieber wieder weg.«

»William?«, fragte ich.

»Konstabler McGill«, sagte Melanie. »Er ist ihr Freund.«

»Halt den Mund, Mel«, fauchte Andrea und zog ihren Mantel aus. Sie war schlank und hübsch und ihr Haar war mit herrlichen Dauerwellen frisiert. Sie sah städtisch aus, modern.

»Warum bist du zurückgekommen, Kirby?«, fragte sie.

Ich lächelte, obwohl mir nicht danach zu Mute war.

»Um dich zu sehen, Andrea.«

Sie warf mir einen vernichtenden Blick zu und schaltete den Fernseher ein. Dallas war nicht mehr drauf. Andrea schaltete mit der Fernbedienung kreuz und quer durch die Kanäle. Zwei Sekunden Nachrichten. Zwei Sekunden Toronto Maple Leafs gegen Chicago Black Hawks. Zwei Sekunden Jacques Cousteau. Zwei Sekunden Störung und dann wieder zwei Sekunden Nachrichten.

»Scheißfernsehen«, schimpfte Andrea und schaltete weiter. »Wird Zeit, dass wir Kabel kriegen.«

»Zweitausend Kilometer Kabel«, sagte Melanie höhnisch. »Das dauert noch ganz schön lange.«

Die Black Hawks hatten ein Tor geschossen. Auf dem Eis tummelte sich eine wilde Meute. Ein Schiedsrichter stolperte aus dem Getümmel und fiel auf den Hinterkopf. Die Menge tobte. Replay in Zeitlupe. Andrea schaltete auf den Kanal, der Störung hatte, und ich hätte ihr am liebsten in den Hintern getreten, aber da fuhr draußen ein

Auto vor und Melanie rannte zum Fenster und lugte durch eine Spalte im Vorhang hinaus.

»Oh, es ist dein Freund, Andrea«, entfuhr es ihr.

Andrea warf die Fernbedienung auf das Sofa und jetzt war der Kanal mit den Nachrichten drauf und irgendein Wirtschaftsexperte sagte eben, dass die Erschließung der Märkte in Osteuropa und in der Sowjetunion für die amerikanische Wirtschaftspolitik von erstrangiger Bedeutung sein müsse, wenn einem nicht schon wieder die Deutschen oder die Japaner den Rang ablaufen sollten. Mir war das scheißegal, weil nämlich McGill draußen auf der Veranda stand und mit unmissverständlicher Autorität an die Tür klopfte. Wir blickten uns in der Stille alle stumm an und schließlich ging Andrea zur Tür und machte ihm auf.

»William«, sagte Andrea, »ich weiß ...«

»Es ist dienstlich«, unterbrach McGill sie sofort. »Kann ich reinkommen?«

Noch bevor sie ihn dazu auffordern konnte, unser Haus zu betreten, stampfte er an Andrea vorbei ins Wohnzimmer und jetzt sah er mich und er kippte beinahe aus seinen schwarzen Reitstiefeln, die ziemlich verdreckt waren.

»Halbmond«, stieß er leise hervor. »Seit wann bist du hier?«

»Der Motor an meinem Pontiac ist noch warm, McGill«, sagte ich.

Er musterte mich von Kopf bis Fuß, so, wie ein Schlächter sein Vieh mustert, bevor er ihm das Bolzenschussgerät an den Schädel drückt. Andrea hatte unterdessen die Tür zugedrückt. Sie stellte sich mit dem Rücken gegen die Wand neben dem Sofa, auf dem meine Mutter saß. In ihrem Gesicht war ein Ausdruck, der mir nicht gefiel. Ich blickte sie an und wusste nicht, was es war. Eine Herausforderung vielleicht. Oder ein Vorwurf, mit dem sie sich gegen mich stellte oder gegen die Familie. Eine Stinkwut stieg in mir auf.

»Was willst du, McGill?«, fragte ich McGill.

»Deine Brüder Marvin und Robert machen uns Schwierigkeiten«, antwortete er. »Sie sind vor einer Stunde in das Baulager bei der Brücke eingedrungen, wahrscheinlich um Sprengstoff zu klauen. Marvin ist noch drin. Er hat einen von Kinsleys Wächtern in seine Gewalt gebracht und sich im Sprengstofflager verschanzt. Seit einer Stunde versuchen wir ihm ins Gewissen zu reden. Ohne Erfolg. Er sagt, dass er das Lager in die Luft jagt, wenn es hell wird, und dass ihn niemand aufhalten kann.«

Mel lief zum Sofa und umarmte meine Mutter. McGill drehte sich dem Sofa zu. Erst jetzt sah er Mutter. Er nahm seine Mütze vom Kopf.

»Ma'am, Ihr Sohn Marvin ist mehrmals gewarnt worden«, sagte er. »Tut mir Leid, dass es so weit kommen musste.«

Mutter erhob sich. Sie hatte einen Arm um Melanie gelegt, der Tränen über die Wangen liefen. Mutter fragte McGill, was sie für ihn tun könne.

»Ich habe mit Mr. Kinsley telefoniert, Ma'am«, sagte McGill kühl. »Mr. Kinsley meint, dass er vielleicht aufgibt, wenn Sie mit ihm reden.«

»Ich?« Mutter schüttelte den Kopf. »Er hat doch nicht mehr auf mich gehört, seit mein Mann gestorben ist, Konstabler.«

»Vielleicht hört er jetzt auf Sie, Ma'am. Es geht um Leben und Tod. Bis jetzt ist noch nichts passiert. Nicht einmal der Alarm ist losgegangen und ich habe darauf verzichtet, meine Vorgesetzten zu benachrichtigen und Verstärkung anzufordern. Marvin und Robert sollen eine letzte Chance erhalten, Ma'am.«

Mutter bedankte sich bei ihm, als wäre er ein echter Wohltäter, der zur Rettung ihrer verlorenen Söhne hergekommen war. McGill erklärte ihr, dass es vor allem Mr. Kinsley zu verdanken wäre, wenn Marvin und Robert nicht in den Knast kommen würden. Man müsste nur in Zukunft eben besser dafür sorgen, dass Marvin und Robert Vernunft zeigen würden, da die Erschließung des Bear-River-Gebietes unbestreitbar auch ihnen nur Vorteile bringen würde. Es klang alles ziemlich einleuchtend, was McGill etwas hastig von sich gab, während meine Mutter ihre Fellstiefel und den Mantel anzog.

»Wenn er nur begreifen würde, dass seine Fallenstrecke und die Karibus der Vergangenheit angehören«, sagte Andrea mit fester Stimme und demonstrierte damit ihre Solidarität mit McGill. »Wir haben nichts zu verlieren. Unsere Vergangenheit ist nicht etwas, worauf wir stolz sein könnten, dass wir sie uns auf Kosten einer besseren Zukunft erhalten sollten. Oder glaubt Marvin etwa, dass er vom Verkauf von Fellen reich und ...«

»Andrea!« Mutter unterbrach sie leise, aber bestimmt.

»Ist doch wahr«, sagte Andrea trotzdem. »Mein Gott, ich halte es hier in diesem Haus schon bald nicht mehr aus.« Sie drehte sich abrupt um und verschwand in ihrem Zimmer.

»Ich glaube, wir können jetzt gehen, Konstabler«, sagte meine Mutter. Sie gab Mel einen Kuss. »Geh ins Bett, Melanie«, sagte sie. »Und vergiss nicht, den Fernseher auszumachen.«

McGill drehte sich mir zu.

»Kommst du mit?«, fragte er.

»Ich fahre meine Mutter«, antwortete ich knapp. Ich nahm meine Mutter beim Arm und wir gingen hinaus. Draußen stand einer von McGills Leuten mit einer Taschenlampe. Er leuchtete mir ins Gesicht und fragte McGill, wer ich sei.

»Das ist Kirby Halbmond«, sagte er. »Ich habe dir von ihm erzählt, Tom.«

Der Mann knipste die Taschenlampe sofort aus.

Das Baulager an der Brücke war von einem zweieinhalb Meter hohen Maschendrahtzaun umgeben, der oben zusätzlich mit einer Stacheldrahtspirale abgesichert war. Am Tor befand sich ein Wächterhäuschen, in dem Licht brannte. Scheinwerfer beleuchteten das ganze Areal und überall hingen Warntafeln mit dem LK-Firmenzeichen.

McGill, der vor uns herfuhr, hielt beim Wächterhäuschen an. Ein LK-Wächter in dunkler Uniform kam heraus. Er unterhielt sich kurz mit McGill und trat dann zurück.

McGill fuhr mit seinem Streifenwagen langsam weiter. Ich folgte ihm dichtauf. Wir fuhren zwischen Reihen von riesigen Baumaschinen, die alle gelb gestrichen und mit einem klotzigen schwarzen LK versehen waren. Wie schlafende Ungeheuer standen sie einträchtig nebeneinander, Planierraupen, Erdhobel, Schürfkübelraupen, Hochschöffelbagger und mindestens zwei Dutzend mächtige Hinterkipper- und Tanklastwagen. Dann fuhren wir durch eine Gasse aufgestapelter Öl- und Benzinfässer hindurch, vorbei an mehreren Stammholzschleppern und einer Reihe von Langholzlastwagen, die auch alle Lester Kinsley gehörten. Das ganze Areal war voll von Maschinen, mit denen man von einem Tag auf den anderen ein riesiges Stück Welt verwüsten konnte.

»Siehst du diese Maschinen«, sagte ich zu meiner Mutter, die steif neben mir saß und sich nicht gerührt hatte, seit sie eingestiegen war. »Das sind die Zähne des Monsters, das uns alle auffressen wird, wenn wir es nicht töten können.«

»Soll Marvin etwa versuchen, dieses Monster zu töten, Kirby?«, fragte meine Mutter. »Marvin ist mein Sohn.«

Sie war verzweifelt.

Marvin hatte sich in einer kleinen Wellblechbude verschanzt, in der vor allem Sprengstoff gelagert war. Der Suchscheinwerfer, der an McGills Streifenwagen angebracht war, beleuchtete die schmale Blechtür mit dem roten Warnschild DANGER – EXPLOSIVES.

Einer von McGills Untergebenen meldete, dass Robert entkommen war. McGill wollte wissen, wie das geschehen konnte, aber der Gehilfe hatte keine Ahnung. Er wusste nur, dass sich Marvin in der Wellblechbude aufhielt und dass er eine Geisel in seiner Gewalt hatte.

McGill kam zu meinem Pontiac und ich rollte das Seitenfenster herunter. Die Luft hier draußen am Fluss war eiskalt, Dunstschleier zogen über die Uferböschung.

»Ich glaube, es ist besser, wenn du im Wagen bleibst und nur deine Mutter versucht mit ihm zu reden«, sagte McGill.

Meine Mutter war so nervös, dass sie die Tür nicht öffnen konnte. Ich machte ihr auf. Sie stieg aus und ging einige Schritte auf die Wellblechbude zu. McGill lief ihr eilig nach und hielt sie am Mantelärmel zurück. Er sagte leise etwas zu ihr, was ich nicht verstehen konnte.

McGills Gehilfe lief geduckt zu einer Baracke hinüber. Dort, im Schatten der Baracke, gewahrte ich die Umrisse zweier Gestalten, die Gewehre in den Händen hielten. Sie verschwanden hinter der Baracke und ich nahm an, dass sie versuchten von hinten an die Wellblechbude heranzukommen, um Marvin notfalls in den Rücken zu schießen. Ich merkte, wie mir bei diesem Gedanken die Handflächen feucht wurden.

»Marvin!«, hörte ich McGill mit scharfer Stimme rufen.

Er bekam keine Antwort.

»Marvin, ich habe deine Mutter mitgebracht.«

Nichts rührte sich. »Deine Mutter will mit dir reden!«

McGills Stimme verhallte in der kalten Nacht. Ich dachte schon, dass Marvin sich vielleicht auch schon längst in Sicherheit gebracht hatte, als aus der Wellblechbude eine Antwort kam.

»Bring meine Mutter lieber wieder nach Hause, McGill!«, rief Marvin. »Ich will mit niemandem reden, außer mit der Zeitungsreporterin, die im Moosehead wohnt. Bring sie her, McGill, damit das Ding hier nicht umsonst in die Luft geht.«

McGill sagte etwas zu meiner Mutter. Ich sah, wie sie nickte, und McGill nahm sie beim Arm und schob sie ein paar Schritte näher an den Schuppen heran.

»Marvin!« Die Stimme meiner Mutter klang nicht sehr laut, doch war sie in der kalten Nacht so klar zu hören, als käme sie aus einem Lautsprecher. »Marvin, dein Bruder Kirby ist zurückgekehrt. Ich glaube, du solltest mit ihm reden, wenn du nicht mit mir reden willst.«

»Ich will mit niemandem reden außer mit Goetzmann«, kam Marvins Antwort sofort zurück. »Außerdem will ich wissen, was mit Robert geschieht?«

»Dein Bruder ist uns entkommen, Marvin!«, rief McGill zum Haus hinüber. »Wir wissen nicht, wo er sich versteckt hat, aber wenn das Ding hier in die Luft fliegt, garantiere ich dir, dass wir ihn finden und vor Gericht stellen. Und falls Mr. Allen, der sich in deiner Gewalt befindet, etwas zustößt, dann wird die Anklage auf Beihilfe zum Mord lauten!«

McGills Stimme verhallte in der Nacht. Fast eine Minute verstrich, ohne dass Marvin reagierte.

»Hast du mich verstanden, Marvin? Wir wissen, dass dein Bruder dabei war, als ihr in das Areal eingedrungen seid. Wir wissen, dass er Mr. Allen mit einem Gewehr bedroht hat, als dieser euch überraschte. Wir wissen, bei wem ihr euch getroffen habt und wer eure Komplizen sind. Ich glaube, das genügt, um Robert bis an sein Lebensende hinter Schloss und Riegel zu bringen, Marvin.«

»Bring Goetzmann her, McGill! Sie soll Kirby und der CANOIL erklären, warum wir euch daran hindern wollen, eine Straße zum Bear River zu bauen!«

»Es wird niemand gelingen, dies zu verhindern, Marvin! Selbst wenn du dich und das ganze Baulager in die Luft sprengst, wird sich nichts ändern.«

»Die Explosion wird die ganze Welt aufschrecken, McGill!«

»Nein, das wird sie nicht, Marvin. Was glaubst du, was den Leuten in New York wichtiger ist, die Karibus oder das Auto, das sie fahren?«

»Die Leute in New York sind mir scheißegal, McGill. Die kriegen ihr Benzin von den Arabern und weiß der Teufel von wem. Ich will, dass die Welt von mir erfährt und vom Bear-River-Gebiet, in dem die Karibus ihre Jungen zur Welt bringen. Ich will, dass die Leute wissen, welche Werte hier zerstört werden, wenn diese Straße einmal gebaut ist!«

»Nichts wird zerstört, Marvin. Genau wie beim Bau der

Pipeline wird man auf die Umwelt größte Rücksicht nehmen!«, entgegnete McGill.

»Das hat man uns auch versprochen, als der Staudamm gebaut wurde, McGill!«

»Dieses Mal ist es anders, Marvin!«

»Geh zum Teufel, McGill. Du bist Kinsleys Mann, das wissen wir! Du trägst zwar die Uniform eines Mounties, aber du bist ein korruptes Schwein, das nach der Pfeife der Mächtigen tanzt und dafür Schmiergelder einsteckt! Warum holst du nicht Verstärkung her, McGill? Ein Anruf genügt und bis zum Morgengrauen wimmelt es hier von Militär.«

»Wir wollen dir eine Chance geben, Marvin!«

»Blödsinn, McGill! Kinsley und CANOIL können sich keinen Skandal erlauben. Das ist der Grund, warum du hier mit meiner Mutter aufkreuzt und nicht mit einem verdammten Schützenpanzer. Solange hier kein Skandal entsteht, kann euch niemand aufhalten. Deshalb hast du sogar dafür gesorgt, dass Goetzmanns Berichte an die Zeitungen abgefangen werden!«

»Das ist eine infame Lüge, die ...«

»Du hast Goetzmann bedroht, McGill! Ich bin sicher, dass du bereit bist, sie aus dem Weg zu räumen, falls Kinsley dir dazu den Auftrag gibt!«

»Mr. Kinsley würde nie ...«

»Kinsley ist ein mächtiger Mann, McGill. Er will die Straße bauen, weil er dafür von der CANOIL gut bezahlt wird. Er braucht das Geld. Er muss seine Maschinen bezahlen und seine Arbeiter. Außerdem will er noch mächtiger werden, McGill, und in die Politik einsteigen. Warum holst du nicht Kinsley her? Er war schon einmal hier. Zur Einweihung des Staudammes. Seitdem hat er sich nicht mehr blicken lassen. Er kam nicht, als der Wald brannte. Er war auch nicht da, als die Leute von der CAN-OIL kamen und Vermessungen im Bear-River-Gebiet durchführten. Ich glaube, Lester Kinsley hat überhaupt keine Ahnung, wohin die Straße führt, die er für die CAN-OIL bauen will!«

»Mr. Kinsley ist sich der Situation bewusst, Marvin. Er hat sich sogar bereit erklärt, hierher zu kommen und mit den Leuten zu reden.«

»Dann bring ihn her.«

»Rede erst mit deiner Mutter, Marvin!«

»Ich will nicht mit meiner Mutter reden! Bring sie nach Hause, McGill!«

Meine Mutter löste sich von McGill und ging auf die Tür des Schuppens zu. McGill machte keine Anstalten, meine Mutter aufzuhalten. Stattdessen gab er den Männern, die hinter der Baracke hervorkamen, ein Zeichen. Zwei der Männer liefen daraufhin an der Baracke entlang.

»Bleib stehen, Mutter!«, rief Marvin aus dem Schuppen. Seine Stimme klang scharf und etwas schrill. »Bitte, bleib stehen!«

Meine Mutter dachte nicht daran, der Aufforderung Marvins nachzukommen. Sie ging direkt auf die Tür zu. Neben der Tür war ein kleines Fenster. Für einen Moment sah ich darin schemenhaft das Gesicht Marvins.

»McGill, ruf meine Mutter zurück!«, schrie Marvin.

»Ich glaube nicht, dass deine Mutter mir gehorchen würde, Marvin!«

»Jesus, ich bringe alle um!« Marvins Stimme klang schrill.

Jetzt sprang ich aus dem Pontiac und lief über den Platz. McGill wollte sich mir in den Weg stellen, aber ich stieß ihn heftig zur Seite und er taumelte zurück und ich rannte weiter, bis ich meine Mutter eingeholt hatte. Ich packte meine Mutter beim Arm und in diesem Moment krachte es irgendwo hinter der Wellblechbude und jemand brüllte etwas, was ich nicht verstehen konnte, und dann fielen mehrere Schüsse.

Meine Mutter schrie Marvins Namen und sie wollte sich losreißen, um zum Schuppen zu laufen, aber ich hielt sie fest. In diesem Moment flog die Tür auf. Eine Gestalt stürzte heraus und im Scheinwerferlicht konnte ich erkennen, dass es nicht Marvin war, sondern wahrscheinlich dieser Mr. Allen, der Wächter. Mit erhobenen Händen stürzte er schreiend auf uns zu und hinter ihm in der Türöffnung erschien jetzt Marvin, das Gesicht im grellen Scheinwerferlicht blass wie das eines Weißen. Er prallte gegen den Türrahmen und taumelte ein paar Schritte, bevor er schwankend stehen blieb. Jetzt sah ich, dass er einen Revolver in der rechten Hand hatte, aber der Arm hing schlaff an seinem Körper herunter und die Finger, die den Revolver umklammerten, hatten kaum mehr die Kraft, die schwere Waffe zu heben. Der Ärmel seiner Jacke war voll Blut.

Hinter Marvin stürzten zwei Männer aus dem Schuppen. Einer von ihnen hatte eine Schrotflinte in den Händen, der andere richtete einen Revolver auf Marvin. Links vom Schuppen erschienen die zwei Mounties, die mit Schnellfeuergewehren bewaffnet waren. Sie gingen sofort hinter einem roten Transportcontainer in Deckung.

»Halbmond, lass den Revolver fallen!«, rief McGill scharf. »Na, mach schon, verflucht noch mal, oder willst du unbedingt in die Hölle fahren?«

»Schießt ihn nieder, diesen verrückten Hund!«, rief Mr. Allen, der sich inzwischen in Sicherheit gebracht hatte.

»Vielleicht wäre das wirklich das Beste für uns alle«,

sagte der Mann mit der Schrotflinte, der einen von den gelben LK-Anoraks trug.

»Moment, Leute«, rief McGill. Er ging langsam auf Marvin zu. »Halbmond, lass die Knarre endlich fallen! Es ist genug jetzt. Die Sache ist gelaufen. Wenn du jetzt noch einen winzig kleinen Fehler machst, schießen wir dich nieder wie einen tollwütigen Hund!«

Meine Mutter löste sich von mir. Sie ging auf Marvin zu.

»Bleiben Sie stehen, Ma'am!«, rief der Mann mit der Schrotflinte warnend, aber meine Mutter beachtete ihn nicht. Sie ging zu Marvin und legte einen Arm um ihn. Der Revolver entfiel seinen kraftlosen Fingern und er knickte in den Knien ein. Ich stürzte vorwärts, aber ich kam zu spät. Marvin sackte zusammen und meine Mutter versuchte vergeblich, ihn aufrecht zu halten. Er war viel zu schwer und er riss sie mit sich zu Boden.

8. Kapitel

Wie ein junger Wolf

Sie brachten Marvin zu Dr. Alexander, wo er verarztet und so weit wiederhergestellt wurde, dass er den Rest der Nacht in einer der Zellen des RCMP-Postens verbringen konnte. Schwer war er nicht verletzt. Eine Kugel hatte ihn am Arm gestreift und er hatte ein bisschen Blut verloren, aber das war zu wenig, um ihn per Helikopter in die Stadt zu überführen. Außerdem hatte McGill ja kein Interesse daran, ein großes Aufheben zu machen. Er gab mir und meiner Mutter sogar zu verstehen, dass Marvin mit einem blauen Auge davonkommen könnte, falls er sich willig erklärt, fortan keine Versuche mehr zu unternehmen, Anschläge auf die CANOIL auszuführen. Außerdem sollte meine Mutter dafür sorgen, dass sich Robert im Laufe des Tages auf dem Posten einfinden würde, um seine Beteiligung am Eindringen in das Baulager zu Protokoll zu geben.

Ob allerdings Mr. Allen angehalten werden konnte, auf eine Klage wegen Freiheitsberaubung zu verzichten, wollte McGill vorerst dahingestellt sein lassen. Er versprach Mutter, ihr zuliebe bei Lester Kinsley seinen ganzen Einfluss geltend zu machen, und da Mr. Allen ein Angestellter von LK war und LK als Vertragsfirma für die CANOIL arbeitete, konnte sich McGill gut vorstellen, dass Mr. Allen keine weiteren gesetzlichen Schritte unternehmen würde.

Ich fuhr Mutter von der RCMP-Station nach Hause. Mel schlief natürlich noch nicht. Sie saß vor dem Fernseher am Boden. Andrea lag unter einer Wolldecke auf dem Sofa und schnarchte leise. Im Fernsehen lief ein Werbespot für Brombeerjogurt aus Frankreich. Wer einen Karton mit zehn Bechern kaufte, kriegte gratis einen neuartigen Jogurtlöffel aus rosarotem Plastik. Wer ein ganzes Set dieser Jogurtlöffel besitzen wollte, also sechs Stück, musste sechzig Jogurtbecher kaufen.

Ich schaltete den Fernseher aus. Die Stille riss Andrea sofort aus dem Schlaf und sie setzte sich gähnend auf. Die Schminke in ihrem Gesicht war verschmiert. Sie sah überhaupt insgesamt ziemlich verwüstet aus.

»Was ist geschehen?«, fragte sie. »Hat man Marvin eingesperrt?«

»Wasch dich und geh ins Bett, Andrea«, sagte meine Mutter.

Mel stand auf. Sie trug ein knöchellanges Nachthemd und fror.

»Ich geh jetzt schlafen«, sagte sie. »Kirby, ich hab dir dein Bett gemacht. Philip schläft bei mir.«

Sie kam zu mir und gab mir einen Kuss.

Ich machte die ganze Nacht kein Auge zu, obwohl ich eigentlich hundemüde war. Wahrscheinlich schlief Mutter auch nicht. Einmal hörte ich Geräusche, die aus der Küche kamen. Licht drang durch eine Spalte in der Tür.

Mein altes Bett war mir nicht mehr vertraut. Es war Philips Bett, seit ich weggegangen war. Das Kopfkissen roch nach ihm. Die Matratze war durchgelegen. An der Wand neben dem Bett hing ein Foto von Arnold Schwarzenegger und eines von Wayne Grezky in der Uniform der

Edmonton Oilers. An der anderen Wand, neben dem Kleiderschrank hing ein Poster, das in Hawaii gemacht worden war. Ein Surfer in einer riesigen Tunnelwelle. Darunter stand in türkisblauer Leuchtschrift ALOHA. Auf einem kleinen Schreibtisch war ein höllisches Durcheinander und über dem Schreibtisch hing ein Zettel, auf den jemand mit eckiger Schrift PHILIP, DER SATANSBRATEN geschrieben hatte.

Irgendwann gegen Morgen machte ich Licht.

Ich wartete darauf, dass Robert zurückkehren würde.

Geräusche drangen durch die Tür. Mutter war aufgestanden. Sie weckte Melanie und Philip, weil sie Schule hatten. Ich machte das Licht aus. Philip kam ins Zimmer. Leise ging er zum Schrank und nahm seine Sachen heraus. Als er wieder hinausgehen wollte, setzte ich mich auf.

»Heh, Satansbraten«, sagte ich.

Er kam herüber und setzte sich aufs Bett.

»Das war früher dein Bett«, sagte er.

»Jetzt ist es dein Bett«, sagte ich.

»Ich habe auf dem Boden geschlafen.«

»Diese Nacht schlafe ich auf dem Boden.«

Er hob die Schultern. »Es macht mir nichts aus, auf dem Boden zu schlafen. Wie lange bleibst du?«

»Keine Ahnung. Ich habe es mir noch nicht überlegt.«

»Überleg es dir.«

»Ich überleg es mir.«

»Du könntest immer dableiben, wenn du willst. Es gibt bald jede Menge Arbeit hier. Keiner braucht mehr wegzugehen und woanders zu arbeiten.«

»Ist das gut?«

»Ja. Alle sagen, dass es gut ist. Es wäre gut für uns, wenn du bleibst. Andrea arbeitet im Supermarkt und

Robert hilft in der Garage aus. Wenn du dableibst, hätten wir mehr Geld.«

»Wer sagt das?«

»Niemand. Aber das ist doch eine einfache Rechnung. Du arbeitest und bringst deinen Anteil nach Hause. Vielleicht könnte ich mir dann demnächst ein Rad kaufen.«

»Hast du kein Rad?«

»Das alte, das du gefahren bist und vor dir Marvin. Ich will ein BMX-Rad, verstehst du. Eines wie das von Kevin. Dafür sammle ich leere Dosen und bringe sie zur Sammelstelle. Aber dann wird bei uns das Geld knapp und entweder kommt Andrea und pumpt sich ein paar Dollar, die sie nie zurückzahlt, oder Mel pumpt sich ein paar Dollar, die sie nie zurückzahlt.«

»Wie viel hast du beisammen?«

»Dreiundzwanzig Dollar.«

»Ich gebe dir fünf dazu.« Ich langte nach meiner Hose und nahm einen Fünfdollarschein aus dem Geldbeutel und gab ihn Philip.

»Heh, bist du reich?«, fragte er und versteckte den Schein in seiner Schreibtischschublade.

»Nein. Ich bin nicht reich«, sagte ich.

Mutter rief nach ihm. Er lief aus dem Zimmer. Später kam er noch einmal zurück. Er hatte seinen Schulranzen auf dem Rücken und trug eine handgestrickte Wollmütze mit Ohrenklappen.

»Mel sitzt in der Küche und weint«, sagte er nur. »Niemand weiß, wo Robert ist.« Er drehte sich um und lief aus dem Haus.

Ich stand auf und zog mich an.

Zuerst fuhr ich allein zum alten Handelsposten von Francis Leroux. Die Tür des Ladens war abgeschlossen, obwohl ein Schild mit der Aufschrift »Yes, we are OPEN« daran hing. Ich ging nach hinten und lugte durch eines der Fenster, und wenn ich im Leben nicht schon so manches erlebt hätte und sozusagen ziemlich abgebrüht gewesen wäre, hätte mich beim Anblick meines kleinen Bruders Robert wahrscheinlich glatt der Schlag getroffen. Robert lag nämlich mit der jungen Frau von Francis Leroux im Bett, und zwar in einem Durcheinander von Tüchern und Fellen und bunten, indianischen Wolldecken, völlig ineinander verschlungen. Ein paar Elchköpfe, ein ausgestopfter Grizzlybär und mehrere Bergziegen, die sich Leroux als Trophäen an die Zimmerwände gehängt hatte, schauten dem munteren Treiben ungeniert zu. Ich hämmerte mit den Knöcheln meiner Faust gegen die angelaufene Fensterscheibe, und mein kleiner Bruder Robert sprang mit einem Satz aus dem Bett, riss einen Stuhl um und packte ein Gewehr, das auf einer Kommode gelegen hatte. Splitternackt warf er sich herum und da erkannte er mich und warf das Gewehr aufs Bett und grinste mich unverschämt an. Lavelle war unter den Decken und Fellen verschwunden und tauchte erst wieder auf, als ihr Robert sagte, dass ich draußen vor dem Fenster stand und nicht ihr Mann.

Sie ließ mich in den Laden und es war Lavelle ziemlich peinlich, dass ich sie erwischt hatte, und während sie Kaffee machte, erklärte sie mir, dass Francis am frühen Morgen zwecks Vernehmung abgeholt worden sei.

»Jesus, und da machst du unterdessen mit meinem Bruder rum«, sagte ich. »Ich dachte, du bist schwanger.«

»Stimmt«, bestätigte Robert. »Von mir.«

»Von dir?«

»Von mir.« Er grinste schief. Ich setzte mich auf einen Stuhl am Tisch. Lavelle stand im hellblauen Frotteemorgenmantel und mit zerzaustem Haar am Herd. Einige Sekunden lang war es still in der kleinen Küche. Dann stieß Robert die Luft schnaubend durch die Nase. »Mann, warum schaust du mich so an, Kirby?«, sagte er. »Wir lieben uns.«

»Ah. Und was ist mit Francis?«

Lavelle drehte sich um. Sie war ziemlich blass und hatte dunkelroten Lippenstift am Mund.

»Wir lieben uns nicht«, sagte sie.

»Francis liebt dich«, sagte ich. »Er will dir Paris zeigen. Er glaubt, dass du von ihm schwanger bist.«

»Er ist ein Greis«, sagte Lavelle. »Ich schlafe nicht einmal mit ihm. Wie kann er da sagen, dass ich von ihm schwanger bin.«

»Sie ist von mir schwanger«, schnappte Robert. »Mann, was willst du? Das sind unsere Angelegenheiten, verstehst du! Du bist zwar mein Bruder, aber über mein Leben bestimme ich!«

Dagegen war nichts einzuwenden. Ich war nur sein Bruder, knapp zwei Jahre älter als er und vielleicht ein bisschen weiser. Außerdem war ich nicht hergekommen, um mich mit ihm zu streiten. Ich war hergekommen, weil ich mir gedacht hatte, dass Francis vielleicht wusste, wo sich Robert versteckt hielt. Aber Francis hatte wohl keine Ahnung. Lavelle brachte den Kaffee zum Tisch und goss meine Tasse voll. Sie blickte mich dabei nicht an.

»Als Robert am Morgen hierher kam, war er halb erfroren«, sagte sie. »Wir versteckten ihn in der Werkstatt. McGill hatte keinen Haussuchungsbefehl. Er nahm Francis mit zur Vernehmung. Als er wegging, sagte er, dass Francis aufs falsche Pferd gesetzt hat und dass er den Laden dichtmachen kann, wenn Kinsley seinen Arbeitern gewisse Anweisungen gibt.«

»Dass sie hier nicht mehr einkaufen?«

»Ja. Das meinte er. Seit die Sache mit Marvin passiert ist, als er sich vor die Planierraupe legte und die Goetzmann ein Foto machte, das in der Zeitung abgedruckt wurde, geht das Geschäft ohnehin schlecht.«

Lavelle holte Milch aus dem Kühlschrank. »Zucker?«, fragte sie. Ich schüttelte den Kopf.

»Warum seid ihr gestern in Kinsleys Baulager eingedrungen?«, fragte ich Robert, der bei der Tür zu den hinteren Räumen an der Wand lehnte.

»Wir hatten geplant, die Brücke in die Luft zu sprengen«, sagte Robert. »Marvin und ich wollten uns den Sprengstoff bei Kinsley besorgen. Er hat ein ganzes Lager voll davon. Alles ging gut, bis uns einer der Wachhunde bemerkte. Wir waren schon fast am Sprengstoffschuppen, da fiel uns der Hund an und Marvin tötete ihn mit dem Messer. Wir liefen weiter und da kam einer der Wächter angerannt und wir versteckten uns hinter einem Container, und als er an uns vorbei war, drückte ich ihm von hinten die Gewehrmündung in den Rücken und er ließ vor Schreck gleich den Revolver fallen. Wir nahmen ihn mit und er schloss uns die Tür zum Sprengstoffschuppen auf, aber dabei löste er einen stillen Alarm im Wächterhäuschen aus und einige Minuten später sah ich durchs Fenster, wie beim Tor McGills Streifenwagen vorfuhr. Ich sagte Marvin Bescheid und er sagte, dass ich durch die Hintertür verschwinden sollte, und das tat ich, und während McGill mit seinen Leuten den Schuppen umzingelte, machte ich mich davon. Ich entkam durch das Haupttor und zuerst wollte ich nach Hause laufen, aber dann dachte ich, dass sie dort zuerst suchen werden. Ich versteckte mich unten am See in einem der Boote und später schlich ich mich zum Posten und sah dich dort und

Mutter. Ich wusste nicht, was los war, aber ich dachte mir, dass sie Marvin eingelocht haben.«

»Marvin hatte Glück. Eine Kugel streifte ihn am Arm.« Ich trank vom Kaffee. Lavelle entschuldigte sich und verließ die Küche. Wahrscheinlich verschwand sie, um sich zurechtzumachen.

Ich musterte meinen Bruder. Er war etwas kleiner als ich, ziemlich stämmig und mit einem glatten, ebenmäßigen Gesicht. Seit ich weggegangen war, musste er mindestens acht Zentimeter gewachsen sein und ungefähr dreißig Pfund zugelegt haben. Er sah gut aus. Kräftig.

»Wie war die Jagd?«, fragte ich ihn.

»Ich war nicht auf der Jagd!« Er kam zum Tisch und setzte sich mir gegenüber ihn. »Wir essen jetzt Fleisch vom Supermarkt«, sagte er. »Andrea kriegt Prozente, weil sie dort arbeitet. Ein Pfund Hackfleisch zu achtundneunzig Cents. Mutter sagt, dass sich da der Aufwand mit Frischfleisch nicht mehr lohnt.«

Wir blickten uns in die Augen, ohne etwas zu sagen. Im Badezimmer fiel irgendetwas herunter und zersplitterte.

»Was ist mit Lavelle?«, fragte ich ihn.

Er hob die Schultern.

»Dass sie die Frau von Francis ist, macht dir wohl nichts aus, wie?«

»Und ob mir das was ausmacht. Natürlich macht mir das was aus, verdammt.«

»Weiß Mutter etwas davon?«

»Niemand weiß etwas davon. Nicht einmal Marvin.«

Robert beugte sich über den Tisch. »Warum bist du hier, Kirby? Ich dachte, du bist der Gescheiteste von uns allen und kommst nie mehr hierher zurück.«

»Ich sah Marvin auf dem Foto in der Zeitung.«

»Deswegen bist du zurückgekommen?«

»Nicht nur deswegen. Ich war ziemlich einsam, dort, wo ich war. Ich weiß nicht, wie ich es dir erklären soll.« Ich hob die Schultern. »Ich passte nicht dorthin, verstehst du? Ich hatte keine Freunde. Ich wachte am Morgen auf und wusste nicht, wozu es gut war, dass ich aufwachte. Ich arbeitete in einer Pizzeria.«

»Ist das alles?«

»Ja. Und ich dachte, wir könnten zusammen auf die Jagd gehen.«

Er beugte sich über den Tisch. »Nichts ist mehr so, wie es einmal war«, sagte er. »An deiner Stelle wäre ich nicht zurückgekommen, Kirby.«

»Warum regst du dich darüber auf, Robert? Dir ist doch egal, was hier passiert.«

Er grinste. »Was ist denn sonst los hier? Nichts. Tote Hose ist das hier. Stell dir vor, was da abgegangen wäre, wenn wir die Brücke in die Luft gejagt hätten.«

Lavelle kam herein. Sie trug noch immer den Morgenmantel, aber jetzt hatte sie ihr Haar gekämmt und das Gesicht war blass und sauber.

»Kirby, sag ihm, dass es völlig idiotisch ist, sich gegen den Fortschritt zu stellen«, sagte sie.

»Warum soll ich ihm das sagen?«

»Weil er auf mich nicht hört. Ich habe es ihm gesagt. Ich habe es auch Marvin gesagt. Es nützt nichts.«

»Wir haben den Baubeginn der Straße schon ein halbes Jahr hinausgezögert«, widersprach Robert. »Wenn wir nicht gewesen wären, stünden am Bear River schon die ersten Bohrtürme.«

»Ob die jetzt schon dort stehen oder erst im Frühjahr, das macht überhaupt keinen Unterschied«, beharrte Lavelle. »Auf euch hört doch niemand mehr, ganz gleich, was ihr euch einbildet. Die Zeitungen berichten nicht mehr von euch.«

»Das wird sich ändern, verlass dich darauf.«

Lavelle lachte. »Ihr habt keine Freunde mehr. Nicht einmal hier im Dorf. Die Leute wollen Arbeit, verstehst du. Die Leute wollen nicht mehr fischen und jagen und im Winter hungern und frieren. Diese Zeiten sind vorbei. Du hast selbst gesagt, dass nichts mehr so ist, wie es einmal war. Und nun habt ihr euch in eine ganz dumme Situation gebracht mit dem Einbruch in das Baulager. Warum hört ihr nicht auf die Leute, sacrebleu?«

»Frag meinen Bruder Marvin, verdammt. Marvin weiß, was abgeht. Ich mache so lange mit, wie's mir Spaß macht. Oder noch besser ist es, wenn du die Reporterin fragst. Die kann es höllisch gut erklären, weil sie gescheit ist.«

Lavelle blickte mich Hilfe suchend an.

»Er ist völlig verrückt, Kirby!«, stieß sie hervor. »Er glaubt, das ist ein Spiel. Sag ihm, dass er Lester Kinsley niemals daran hindern kann, die Straße zu bauen!«

»So, und was soll ich deiner Meinung nach tun? Soll ich etwa hingehen und mich McGill ausliefern?«

»Was willst du sonst tun?« Lavelle drehte das Radio leiser. »Du kannst in den Wald gehen und in einer Höhle wohnen und versuchen einen von Kinsleys Tanklastwagen in Brand zu stecken.«

»Genau das werde ich vielleicht tun«, gab er aufsässig zurück. »Oder vielleicht fahre ich in die Stadt und schieße Kinsley eine Kugel in den Kopf!« Mit dieser Drohung verließ er die Küche. Ich hörte ihn irgendwo im Haus herumrumoren. Lavelle nahm eine Schachtel Winston aus dem Küchenschrank. Mir fiel auf, dass ihre mageren Hände zitterten, als sie mir die Schachtel anbot. Es waren noch drei Zigaretten drin.

»Rauche eine von meinen«, sagte ich und nahm meine Marlboros hervor.

Sie nahm eine, steckte sie sich zwischen die Lippen und zündete sie an. Die ganze Zeit ruhte ihr Blick auf mir.

»Marvin wollte unbedingt mit der Goetzmann reden«, sagte ich. »Für welche Zeitung schreibt sie?«

Sie zog ihre dünn ausrasierten Brauen etwas zusammen. Dabei bildete sich auf ihrer Stirn eine Falte, die von der rechten Augenbraue schräg nach oben führte, fast bis zum Haaransatz. Die Falte war eigentlich eine schmale Narbe, die kaum zu erkennen war, wenn sich ihre Stirn glättete.

»Soviel ich weiß, hat sich Goetzmann in ihrem Motelzimmer verkrochen, seit ihr McGill auf seine Art klarmachte, dass hier, in dieser entlegenen Gegend, ziemlich raue Sitten herrschen.«

Robert kam in die Küche. Er trug eine dicke, graublaue Daunenjacke und fellgefütterte Stiefel. Auf dem Rücken hatte er einen Rucksack.

»Ich verschwinde jetzt besser«, sagte er. »Könnte gut sein, dass Francis irgendetwas ausplaudert, wenn ihn McGill in die Mangel nimmt. Er weiß, dass ich hier bin.«

»Aus Francis bringt McGill kein anständiges Wort heraus, außer einer Lüge«, sagte Lavelle.

»Ich gehe trotzdem«, sagte Robert.

»Wohin gehst du?«, fragte ich ihn.

»Marvin weiß, wo er mich finden kann.«

»Marvin ist im Knast, verdammt noch mal!«

»Nicht lange.« Robert grinste. »Die lassen ihn schnell wieder raus, damit es kein Aufsehen gibt. Das ist es, was sie sich überhaupt nicht leisten können, klar? Sie können es sich nicht leisten, dass hier etwas geschieht, eine Explosion oder was.« Robert drehte sich um und stapfte hinaus.

»Jesus, ich fürchte, dass er eine große Dummheit machen wird«, sagte Lavelle und ging zum Fenster, um Robert nachzusehen. Ich stand auf und ging auch zum Fenster. Dort draußen ging er, mein kleiner Bruder. Er ging den Pfad hinunter, der von der Straße wegführte in Richtung Pilot Hill. Es gab nichts dort draußen, außer Busch. Jungwald, der nach dem Feuer nachgewachsen war. Ich hatte keine Angst um ihn. Er war wie ein junger Wolf. So leicht würde ihn niemand einfangen können.

»Weißt du, wohin er geht?«, fragte Lavelle.

Ich schüttelte den Kopf.

»Glaubst du, ich sollte Francis sagen, dass er nicht der Vater des Kindes ist?«, fragte sie nach einer Weile.

Ich hob die Schultern. »Was weiß ich«, sagte ich. »Das ist eure Sache. Ich glaube, dass Francis ziemlich enttäuscht wäre, wenn du es ihm sagst.« Ich drehte mich um und verließ das Haus. Als ich in meine Karre stieg, stand Lavelle noch immer am Fenster und rauchte.

Das Moosehead Motel an der Hauptstraße war renoviert worden und gehörte nun zu einer Kette von preisgünstigen Motels, die alle gleich aussahen, nämlich mit rosarot gestrichenen Wänden und dunkelroten Plastikziegeldächern und kleinen Butzenfenstern. Alles in allem passte es natürlich überhaupt nicht hierher, eher schon nach Disneyland oder so, aber unser Dorf, so hieß es im Cariboo Weekly, dem Lokalblatt, das wöchentlich erschien, war auf der Suche nach einer neuen und moderneren Identität, was wiederum eine Erklärung dafür war, dass nichts mehr zusammenpasste und das Dorf sich kaum mehr von anderen Dörfern unterschied.

Der neue Pächter war Karl Jackson, Lauras Vater, der früher Lastwagen gefahren war. In der Zeit, in der ich ihn nicht mehr gesehen hatte, war er ein anderer geworden. Schrumpelig und kahl wie ein alter Kröterich hockte er in einem Polstersessel aus grünem Kunstleder und bohrte mit seinem Daumen in der Nase, während er sich irgendeinen Scheiß in der Glotzkiste anschaute.

Er hob nicht einmal den Kopf, als ich eintrat.

Seine Frau kam aus dem Raum hinter dem Anmeldepult. Sie war auch anders geworden. Ich hätte sie auf offener Straße kaum wieder erkannt, weil sie früher eine ziemlich einfache Frau gewesen war und jetzt aussah wie eine Geschäftsführerin, mit künstlichen Fingernägeln und drei Strängen Kunstperlen um den fetten Hals.

»Uh«, machte sie, als sie mich erblickte, »sieh mal, wer uns besuchen kommt, Karl.«

Karl musste schwerhörig geworden sein.

»Was ist mit dem Kuchen?«, fragte er.

»Besuchen, habe ich gesagt, Karl, nicht Kuchen. Kirby Halbmond ist hier«, sagte seine Frau so laut, dass sie zwei kreischende Weiber übertönte, die sich auf der Mattscheibe in die Haare gerieten. »Mach doch den Kasten etwas leiser, Karl, das kann ja kein Mensch aushalten.«

Jetzt blickte er auf.

»Kirby! Was tust du denn hier?«

»Ich bin zurück«, sagte ich. Er stand auf und schaltete den Fernseher aus. Es war merkwürdig, wie die Leute immer grad den Fernseher ausmachten, wenn ich irgendwo auftauchte. Als ob sie damit sagen wollten: Mann, auf dich habe ich die ganze Zeit gewartet und dabei bin ich vor Langeweile beinahe umgekommen. Karl sah sogar so aus. Das Flimmern in seinen Augen hatte sich vom Fernseher auf ihn übertragen. Störung. Er gab mir die Hand. Schlaff. Kalt.

»Heh, niemand hat damit gerechnet, dass du einmal

zurückkommst, Kirby. Der sieht sich die Welt an, haben wir uns alle gedacht. Der ist bestimmt in Vancouver oder sonstwo. Weißt du, Laura hat dir ziemlich lange nachgetrauert. Ein Jahr oder so wollte sie von niemandem etwas wissen. Sie gab uns die Schuld, dass du weggegangen bist. Sie gab uns allen die Schuld. Ich hätte sie jeden Tag in den Arsch treten können, glaub's mir. Und jetzt wünschte ich, dass wir uns besser verstanden hätten, aber wie du siehst, ist es dazu zu spät.«

Ich blickte ihn verständnislos an. Er lachte, aber in seinen Augen war nur das Flimmern verlöscht und er legte mir seine magere kalte Hand auf die Schulter.

»Kehlkopfkrebs«, sagte er. »Schöne Scheiße ist das, Junge. Ich war zwei Monate in Vancouver. Uniklinik. Bestrahlung. Chemotherapie nennt man das. Ich konnte kaum mehr reden, so 'ne Scheiße ist das. Jetzt geht es wieder voran, sagen die Ärzte. Voran, verstehst du? Mit Riesenschritten direkt auf das Grabloch zu.«

Er hatte einen furchtbaren Galgenhumor. Wahrscheinlich wusste er, dass er sterben würde.

»Er tut immer so, als ob er demnächst sterben würde«, sagte seine Frau. »Dabei braucht er wahrscheinlich nicht einmal eine Operation, weil man das Geschwür früh genug entdeckt hat. Man könnte meinen, er wollte aufgeben, jetzt, wo es uns besser geht als je zuvor.«

»Allen soll es besser gehen als je zuvor, aber ich sehe nichts davon. Frag nur deine Schwester, die im Supermarkt arbeitet, wie viele Leute ihr Essen mit Lebensmittelmarken einkaufen.«

»Uns geht es gut, Kirby, glaub es mir«, sagte Karls Frau mit einem Aufschlag ihrer künstlichen Wimpern. »Laura studiert in Alberta. Das können wir einem jungen leitenden Angestellten der CANOIL verdanken. Er hat einen

Narren an Laura gefressen und sie überredet, an die gleiche Uni zu gehen, an der er selbst studiert hat. Steve ist ihr ein wunderbarer Freund, Kirby. Er liest ihr sozusagen jeden Wunsch von den Augen ab. Die Winterferien werden sie beim Skilaufen in Colorado verbringen.«

»Der Kerl ist völlig bescheuert«, sagte Karl.

»Ach, das verstehst du nicht, Karl. Dazu bist du ein zu grob gehauener Klotz. Dein Leben lang hast du nie begriffen, dass eine Frau verwöhnt sein will. Er verwöhnt Laura und dafür schenkt sie ihm ihre Liebe.«

»So was Ähnliches hat heute Morgen im Fernseher irgendeine blöde aufgetakelte Alte ihrem heimlichen Liebhaber gesagt und daraufhin hat er sie einfach sitzen lassen, Stephanie.«

»Seit Karl nicht mehr arbeitet, sieht er sich alle Seifenopern an, die in der Kiste laufen, Kirby«, erklärte Karls Frau.

Ich hatte kaum mehr als drei Worte gesagt, seit ich das Motel betreten hatte, weil sie mich nicht zu Wort kommen ließen. Außerdem hatte es mich ziemlich geschockt, dass Laura ein recht schwerwiegendes Techtelmechtel mit einem gewissen Steve von der CANOIL hatte. Als ich die erste Gelegenheit erhielt, ihnen zu sagen, dass ich nicht hier war, um mir ihr Gelaber anzuhören, sondern weil ich Goetzmann sehen wollte, kam Goetzmann herein, als hätte sie mein inneres Rufen vernommen.

Es musste Goetzmann sein. Dünn, mittelgroß, mit einem grauen, grobmaschigen Pullover, der ihr mindestens vierzehn Nummern zu groß war und bis zu ihren Knien hinunterreichte. Das blondsträhnige Haar hatte sie zu einem Pferdeschwanz gebunden, und damit alles zusammenpasste, trug sie eine Nickelbrille mit kreisrunden Gläsern auf ihrer zierlichen Nase. Die Heizung funktionierte nicht so richtig, meinte sie zögernd und fragte, ob jemand vielleicht danach sehen könnte. Zimmer 18.

»Ich bin Heizungsfachmann«, meldete ich mich sofort zu Wort. »Kirby Halbmond.« Ich machte eine kleine artige Verbeugung, die ihr zu imponieren schien.

Karl wollte etwas sagen, aber er hustete nur.

»Bist du sicher, dass du etwas davon verstehst, Kirby?«, fragte seine Frau. »Sonst lass ich lieber Jack Bowers herkommen.«

»Ich war in der Stadt Vorarbeiter bei Lathrop und Parks, Heizung, Lüftung und Klimaanlagen«, log ich. »Zimmer achtzehn. Ich seh ganz schnell mal nach. Könnte ja sein, dass der Thermostat hängen geblieben ist.«

Ich ging hinaus. Die Zimmer waren alle nebeneinander, ebenerdig zur Straße hin ausgerichtet. Vor Nummer 18 stand ein VW Käfer, der aussah, als wäre jemand mit ihm bei einem »Demolition-Derby« mitgefahren. Sogar das Dach war eingedrückt. Goetzmann kam hinter mir hergelaufen.

»Warten Sie, ich mache Ihnen auf!«, schnaufte sie, als sie mich einholte. Sie hatte Schwierigkeiten mit dem Türschloss. Vielleicht hätte sie stärkere Brillengläser gebraucht. Schließlich machte sie auf und ließ mich herein. Das Zimmer war mit geradezu penibler Sorgfalt aufgeräumt worden. Es lag nichts rum.

»Brrr«, machte ich, »hier drin ist's wirklich kalt.«

Sie zog die Schultern hoch wie ein frierender Vogel.

»Sie sind Marvins Bruder, nicht wahr?«, sagte sie.

»Ich habe zwei Brüder.«

»Ich weiß. Der andere ist Robert, der Wilde.«

»Sie sind gut informiert.«

»Das ist mein Job.«

»Was ist Ihr Job?«

»Gut informiert zu sein. Ich bin Reporterin. Zurzeit freiberuflich. Zuletzt arbeitete ich für eine Zeitung in Toronto.«

Ich machte mir am Thermostat zu schaffen. Ich drehte ihn einige Male auf und zu. Plötzlich machte es klick und die Heizung sprang an.

»Sie verstehen wirklich etwas von solchen Dingen«, sagte sie.

»Ich sagte es Ihnen schon«, sagte ich und grinste. »Ich bin ein Fachmann. Freischaffend.«

Ich schaute mich im Zimmer um. An der Wand über dem Doppelbett hing ein goldgerahmtes Bild. Stierkämpfer in Siegespose. Auf schwarzem Samt gemalt. »Im Ernst, ich bin wegen Ihnen hier«, sagte ich und wandte mich ihr zu. »Lavelle sagte mir, dass Ihnen McGill zugesetzt hat.«

Sie lächelte.

»Ich war in Winnipeg, als ich hörte, dass am Bear River Probebohrungen durchgeführt werden sollen. Ich hatte keine Ahnung, wer dahinter steckt, aber nach meinen Unterlagen handelte es sich bei diesem Gebiet um ein Stück Land, in dem große Herden der Woodland-Karibus den Sommer verbringen und wo ihre Jungen auf die Welt kommen. Ich stellte Nachforschungen an, fand heraus, dass die CANOIL an der Sache beteiligt ist, und schrieb einen Bericht darüber, der nie veröffentlicht wurde. Stattdessen legte man mir nahe, mich nach einem anderen Arbeitgeber umzusehen. Ich kündigte und fuhr nach Calgary, wo sich das Hauptquartier der CANOIL befindet. Dort sprach ich kurz mit einem Mr. Strickland, Vorstandsmitglied der CANOIL. Als ihm meine Fragen zu unangenehm wurden, ließ er mich durch einen Sicherheitsbeamten vor die Tür setzen. Ich wusste, dass ich in Calgary nicht weiterkommen würde. Calgary ist eine Ölstadt. Leute wie Strickland sind zu stark dort. So packte ich mein Zeug und fuhr hierher. Ich bin seit fünf Wochen hier und manchmal habe ich das Gefühl, als ob ich unterwegs eine Seuche aufgelesen hätte. Ich komme nicht an die Leute ran, und wenn es mal den Anschein hat, als ob mir jemand seine Tür öffnen wollte, gerät mir McGill in die Quere. So, nun wissen Sie über mich Bescheid.«

Ich nickte. »Nur Ihren Namen haben Sie mir noch nicht gesagt.«

»Susan«, sagte sie. »Susan Goetzmann.« Sie streckte mir mit einer abrupten Bewegung ihre kleine Hand entgegen. Merkwürdigerweise war sie keineswegs eiskalt, wie ich es vermutet hatte, sondern angenehm warm.

»Kirby«, sagte ich. »So nennen mich die Leute hier.«

»Ich weiß. Marvin erzählte mir von Ihnen. Er dachte, dass Sie inzwischen vielleicht schon irgendwo in Amerika sind. San Diego, meinte er. Wegen des Wetters.«

»Alle dachten, dass ich irgendwo bin und nie mehr zurückkehre«, sagte ich. »Wissen Sie, dass Marvin letzte Nacht verhaftet wurde?« Ich ließ ihre Hand endlich los und bildete mir ein, dass ihr schmales blasses Gesicht nun etwas Farbe hatte. Außerdem bemerkte ich natürlich, dass ihre Augen von einem seltsam schönen Graublau waren. Wie der Schiefer vom Steinbruch hinter dem alten Dorf, der nun hundert Meter unter Wasser lag.

Die Verhaftung Marvins überraschte sie nicht sonderlich. Sie hätte geahnt, dass sich in dieser Nacht irgendetwas tun würde. Die Zeit wurde knapp. Am Montag sollte doch der erste Bautrupp die Brücke über den Stone Creek überqueren.

»Ich wusste nicht genau, was Marvin plante, aber ich nahm an, dass er unter allen Umständen versuchen wollte, die Baukolonne aufzuhalten.«

»Er wollte die Brücke sprengen«, sagte ich.

Sie nickte, als ob ich ihr gesagt hätte, Marvin wollte einem der Kinsley-Lastwagen beide Vorderreifen durchstechen.

»Er sagte mir gestern, dass ich mich in dieser Nacht bereithalten sollte. Mit Kamera und Notizblock.«

»Und?«

Sie seufzte. »Ich war bereit. Ich habe die ganze Nacht gewartet. Heute früh kam McGill vorbei. Zweimal fuhr er draußen vorbei und er grinste nur, als ich aus dem Zimmer trat, weil ich das Motorengeräusch hörte und glaubte, dass Marvin gekommen wäre.«

»Er hat nicht angehalten und Ihnen gesagt, dass er Marvin verhaftet hat?«

»Nein. Er hat nur gegrinst und ich ahnte, dass irgendetwas schief gegangen sein musste.«

»Warum sind Sie nicht zur Brücke hinausgefahren?«

»Wollen Sie die Wahrheit wissen?« Sie wandte sich ab. »Vor zwei Wochen wollte ich zur Brücke hinausfahren, um das Baulager zu fotografieren, das Kinsley errichtet hat. Bei Leroux hielt ich an, um zu tanken. McGill und einer seiner Gehilfen waren dort. Sie saßen im Laden und tranken Kaffee. McGill fragte mich, wohin ich fahren wollte. Zum Ende der Straße, sagte ich ihm. Zur Brücke. Er lachte und sagte, dass die Straße durch den Busch ziemlich gefährlich sei für eine junge Frau allein. Er bot mir eine Polizeieskorte an, aber ich sagte ihm, die könne er sich an den Hut stecken. Er lachte, aber ich sah ihm trotzdem an, dass er innerlich kochte. Später, ich war etwa acht Meilen weit gefahren, tauchte im Rückspiegel McGills Streifenwagen auf. Sie folgten mir bis zu der Stelle, wo sich die Straße verzweigt. Ich sah im Rückspiegel, wie er anhielt und über seinen Radiofunk mit jemandem redete, aber ich dachte mir nichts dabei. Wenig später kam mir ein Pick-up-Truck entgegen, in dem drei Männer saßen. Sie kamen direkt auf mich zu, und um ihnen auszuweichen, musste ich in den Graben fahren. Sie stiegen aus und wurden pampig, während ich versuchte den VW freizukriegen. Aber das rechte Hinterrad versank immer mehr im Schlamm und schließlich saß das Auto auf und ich würgte den Motor ab und kriegte ihn nicht mehr zum Laufen. Die drei Männer kamen herüber und sie begannen allerlei üble Anspielungen zu machen. Ich kriegte es mit der Angst zu tun. Fast wünschte ich mir, dass McGill mit seinem Streifenwagen auftauchen würde, und ich sagte ihnen, dass McGill jeden Moment hier sein könnte, aber sie lachten mich nur aus und einer von ihnen riss die Tür auf und zerrte mich aus dem Auto. Sie stießen mich eine Weile herum und schließlich sagte mir einer, dass ich hier draußen leicht von einem bösen alten Wolf gefressen werden könne und dass es wohl deshalb gesünder für mich wäre, dorthin zurückzugehen, wo ich hergekommen bin, bevor mir tatsächlich ein Übel widerfährt. Schließlich ließen sie von mir ab, und als sie in den Truck stiegen, bemerkte ich, dass dieser mit Radiofunk ausgestattet war. Sie fuhren davon und ich machte mich zu Fuß auf den Weg zurück. Ich erreichte Leroux' Trading Post am Abend, als es schon dunkel war. Glauben Sie mir, ich habe nie im Leben größere Ängste ausgestanden als an diesem Tag. Fast hinter jedem Busch sah ich einen Wolf oder einen Grizzly oder sonst ein Tier, von dem ich annehmen musste, dass es mich im nächsten Moment anfallen würde.« Susan lächelte etwas verlegen. »Ich bin in einer Stadt aufgewachsen. Wir hatten zwei Kanarienvögel und eine Katze. Eines Tages fraß die Katze die Kanarienvögel, weil ich vergessen hatte, den Käfig zuzumachen.«

»Grizzlys kommen nur noch selten bis in die Nähe des Dorfes«, sagte ich. »Und die Wölfe sind harmlos.«

»Harmlos?«

»Die mit vier Beinen sind harmlos«, sagte ich. »Vor den anderen müssen Sie sich in Acht nehmen. Wissen Sie, wer die drei Männer waren, von denen Sie bedroht wurden?«

»Nein. Aber ich glaube, es waren Arbeiter aus Kinsleys Baulager. Der Pick-up-Truck war Kinsleys Fahrzeug. Ich habe mir das Nummernschild gemerkt und könnte natürlich über McGill herausfinden, auf wen der Truck zugelassen ist, aber nützen würde das wohl überhaupt nichts.«

»Hat man Sie seither in Ruhe gelassen?«

»Ja. Ich habe nicht mehr versucht, zur Brücke hinauszufahren. Stattdessen ging ich im Dorf rum und fragte die Leute, was sie vom CANOIL-Projekt halten. Einige gaben mir unmissverständlich zu verstehen, dass ich mich nicht in ihre Angelegenheiten mischen sollte. Andere drohten, mich aus dem Dorf zu jagen, falls ich hier weiterhin Unfrieden stiften würde. Was mit den Karibus geschieht, scheint überhaupt niemanden zu interessieren. Die Leute leben nicht mehr von der Jagd auf Karibus und vom Pelzhandel und Fischfang. Die Leute leben von der Armenunterstützung. Einige arbeiten für Kinsley oder hier im Dorf in Kleinbetrieben, die ihre Existenz Kinsley verdanken. Das Dorf ist nicht mehr ein von der übrigen Welt isolierter Ort, wo die Zeit vergeht, ohne dass sich etwas ändert. Das Dorf ist ein Teil der großen wirtschaftlichen Weltmaschine geworden, ein Rädchen, das sich mit allen anderen Rädchen und Rädern dreht. Die Karibus sind kein Teil dieser Maschine. Die Frage ist nur, läuft die Maschine ohne Karibus? Wenn die Antwort Ja ist, dann gehören die Karibus der Vergangenheit an.«

»Es ist keine Maschine«, sagte ich, »es ist ein Ungetüm von einem Monster. Ich habe es gesehen. Sein Atem ist reines Gift und es verschlingt seine eigenen Kinder, von denen es Millionen und Millionen produziert, damit es satt werden kann. Jemand müsste versuchen, das Monster zu töten.«

»Wie ein Drachentöter in einer mittelalterlichen Sage?« Susan Goetzmann lächelte. »Wir schaffen es nicht einmal, die Baukolonne aufzuhalten, Kirby Halbmond.«

»Wollen Sie etwa aufgeben?«, fragte ich.

Sie hob die Schultern. »Was können wir tun? Die Unterstützung der Dorfleute fehlt uns. Alle warten auf den großen Reichtum. Es ist wie ein Lotteriespiel. Wenn man dort draußen tatsächlich große Öl- und Erdgasvorkommen entdeckt, findet hier ein neuer Goldrausch statt.«

Ich ging zur Tür. »Ich hole jetzt Marvin vom Posten ab. Wollen Sie mich begleiten?«

Sie zögerte und ich sah ihr an, dass sie Angst hatte. Da drehte ich mich um und ging hinaus. Als ich in den Pontiac stieg, kam Karl aus dem Motel. Jetzt, im Tageslicht, sah ich erst, wie grau sein Gesicht geworden war. Er nahm eine Schachtel Marlboro aus der Tasche seiner Strickjacke und steckte sich eine Zigarette zwischen die blutleeren Lippen.

»Heh, Kirby, was ist mit der Heizung?«, rief er mir zu.

»Der Thermostat saß fest«, sagte ich beim Einsteigen.

Susan Goetzmann kam aus ihrem Zimmer. Sie trug eine hellbraune Lammfelljacke mit Fellkragen. Außerdem hatte sie eine riesige Fototasche dabei. »Warten Sie«, rief sie aufgeregt und beinahe rutschte sie auf einer gefrorenen Pfütze aus, als sie auf den Pontiac zulief.

9. Kapitel
Fünf Minuten mit Marvin

Eigentlich erwartete ich, dass McGill meinen Bruder schon am frühen Morgen freigelassen hatte, aber als ich vor dem RCMP-Posten anhielt und McGills Gesicht am Fenster auftauchen sah, wusste ich, dass es Schwierigkeiten geben würde. Er hatte eine typische Junge-komm-nur-mal-rein-ich-hab-was-für-dich-Visage aufgesetzt und das blieb nicht nur mir nicht verborgen.

»McGill hat bestimmt eine böse Überraschung für uns«, sagte Susan. Ich konnte ihr anhören, dass sie sich vor ihm fürchtete, obwohl sie ja eigentlich nichts auf dem Kerbholz hatte. Sie war nur eine Reporterin, die sich vielleicht besser »Greenpeace« angeschlossen hätte, weil sie da nicht so alleine gewesen wäre und McGill sie nicht so ohne weiteres dermaßen hätte einschüchtern können, dass sie jedes Mal zusammenzuckte, wenn ihr eigener Schatten über ihre Remington-Reiseschreibmaschine fiel, die im Hotelzimmer auf dem kleinen Tisch stand.

McGill erwartete uns in seinem Office.

»Na, das ging aber schnell mit eurer Bekanntschaft«, sagte er mit einem spöttischen Grinsen. »Noch immer richtig auf Zack, Halbmond?«

Es sollte wahrscheinlich eine Anspielung auf jene Episode mit Amanda sein, die ihm aus irgendwelchen unerfindlichen Gründen rein privat auf die Leber geschlagen war. Ich meine, ich konnte natürlich den alten Kinsley irgendwie begreifen, wenn er seine hübsche Tochter nicht unbedingt an einen Indianer aus dem Busch verlieren wollte, aber was hatte eigentlich McGill damit zu tun?

»Wir sind da, um Marvin abzuholen, McGill«, sagte ich und rieb meine eiskalten Hände. Die Heizung im Pontiac funktionierte auch nicht richtig und ich besaß keine Handschuhe.

»Deine Mutter und Melanie waren hier«, sagte McGill.

»Und? Haben sie ihn schon nach Hause gebracht?«

Er schüttelte den Kopf, machte die Schreibtischschublade auf und nahm eine Packung Mentholzigaretten heraus.

»Marvin bleibt im Knast«, sagte er, während er die Packung aufmachte, eine Zigarette herausnahm und sie sich zwischen die Lippen steckte. »Die Sachlage hat sich geändert, Halbmond. Dein Bruder wird dieses Mal die Konsequenzen für sein verantwortungsloses Treiben tragen müssen.«

»McGill, letzte Nacht klang das noch alles anders«, sagte ich und trat näher an den Schreibtisch. Er lehnte sich in seinem Stuhl zurück und zündete seine Zigarette an.

»Ich habe heute Morgen mit Mr. Kinsley telefoniert, Halbmond. Mr. Kinsley wiederum hat seine Anwälte konsultiert und die haben sich unterdessen mit den Anwälten der CANOIL abgesprochen. Die Sache sieht nun so aus, dass man daran denkt, gegen Marvin Halbmond und seinen Bruder Robert Klage zu erheben und sie beide in der Stadt vor Gericht zu stellen. Mr. Kinsley wird diesbezüglich noch heute Morgen hier eintreffen, um sich persönlich über den Sachverhalt zu informieren, und danach entscheiden, was getan werden muss, um deinen Brüdern ein für alle Mal einen Riegel vorzuschieben.«

»Das ist nicht, was in der Nacht abgemacht wurde, McGill!«, sagte ich und unterdrückte mühsam eine Wut, die eiskalt in mir aufzusteigen begann.

»Es war überhaupt nichts ausgemacht«, behauptete er nun. »Ich habe nur deiner Mutter versprochen, alles zu versuchen, dass die Sache für deine Brüder glimpflich abgeht.«

»Es war keine Rede davon, dass du Marvin an Kinsley auslieferst, McGill!«, stieß ich hervor.

McGill schnippte die Asche von seiner Zigarette.

»Ich weiß nicht, was Mr. Kinsley entscheiden wird, Halbmond, aber ich nehme an, dass es auf deinen Bruder ankommt, wie die Sache weitergeführt wird. Mr. Kinsley ist kein Unmensch. Er hat mir am Telefon gesagt, dass er zu einem Gespräch mit Marvin bereit ist, damit endlich reiner Tisch gemacht werden kann.«

»Was wiederum bedeutet, dass Marvin fortan den Mund halten muss und keinen Versuch mehr unternehmen darf, den Bau der Straße oder die Probebohrungen am Bear River zu sabotieren«, sagte Susan Goetzmann, die etwas hinter mir stand und einen Notizblock und einen Bleistift gezückt hatte.

»Ich will natürlich nicht voreilig sein, aber ich glaube, das ist es haargenau, was Mr. Kinsley von ihm verlangen wird.«

»Wann kommt Kinsley?«

»Ich erwarte ihn irgendwann heute Nachmittag.«

Susan Goetzmann kritzelte eifrig in ihr Notizbuch.

»Kann ich Marvin wenigstens sehen?«, fragte ich.

»Dein Bruder befindet sich in Untersuchungshaft. Besuche sind nicht zugelassen, es sei denn, er möchte mit einem Anwalt reden.« McGill lächelte schief. »Ich könnte natürlich eine Ausnahme machen und dir etwa fünf Minuten Zeit geben, dich mit Marvin zu unterhalten.«

»Warum würdest du das tun, McGill?«

»Damit du siehst, dass ich ein umgänglicher Mensch bin.« Er stand auf, öffnete die Schreibtischschublade noch einmal und entnahm ihr jetzt einen Schlüsselbund.

»Komm.«

»Was ist mit ihr?«

Er wandte sich Susan Goetzmann zu. »Sie geben wohl nie auf, Goetzmann«, sagte er. »Stecken Sie den verdammten Notizblock ein!«

Ohne sich weiter um uns zu kümmern, verließ er das Office. Wir folgten ihm und er führte uns nach hinten in die Ausnüchterungszelle, die eigentlich nichts anderes war als ein Gitterkäfig in einem Raum, drei auf drei Meter, mit einer Gittertür, einer Blechpritsche mit Matratze und Wolldecke und einem Klo. Marvin lag auf der Pritsche. Als wir vor den Gitterstäben standen, hob er den Kopf.

»Besuch, Halbmond«, sagte McGill, drehte sich um und ging hinaus. Er machte die Stahltür hinter sich zu, die in den Raum mit dem Gitterkäfig führte. Ich hörte, wie er die Tür von draußen verriegelte.

»Heh, Kirby«, sagte Marvin. Er schlug die Wolldecke zurück und setzte sich auf. Sein schulterlanges Haar war zerzaust und er trug den rechten Arm in einer Schlinge, die ihm Dr. Alexander angelegt hatte.

»Heh, Marv«, sagte ich. Susan sagte nichts. Sie setzte sich auf den Schemel, der bei der verriegelten Tür stand.

»Mom wollte dich heute Morgen herausholen«, sagte ich.

»McGill sagte mir, dass sie da war.« Marvin lächelte schwach. »Und warum bist du hier?«

»Ich dachte, sie lassen dich heute Morgen frei.«

»Das meine ich nicht. Ich meine, warum bist du zurückgekommen? Das meine ich.«

»Ich habe das Bild in der Zeitung gesehen, auf dem du drauf bist. Vor einer von Kinsleys Planierraupen.«

»Du hast das Bild in der Zeitung gesehen?« Er konnte es nicht glauben. Ich hatte früher nie Zeitung gelesen.

»Es war auf der Titelseite, Marv. Nicht zu übersehen.«

Marvin nickte. »Ja. Wir dachten, dass sich die ganze Welt erheben und sich hinter uns stellen wird, nicht wahr, Susan?«

»Es stand nicht in allzu vielen Zeitungen«, sagte Susan.

»Die CANOIL hat davon Wind gekriegt, bevor es in den großen Zeitungen im Osten abgedruckt werden konnte«, sagte Marvin. »Es ist nicht einfach, etwas gegen die Straße und die Versuchsbohrungen zu unternehmen. Wenn man es genau nimmt, haben wir eigentlich überhaupt keine Chance, weil wir ziemlich allein dastehen und die Leute hier glauben, dass wir irgendwelche terroristischen Aktionen ausführen wollen und ihnen dadurch den bevorstehenden Wohlstand verwehren. Und die Wahrheit über das, was hier geschieht, die kommt nicht an die Öffentlichkeit, weil sie alle unter einer Decke stecken, die Politiker und die CANOIL-Leute und Kinsley. Weißt du, was kaum zu glauben ist, Kirby? Es ist kaum zu glauben, dass es solchen Leuten immer wieder aufs Neue gelingt, uns nach Strich und Faden zu bescheißen. Das ist es, was ich nicht verstehen kann.«

»Das ist, weil sich die Mächtigen gegenseitig helfen«, sagte Susan. »Die Mächtigen sind reich. Sie sitzen in den Aufsichtsräten der Banken und der großen Konzerne. Sie machen die Politiker und sie bestimmen die Politik. Und wenn ein Projekt genug Profit verspricht, wäre es für diese Leute wirtschaftlich unklug, auf ein Problem wie die Vernichtung von Lebensraum für die Karibus Rücksicht zu nehmen. Karibus sind zu nichts nütze, sagen sie. Es genügt, wenn es davon einige in den Zoos gibt.«

»Die Leute hier im Dorf sehen es auch nicht mehr anders«, sagte Marvin düster. »Am Anfang waren viele dagegen. Die Straße führt durch unsere alten Jagdgründe und durch das Stone-Creek-Tal, in dem früher unsere Toten begraben wurden. Und die Leute sagten, dass alles seinen Sinn hat, so wie es ist, und dass der Schöpfer sich schon etwas gedacht hatte, als er das Gebiet am Bear River für die Karibus schuf und nicht für CANOIL. Aber nach und nach wurden die Stimmen derjenigen lauter, die von Geld redeten. Und heute reden sie fast alle nur noch vom Geld, das ihnen flöten geht, falls die Straße nicht gebaut wird. Und ich weiß, dass viele von ihnen jeden Abend in ihr Gebet den Wunsch einschließen, dass die CANOIL am Bear River fündig wird und dass dort draußen Öl- und Erdgasfelder entstehen und das Dorf einen Aufschwung erlebt wie einige Dörfer drüben in Alberta vor zwanzig Jahren.«

»Bei uns zu Hause steht auch ein Fernseher, Marvin«, sagte ich. »Und Mom kauft das Fleisch vom Supermarkt. Mit Prozenten, weil Andrea dort an der Kasse arbeitet.«

»Das stimmt«, nickte Marvin. »Und deshalb habe ich dich gefragt, warum du zurückgekommen bist, Kirby. Wir haben kaum eine Chance, verstehst du? Letzte Nacht wollte ich die alte Brücke über den Stone Creek in die Luft sprengen. Das hätte Kinsleys Bautrupp ein paar Wochen aufgehalten, mehr nicht. Was wir brauchen, ist eine Explosion, die man bis in die großen Städte hört, damit die Leute aufmerksam werden. Stattdessen sitze ich hier in diesem Käfig und bin McGill und Kinsley ausgeliefert!«

»Lester Kinsley kommt hierher, Marvin«, sagte Susan. »Vielleicht ist das ein gutes Zeichen. Bis jetzt hat sich noch niemand bereit erklärt, mit uns zu reden oder uns anzuhören.«

»Glaubst du, dass Kinsley deswegen herkommt?« Marvins Stimme triefte vor Spott und Bitterkeit. »Er kommt her, weil er mir das Versprechen abnehmen will, fortan nichts mehr gegen den Straßenbau zu unternehmen.«

Susan sagte nichts darauf. Fast eine Minute war es so still im kleinen Zellenraum, dass man durch die Wand eine Schreibmaschine hören konnte, die jemand im Zweifingersystem betätigte.

»Was willst du eigentlich, Marvin?«, fragte ich in die Stille hinein. Er schaute mich an, als hätte ich nicht alle Tassen im Schrank. Ich hielt seinem Blick stand und wiederholte meine Frage. »Gib mir eine Antwort, Marvin! Sag mir, warum Kinsley die Straße nicht bauen soll!«

»Mann, begreifst du denn nicht, dass die Straße und die Versuchsbohrungen überhaupt nicht notwendig sind, Kirby. Rund um Fort St. James gibt es tausende von Erdgas- und Ölpumpen, die stillgelegt sind, weil zur Zeit zu viel Rohöl und Erdgas auf dem Markt ist und die Preise zu niedrig sind. Man hat den Leuten dort auch eine bessere Zukunft versprochen, und was ist daraus geworden? Nichts ist daraus geworden, Kirby. Unsere Leute arbeiteten, solange es Arbeit gab. Mit dem Lohn kauften sie sich alles, was sie sich bisher nicht leisten konnten. Und wenn die Löhne nicht reichten, machten sie Schulden. Jetzt liegen die Pumpen still, unsere Leute haben keine Arbeit mehr, dafür aber einen neuen Lebensstandard, für den sie mit den paar Dollar Armenunterstützung und den Lebensmittelmarken nicht aufkommen können. Unsere Leute sind am Arsch, Kirby, das siehst du schon hier, bevor es richtig angefangen hat. Die Leute gehen kaputt, weil unsere alten Werte keine Geltung mehr haben. Geld ist ein schlechter Ersatz für Selbstachtung und Stolz, Kirby. Unser Vater war einer der Ersten, die sich selber aufgegeben haben. Ich bin nicht wie er. Deshalb kämpfe ich!«

»McGill kommt zurück«, sagte Susan.

»Weißt du, wo Robert ist?«, fragte ich schnell.

»Frag Francis. Er weiß meistens, wo Robert ist. Jesus, wenn er nur nicht durchdreht. Er ist völlig unberechenbar, Kirby. Ich konnte ihn nicht mehr aus den Augen lassen in letzter Zeit.«

McGill öffnete die Tür.

»Die fünf Minuten sind um«, sagte er.

Wir gingen hinaus. McGill folgte uns.

»Ziemlich idiotisch, sich für eine verlorene Sache derart einzusetzen«, meinte er, »zumal Mr. Kinsley das Recht auf seiner Seite hat.«

»Noch ist nichts verloren«, erwiderte Susan fest.

»Miss Goetzmann, Sie müssen doch eigentlich einsehen, dass es unmöglich ist, gegen den Wunsch der Leute hier den Fortschritt aufzuhalten.«

»Wenn wir dabei zusehen, wie unsere Welt zerstört wird, wären wir genauso verantwortungslos wie zum Beispiel Mr. Kinsley, Konstabler McGill«, antwortete Susan.

»Beim Bear-River-Gebiet handelt es sich nicht um die Welt, Miss Goetzmann. Es handelt sich um ein ganz kleines Stück unseres Landes.«

»Stimmt. Und auf diesem ganz kleinen Stück unseres Landes bringen die Karibus ihre Jungen zur Welt, solange die Welt besteht. Und die Welt wurde nicht von CANOIL geschaffen, Konstabler McGill, und auch nicht von Lester Kinsley!«

Wir verließen McGills Office. Es war noch nicht einmal Mittag. Ich schlug vor, zur Brücke über den Stone Creek hinauszufahren, und sie wurde sofort etwas blass um die Nase.

»Was sollen wir dort?«, fragte sie.

»Nichts Besonderes«, sagte ich. »Ich war nur schon lange nicht mehr an der Brücke.«

Als mein Vater ein Junge gewesen war, hatte es noch keine Brücke über den Stone Creek gegeben. Die Furt, wo man den Fluss überqueren konnte, befand sich mehrere Meilen weiter im Norden an einer Stelle, die Skunk Meadows genannt wurde. Wenn ich mich recht erinnere, war die Brücke während des Zweiten Weltkrieges vom Militär gebaut worden, aber nicht einmal mein Vater hatte gewusst, wieso. Vielleicht war es eine Fehlplanung gewesen, denn die Straße führte jenseits der Brücke nur eine Meile weit ins Hinterland und hörte dann an einem steilen Hang auf, der einmal dicht bewaldet gewesen war. Nach dem großen Brand war der Hang kahl zurückgeblieben und jetzt wuchs wieder dichtes Unterholz, aus dem hier und dort die Wipfel junger Fichten ragten.

Die Straße, die Lester Kinsley im Auftrag der CANOIL bauen sollte, sollte nach Susan Goetzmanns Angaben den Steilhang entlangführen und fast dreißig Meilen weit dem Nordufer des Stone Creek folgen. Susan hatte die Pläne gesehen und wusste, dass die Straße durch jenen Teil des Stone Creek führen sollte, wo unsere Vorfahren ihre Toten begraben hatten. Ich war im Leben nie dort gewesen, weil die Leute im alten Dorf von diesem Platz immer als dem »Platz der Geister« geredet hatten. Selbst wenn wir mit Vater auf der Jagd gewesen waren oder auf der Fallenstrecke, hüteten wir uns davor, in die Nähe dieser Stelle zu gelangen, um ja nicht die Geister aufzuschrecken.

Marvin hatte Susan Goetzmann von dem Platz erzählt und sie meinte, dass es typisch sei für die Ignoranz von Kinsley und den CANOIL-Leuten, die Straße durch einen alten Friedhof zu führen.

Wir blieben eine Weile bei der Brücke über den Stone Creek. Das LK-Baulager befand sich drei Meilen entfernt auf einer Ebene, die früher Dead Dog Flats genannt worden war, weil dort irgendjemand einmal einen toten Hund gefunden hatte. Das war lange her. Vor meiner Geburt.

Auf dem Rückweg nahm ich absichtlich die Abzweigung zum Lager. Susan wurde nervös. Sie sagte, dass es wahrscheinlich besser wäre, ins Dorf zurückzufahren, damit wir die Ankunft Kinsleys nicht verpassten.

Ich sagte ihr, dass wir Kinsley sehen würden, wenn er hierher kam, ganz gleich, wo wir uns aufhielten.

»Er wird über unsere Köpfe hinwegfliegen und entweder auf dem See landen oder auf der Straße, die zur Skunk Meadows hinausführt.«

Beim LK-Baulager herrschte Ruhe. Es war Freitagmittag. Die meisten Arbeiter waren im Dorf. Einige Pick-up-Trucks standen vor den Mannschaftsbaracken. Im Wächterhäuschen brannte ein Licht, obwohl es Mittag war und die Sonne schien.

Wir fuhren bis auf etwa hundert Meter an den Maschendrahtzaun heran und hielten an. Im Wächterhäuschen erhob sich ein Mann. Er trat aus der Tür und nahm einen Feldstecher an die Augen.

Ich fragte Susan, ob sie den Pick-up-Truck der drei Männer sehen würde. Sie zeigte auf einen blauen Ford Ranger, der hinten auf der Ladebrücke einen kleinen Camperverschlag aufmontiert hatte. Er stand vor einem langen Wohnwagen, der zwei Eingangstüren hatte.

Ich ließ den Motor an und fuhr langsam auf das Wächterhäuschen beim Tor zu. Der Wächter kriegte den großen Bammel. Er stürzte in das Wächterhäuschen und ich sah durchs Fenster, wie er in ein Walkie-Talkie sprach. Als wir noch etwa dreißig Meter vom Tor entfernt waren, öffnete sich eine der beiden Türen des Wohnwagens. Ein Mann, der nur eine Hose und ein Unterhemd mit kurzen Ärmeln trug, trat heraus. Er war ein klotzig wirkender Mann mit breiten Schultern und einem großen eckigen Kopf. Das schüttere dunkle Haar stand ihm wirr vom Kopf ab und er hatte Rasierschaum im Gesicht.

Ich hörte, wie Susan neben mir heftig einatmete.

»Ist er einer von ihnen?«, fragte ich sie.

»Er hat mir empfohlen, von hier wegzugehen«, sagte Susan mit angehaltenem Atem.

Der Mann blickte herüber, machte auf dem Absatz kehrt und verschwand im Trailer. Ich begann den Pontiac zu wenden, als der Mann wieder herauskam. Susan bemerkte ihn zuerst.

»Oh, mein Gott«, entfuhr es ihr. Ich sah ihn im Rückspiegel. Er hatte ein Gewehr in den Händen und kam zum Tor gelaufen. Der Wächter stürzte aus dem Häuschen und die beiden gerieten sich in die Quere. Der Mann stieß den Wächter zur Seite, legte das Gewehr an, und als ich den Pontiac so weit gedreht hatte, dass ich volle Pulle abdampfen konnte, fiel der Schuss. Ich hörte die Kugel irgendwo einschlagen, während die Räder des Pontiacs auf dem losen Schotter durchdrehten. Der Motor heulte auf und wir schossen auf den rechten Straßengraben zu. Von irgendwoher prasselten Steine gegen die Seitenscheibe. Ich merkte, dass wir uns im Kreis drehten, nahm etwas Gas weg und der Pontiac schoss quer über die Straße, rammte eine alte Planierraupe, die dort auf einem Schotterplatz abgestellt war, machte einen gewaltigen Satz über eine Querrinne und raste auf einen Graben zu. Im letzten Moment gelang es mir, das wild gewordene Fahrzeug zu bändigen, bevor wir in den Graben stürzten. Um uns herum war der Staub so dicht, dass wir nichts mehr sehen konnten. Vergeblich wartete ich darauf, dass noch ein Schuss fallen würde, aber wahrscheinlich fand der Mann im dichten Staub kein Ziel mehr.

Als wir auf die Straße einschwenkten, die zum Dorf zurückführte, merkte ich, dass meine Hände schweißnass waren. Ich wischte sie an der Hose ab und drehte den Kopf. Susan saß nicht mehr neben mir. Der Beifahrersitz war aus den verrosteten Halterungen gerissen worden und nach hinten gekippt. Susan befand sich zwar noch im Sitz, aber es sah aus, als wäre sie Fahrgast in einer Rakete.

»Könnten Sie vielleicht bitte mal anhalten, damit ich mich aufsetzen kann«, fragte sie beinahe zaghaft.

Ich fuhr an den Straßenrand und stieg aus. Nach einigem Suchen fand ich das Einschussloch. Die Kugel hatte den rechten hinteren Kotflügel an einer Stelle durchschlagen, wo das Blech schon mehrere Rostlöcher hatte.

Als ich wieder einstieg, saß Susan Goetzmann auf dem hinteren Sitz. Jetzt hatte sie tatsächlich etwas Farbe in ihrem Gesicht.

Lester Kinsleys Cessna, ausgestattet mit Schwimmern und Kielflosse, landete am Nachmittag auf dem Stausee. Das ganze Dorf hörte das Amphibienflugzeug kommen.

Es flog zuerst eine Schleife dicht über die Hausdächer hinweg, bevor es mitten im See wasserte und sich langsam dem größeren der beiden Stege näherte.

Es war lange Zeit her, seit Lester Kinsley zum letzten Mal hier gewesen war. Einige Leute gingen hinunter zum Steg, um ihn zu begrüßen. Das waren die Geschäftsleute, die nebenbei dem Dorfrat angehörten. Von uns Indianern ging nur Joseph »Black Bear« Lassiter hinunter. Lassiter besaß den einzigen Schnellimbiss im Dorf, »Joe's Wayside Hotdogs and Burgers«. Früher war Lassiter einer der besten Jäger und Lachsfischer gewesen, und da sein Vater schon ein Dorfführer gewesen war, von allen respektiert, wurde auch sein ältester Sohn ein Dorfführer. Niemand konnte wissen, dass er nicht aus dem gleichen Holz geschnitzt war wie sein Vater und sich bei der erstbesten Gelegenheit an Leute wie Kinsley verkaufen würde. Für seine wertvolle Unterstützung zur Realisierung des Staudammprojektes erhielt er von jenen, die ihm zu ewigem Dank verpflichtet waren, eine Würstchenbude mit einem Schild, an dem sein abgekürzter Vorname »Joe« in grüner Neonschrift aufblinkte, während »Wayside Hotdogs and Burgers« mit billiger Farbe auf ein weiß gestrichenes Brett gemalt worden war.

Joe führte voller Stolz das kleine Komitee an, das Lester Kinsley auf dem Steg empfing. Er wurde etwas unsicher, als außer Kinsley zwei Herren aus dem Flugzeug stiegen, die er noch nie gesehen hatte. Beide trugen dunkle Anzüge, weiße Hemden und dunkelrote Krawatten. Beide hatten schmale Aktenkoffer mit Chromverschlüssen dabei. Joe war etwas irritiert, aber er fühlte sich sofort besser, als ihm Lester Kinsley die Hand auf die Schulter legte und ihn den beiden Stutzern als seinen alten Freund Joe Lassiter vorstellte.

»Joe ist sozusagen der Häuptling hier im Dorf«, sagte Kinsley, und das war Joe wiederum etwas peinlich, weil es eigentlich keinen Häuptling gab.

Ich stand neben Susan Goetzmann am Ende des Steges, weil sie es ohne meine Begleitung nicht gewagt hätte, hierher zu kommen und Fotos von Lester Kinsleys Ankunft zu machen.

Kinsley bemerkte uns zuerst gar nicht, weil er nämlich außer den beiden Stutzern in den Anzügen, die ein Blinder mit dem Krückstock als Anwälte hätte ausmachen können, noch jemand mitgebracht hatte. Es war der jüngere der beiden Anwälte, der sich darum bemühte, dass auch der Pilot wohlbehalten aus der schaukelnden Cessna auf den Steg gelangte. Als ich sah, um wen es sich handelte, schoss mein Blutdruck von einer Sekunde auf die andere in Schwindel erregende Höhen und ich glaube, mir wurde so schwindelig, dass sogar Susan mit dem einen freien Auge bemerkte, was mit mir los war, während sie mit dem anderen durch den Sucher ihrer Kamera spähte und laufend den Auslöser betätigte.

»Wer ist das Mädchen, bei dessen Anblick es dir glatt den Atem verschlägt?«, fragte sie. Wir hatten nach unserem Abenteuer beim LK-Baucamp wahrscheinlich im Schock angefangen uns zu duzen.

»Das ist Amanda«, sagte ich. »Amanda Kinsley, der ganze Stolz ihres Vaters.«

»Hübsch«, sagte Susan.

Ich sagte lieber nichts, aber am liebsten hätte ich mich hinter Susan versteckt, wenn sie nur etwas größer und breiter gewesen wäre.

Amanda sah gut aus in ihrer braunen Bomberjacke mit Teddykragen und den Fliegerhosen mit den vielen Seitentaschen. Ihr Haar war straff nach hinten gekämmt und zu einem kurzen Zopf geflochten, der im hochgestellten Kragen verschwand. Sie begrüßte Joe, und Joe verbeugte sich und wischte zuerst seine Hand an der Hose ab, bevor er sie ihr gab. Erst in diesem Moment bemerkte uns Kinsley. Ich glaube heute noch, dass er auf einen Schlag richtig grün im Gesicht wurde, aber es kann gut sein, dass ich mir das nur einbildete. Auf jeden Fall starrte er zu uns herüber und er erkannte mich natürlich auf Anhieb, und das veranlasste ihn dazu, seine Tochter schnell bei der Hand zu nehmen. Vielleicht wäre er mir gern ausgewichen, aber um an Land zu kommen, musste er über den Steg direkt auf uns zugehen.

»Er hat dich erkannt«, sagte Susan. »Ich glaube, jetzt hat er Schwierigkeiten mit seinem Kreislauf.«

Sie konnte alles deutlich erkennen, weil sie das Teleobjektiv aufgesetzt hatte.

»Seine Tochter scheint wirklich nett zu sein«, sagte Susan. »Fröhliches Kind. Ich glaube, sie ist die Maschine geflogen.«

»Stimmt. Sie sagte mir, dass sie den Flugschein machen wird.«

»Du kennst sie näher?«

»Ich kenne sie. Wir waren kurze Zeit befreundet.«

»Oh. Deswegen kommt Kinsley fast um.« Susan setzte die Kamera kurz ab und blickte mich von der Seite prüfend an. »Du bist ganz blass geworden, Kirby. Ist dir nicht gut?«

Da McGill mit seinem Streifenwagen vorfuhr und direkt neben uns parkte, brauchte ich ihr auf die Frage keine Antwort zu geben. McGill stieg sofort aus und wollte auf Kinsley zugehen, aber dann wandte er sich erst einmal uns zu.

»Was soll diese verdammte Fotografiererei, Halbmond?«, bellte er mich scharf an. »Glaubst du nicht, dass ihr schon genug Unheil angerichtet habt, zum Teufel! Ich warne dich ein letztes Mal!«

»Wir waren bei der Brücke über den Stone Creek und jemand hat auf uns geschossen«, sagte Susan und fotografierte McGill mit gebleckten Zähnen.

»Ich habe Sie auch gewarnt, Goetzmann«, stieß McGill mit herausgepresstem Atem hervor. Er hatte Mühe, seine Wut im Zaum zu halten. »Sie haben bei der Brücke und beim Baulager nichts verloren. Es stehen genug Warntafeln dort draußen. Ich würde ...«

»McGill, Miss Goetzmann sagte, dass auf uns geschossen wurde«, unterbrach ich ihn.

»Vielleicht war es dein kleiner verrückter Bruder, der irgendwo mit einem Jagdgewehr herumschleicht!«, zischte McGill.

Bevor wir ihm darauf etwas erwidern konnten, drehte er sich um und ging auf den Steg hinaus. Kinsley packte ihn sofort am Arm und deutete mit einer Kopfbewegung zu uns herüber. Jetzt entdeckte uns auch Amanda. Ihre Augen weiteten sich etwas, als sie mich erkannte, und als ich eine Hand zum Gruß hob, löste sie sich von ihrem Vater, und obwohl er ihren Namen rief, kam sie über den Steg gelaufen und ich ging ihr schnell entgegen. Wir trafen am Ende des Steges aufeinander und zuerst wollten wir uns umarmen, aber wir gaben uns nur die Hände und sahen uns an, und sie lachte und sagte, dass ich gut aussehen würde für einen Indianer aus dem Busch.

»Und du erst«, sagte ich und hielt sie auf Armlänge von mir, während ich sie musterte. »Schau dich nur einmal an, Amanda. So ganz und gar nicht wie dein Vater.«

Sie lachte und wir umarmten uns jetzt kurz und da kam auch schon Lester Kinsley angetrabt und erklärte

Amanda im Tonfall eines gestrengen Vaters, dass es mein Bruder wäre, mit dem er Schwierigkeiten hätte, und dass es besser wäre, wenn wir uns dementsprechend verhalten würden.

»Ich bin sicher, Amanda, dass Kirby Halbmond aus einem ganz bestimmten Grund hier am Steg steht. Willst du Amanda deine Freundin vielleicht vorstellen, Halbmond?«

»Meine Freundin? Ach so, Sie meinen Susan.« Ich musste lachen und Susan verzog ihr blasses Gesicht, als hätte sie einen von Joes Hamburgern gegessen.

»Amanda, das ist Susan Goetzmann. Sie ist die Reporterin, die nicht aufgibt, obwohl Konstabler McGill ihr durch einige seiner Freunde zu verstehen gegeben hat, wie gefährlich es hier in der Gegend für sie noch werden kann.«

»Nett, Sie kennen zu lernen, Susan«, sagte Amanda.

Susan lächelte verlegen.

»Komm jetzt, Amanda«, sagte Lester Kinsley im Befehlston. Er hielt Amanda am Ärmel ihrer Bomberjacke fest und zog sie zurück. Sie ließ es geschehen, obwohl sie sich leicht hätte losreißen können.

»Wir bleiben bis Montag«, rief sie mir zu, während sie rückwärts stolperte. »Sehen wir uns heute Abend irgendwo?«

»Irgendwo ist gut«, lachte ich. »Die einzige Kneipe hier ist der Bear River Saloon, und der ist auch nicht mehr, was er einmal war, als mein Vater noch lebte und Charlotte hinter der Theke stand.«

»Okay. Im Bear River Saloon, falls mich mein Vater und seine Berater gehen lassen.«

McGill hielt ihr die hintere Tür des Streifenwagens auf. Vorn nahm ihr Vater Platz. Hinten, neben ihr, die beiden

Anwälte, die Susan und mich noch einmal mit einem geringschätzigen Blick bedachten, bevor sie einstiegen. McGill knallte seine Tür zu und brauste mit seinem frisch gewaschenen Streifenwagen davon.

»Einen solchen Empfang hat Lester Kinsley ganz bestimmt nicht erwartet«, sagte Susan und zum ersten Mal bemerkte ich in ihrem schmalen blassen Gesicht ein geradezu schelmisches Lächeln, das bei jedem anderen Gesicht wie ein Grinsen ausgesehen hätte.

Ich lud Susan zum Essen nach Hause ein, aber sie wollte nicht. Stattdessen ging sie ins Motel, wo sie eine Reisedunkelkammer aufbauen wollte, um den Film sofort zu entwickeln und eventuell einige Vergrößerungen zu machen.

Ich ging allein nach Hause und knöpfte mir erst einmal Philip vor, aber der wusste auch nicht, wo sich Robert versteckt hielt, falls er nicht in seinem üblichen Versteck war. Und sein übliches Versteck war ein alter Vorratskeller hinter unserem Haus, der in einen kleinen Hügel hineingebaut war und den man mit einem Butanofen beheizen konnte.

Robert war nicht dort.

Meine Mutter machte sich Sorgen. Melanie machte sich Sorgen. Es war Freitagabend. Andrea arbeitete noch. Philip ging zu einem Freund, um die neuen Radkataloge durchzusehen. Meine Mutter wartete darauf, dass man Marvin freilassen würde.

Sie fragte mich, ob Marvin nicht vielleicht doch mit einem Anwalt reden sollte.

»Noch gibt es keine Anwälte hier«, sagte ich.

»Einen von der Stadt.«

»Ich sage dir, dass es keinen Sinn hat, mit einem Anwalt in der Stadt zu telefonieren. Die Anwälte in der Stadt gehen mit Kinsley an freien Tagen Tontauben schießen, Mutter.«

Sie wusste nicht, was ich meinte. Melanie wusste es. Sie erklärte es ihr.

»Kirby meint, dass sie alle zusammen unter einer Decke stecken, Mom«, sagte sie.

Schließlich kam Andrea nach Hause. Das Programm, das Melanie auf der Glotzkiste hatte, gefiel ihr nicht. »Schalt auf Kanal vier um«, sagte sie. »Da ist Bill Cosby drauf.«

Melanie überließ ihr den Fernseher und sie schaltete auf Kanal vier, wo eben ein Werbespot für Wackelpudding lief. Das gab Andrea Zeit, ihre Pelzstiefel und den Mantel auszuziehen. Kunsttiger. Eingefärbtes Kuhfell mit aufgedruckten Streifen. Andrea hatte ihn von einem Versandhaus kommen lassen. Die Stiefel auch, aber die waren aus echtem Lammfell.

»Du fragst gar nicht, was mit Marvin ist«, sagte meine Mutter zu ihr.

Andrea drehte sich um.

»Was ist mit Marvin?«

»Sie haben ihn noch nicht freigelassen.«

»Das weiß doch das ganze Dorf. Was glaubst du, was ich mir heute alles anhören musste, den ganzen Tag lang. Ich gehe von hier weg, sobald ich ein bisschen Geld beisammen habe. Ich kann das nicht mehr aushalten, und wenn du glaubst, dass ich hier bleibe und weiterhin im Supermarkt als Verkäuferin arbeite, damit ihr die Sachen mit Prozenten kriegt, dann träum ruhig weiter, Mutter.«

Andrea warf sich in einen Polstersessel, nahm die Fernbedienung vom Tisch und begann damit herumzuspielen, ohne jedoch auf einen anderen Kanal zu schalten. Die Cosby-Show ging weiter. Philip kam herein.

»Ich esse bei Kevin«, sagte er. »Für mich brauchst du nicht zu kochen, Mom.«

»Für mich auch nicht«, sagte Andrea. »William hat mich heute Abend eingeladen.«

»Für wen soll ich denn etwas machen?«, fragte meine Mutter aus der Küche. »Wenn niemand da ist, brauche ich nicht zu kochen.«

»Ich bin da«, sagte Melanie. Sie blickte mich an und ich nickte. »Und Kirby isst mit uns, Mom.«

Andrea warf mir einen Blick zu.

»Die Leute sagen, dass du mit der Reporterin unterwegs warst«, sagte sie.

»Wir waren bei der Brücke draußen«, sagte ich. »Beim Baulager hat jemand auf uns geschossen.«

»Ich weiß.«

»So. Wie kommt es, dass du davon weißt?«

Sie hob die Schultern. »Ich habe so meine Quellen«, sagte sie.

»McGill zum Beispiel«, sagte Melanie schnippisch.

»Heh, halt lieber die Klappe, Mel. Du hast keine Ahnung.«

»Was weißt du darüber, Andrea?«, fragte ich.

»Ich weiß nur, dass du höllisch aufpassen solltest, sonst schlägt er dir den Schädel ein.«

»Wer? McGill?«

»Nein. Der Vormann im Baulager. Porter Wilkinson ist sein Name. Mehr weiß ich nicht. Und wenn mal was ist, ich hab nichts gesagt, klar?«

»Klar.« Ich ging in die Küche und schaute meiner Mutter beim Kochen zu.

10. Kapitel

Feuer im Blut

Freitagabend ist im Bear River Saloon immer Hochbetrieb. Das war schon früher so, im alten Saloon, der nun hundert Meter unter Wasser stand und in dem mein Vater wahrscheinlich eben zur Theke torkelte, um seine zweite Flasche Brandy zu bestellen.

Es war fast neun Uhr, als ich meinen Pontiac auf dem Parkplatz abstellte, und mir fiel natürlich der blaue Ford Ranger auf, der direkt neben dem Eingang geparkt war. Aber auch McGills Privatwagen, ein Mercury, den er ab und zu meiner Schwester Andrea auslieh, stand da und der alte Chevy von Francis Leroux und Joe Lassiters Lieferwagen mit der grasgrünen Aufschrift »Joe's Wayside Hotdogs and Burgers«. Wer nicht daheim am Fernseher saß, war heute Abend im Bear River Saloon, der übrigens nicht nur eine Bar hatte, sondern auch ein Esslokal in einem Anbau und einen Raum mit mehreren Flipperkästen und Videospielen.

Durch eine Tür konnte man in das Esslokal gelangen, ohne den Saloon zu betreten. Ich nahm die andere Tür, zögerte einen Moment, bevor ich eintrat, und dachte daran, wie oft ich als Junge meinen Vater vom alten Saloon nach Hause geschleift hatte, damit er sich auf dem Heimweg nicht irgendwo hinlegte, einschlief und dabei erfror. Genau das wäre in unserer Familiengeschichte nichts Neues gewesen. Ein Großonkel namens Stanley erfror nämlich schon auf dem Heimweg von einem Saufgelage, lange bevor ich auf die Welt gekommen war, und mein Cousin, den alle nur »Two Gun« nannten, weil er manchmal mit zwei Revolvern im Hosenbund herumlief, hatte sich in einer Februarnacht keine zwanzig Schritte von seiner Hütte entfernt die Zehen abgefroren und war wahrscheinlich nur noch am Leben, weil sein Hund ihn fand und wie verrückt anschlug.

Der neue Bear River Saloon war ein Abklatsch des alten. Im alten, das wusste ich noch, als ob ich erst gestern das letzte Mal drin gewesen wäre, hing ein großes Bild hinter der Theke, mit einem halb nackten Weib in liegender Pose. Ein durchsichtiger Schleier hing über ihren großen Brüsten und dem Schoß und ich erinnere mich, dass sie nicht nur an den Armen Schmuckreifen trug, sondern auch eine goldene Kette am Fußgelenk. Unten hatte jemand »Die Schöne vom Bear River« hingeschrieben und manchmal, wenn wir auf der Jagd oder entlang unserer Fallenstrecke draußen kampiert hatten, war mir das Weib nachts im Traum erschienen.

Jetzt war da kein Bild mehr, sondern ein großer Kalender einer Bierfirma und daneben eine Liste mit den Daten, wann die Vancouver Canucks gegen wen spielten. Es gab auch einen Spiegel, der aber halb mit Postkarten aus aller Welt zugeklebt war, und überall hingen verstaubte Köpfe von Tieren, die jemand im Laufe vieler Jahre geschossen hatte.

Nur ein Tisch war noch aus dem alten Saloon übrig geblieben und es war nicht der, unter dem ich meinen Vater einmal hervorgezogen hatte.

Alles war ziemlich zusammengeschustert im neuen Saloon, so, als hätte jemand ganz schnell damit anfangen wollen, Geld zu verdienen. Im offenen Kamin brannte zum Beispiel kein richtiges Feuer, sondern eine hinter einigen verkohlten Holzscheiten versteckte orangerote Glühbirne.

Natürlich galt meine Aufmerksamkeit nicht wirklich der Einrichtung des Saloons, sondern während ich mich umschaute, streifte mein Blick mehrere Gesichter von Männern, die ich noch nie gesehen hatte. Bauarbeiter vom LK-Camp, Baumaschinenfahrer, Holzfäller und Lastwagenfahrer. Sie hockten alle dicht gedrängt an den wenigen Tischen oder sie standen an der Bar, an der ein paar Mädchen unseres Dorfes saßen, einige noch ziemlich jung, aber schon mit Zahnlücken, andere etwas älter, ohne Zähne, mit verschlagenen und vernarbten Gesichtern und fetten Hintern, die über die Barhocker herunterhingen.

Die Bauarbeiter bemerkten mich, als ich eintrat. Einer von ihnen, ein junger hagerer Bursche mit einem schiefen Rattengesicht und vorstehenden Zähnen, drehte sich um und stieß einen der Männer an, die mir den Rücken zugedreht hatten. Der Mann wandte den Kopf, und obwohl ich Porter Wilkinson eigentlich nur seitenverkehrt im Rückspiegel gesehen hatte, erkannte ich ihn wieder. Er sah mich, kniff die Augen etwas zusammen, sagte etwas zu dem hageren Jungen und widmete sich wieder dem Kartenspiel. Der hagere Junge kämmte sich mit den gespreizten Fingern seine langen blonden Haarsträhnen aus dem Gesicht und nahm eine Schachtel Zigaretten aus der Hemdentasche.

Ich beachtete ihn nicht weiter und ging zur Bar, an der der alte Leroux stand und mit einem der Mädchen flirtete. Auf dem Weg zur Bar warf ich einen Blick durch die Verbindungstür ins Restaurant und bemerkte zufällig, wie Andrea eben ziemlich eilig hinausging. An einem der Tische saß Joe Lassiter seiner Frau gegenüber, die von Geburt an auf einem Ohr nichts hörte, obwohl sie einen kleinen Hörapparat drin hatte.

Der Besitzer des Saloons, ein Weißer namens Spencer, fragte mich, was ich trinken wollte. Ich bestellte ein Bier vom Fass. Neben mir schwankte Torsten Woods hin und her. Torsten, was für ein Name für einen Indianer. Torsten hatte nur ein Auge. Das andere war ihm von einem Specht aus dem Kopf gepickt worden, sagte man. Ob das stimmte, wusste ich nicht. Torsten war ein Säufer, der einmal bei der Armee gewesen war und beide Unterarme voll mit Tätowierungen hatte. Er hielt sich mit einer Hand am Tresen fest, damit er nicht umfiel, und er stank nach Kotze. Wenn er mich ansehen wollte, musste er sich einmal fast um die eigene Achse drehen, weil sein gesundes Auge auf der anderen Seite war.

Spencer brachte mir das Bier und ich bezahlte gleich.

»Torsten, wenn du kein Geld mehr hast, kriegst du nichts mehr«, sagte Spencer zu Torsten.

Torsten murmelte etwas. Ich gab einen Brandy aus. Torsten sah mich mit seinem einen Auge an, als ob ich von einer anderen Welt wäre. Eigentlich wollte er sich bedanken, aber er brachte die Worte nicht zusammen, da wollte er mir die Hand geben, aber es war die, mit der er sich festhielt, und er geriet sofort ins Trudeln und prallte gegen einen der Bauarbeiter und der stieß ihn von sich, sodass Torsten gegen die Theke knallte.

Ich trank in Ruhe mein Bier und behielt die Tür im Auge. Leroux sah mich. Er hob sein Glas und prostete mir zu.

»Auf die schönen Mädchen dieser erbärmlichen Welt«, krächzte er.

Spencer kam herüber. »Seit wann bist du zurück, Kirby?«, fragte er. Wir kannten uns schwach von früher.

»Seit gestern«, sagte ich.

Er beugte sich vor und betrachtete mich.

»Bist du sicher, dass du hier Stunk machen willst?«

»Wer sagt, dass ich hier Stunk machen will?« Ich lachte. Neben mir goss sich Torsten den Schnaps hinter die Binde.

»Das geht rum«, sagte Spencer.

»Spencer, lass mich dir eine Frage stellen«, sagte ich.

Er hob die Brauen.

»Was ist?«

»Seit die Welt besteht, Spencer, kommen die Karibus im Frühling zum Bear River und bringen ihre Jungen dort zur Welt, stimmt's?«

»Wie lange das her ist, weiß ich nicht, aber es mag schon sein, dass das ein paar tausend Jahre zurückliegt.«

»Weißt du, warum die Karibus jedes Jahr immer um die gleiche Zeit zum Bear River kommen, Spencer?«

Er blickte mich an, als wollte ich ihn verarschen.

»Natürlich weiß ich das nicht, verdammt. Willst du mich verarschen oder was? Niemand weiß, warum die Dinge mit den Karibus sind, wie sie sind.«

»Wenn niemand weiß, warum die Karibus, seit die Welt besteht, zum Bear River kommen, um ihre Jungen dort zur Welt zu bringen, sollte man denn da nicht annehmen, dass sie es tun, weil es nirgendwo sonst einen besseren Platz für sie gibt, Spencer?«

»Verdammt, warum fragst du mich, Kirby? Frag doch die Karibus.«

»Nein, ich frage dich, Spencer, weil ich denke, dass du einer von denen bist, die dabei sind, die Welt entscheidend zu verändern, obwohl sie keinen blassen Schimmer haben, wie alles funktioniert. Deshalb frage ich dich, Spencer.«

»Heh, und du sagst, du bist nicht hergekommen, um Stunk zu machen, verflucht noch mal!«

Spencer richtete sich auf und ging davon. Neben mir schwankte Torsten noch immer hin und her. Allmählich fing er an mir auf die Nerven zu gehen.

Amanda kam durch die Tür. Sie war nicht allein. Der jüngere der beiden Anwälte folgte ihr wie ein kleiner Hund. Sie sah mich an der Theke und kam durch das Speiselokal in den Saloon. An den Tischen, an denen die LK-Bauarbeiter saßen, wurde es sofort etwas leiser. Dem Anwalt, der hinter ihr hertrottete, wurde offensichtlich die Krawatte zu eng. Er fuhr sich mit dem Zeigefinger hinter den Kragen.

»Hallo, Kirby«, rief sie mir zu. »Darf ich dich mit Richard Monroe bekannt machen. Richard ist ein Sozius von Monroe, Pratt und Frederick.«

»Flaschnerei und Sanitärinstallationen«, sagte ich.

»Anwaltspraxis«, verbesserte Monroe.

»Pardon«, entschuldigte ich mich.

Torsten wollte sich den jungen Anwalt mal ansehen. Er drehte sich von der Theke weg und verlor das Gleichgewicht. Der Anwalt packte ihn und hielt ihn aufrecht, rümpfte dabei aber seine spitze Nase, weil ihm Torsten seine Alkoholfahne ins Gesicht blies.

»Das ist Torsten Woods«, sagte ich. »Ein Specht hat ihm das Auge aus dem Kopf gepickt.«

»Lieber Gott, der Mann ist ja betrunken«, entfuhr es dem Anwalt. »Jemand müsste ihn an die frische Luft befördern.«

»Tun Sie sich keinen Zwang an«, sagte ich, aber da kam

Spencer um die Theke herum und zusammen mit Richard Monroe schafften sie Torsten hinaus.

»Mein Vater hat entschieden, dass Richard mitgeht«, sagte Amanda. »Tut mir Leid.«

»Schon gut. Wollen wir etwas essen?«

»Wir haben im Motel gegessen. Könnten wir uns nicht vielleicht an einen Tisch setzen.«

»Die Tische sind besetzt, wie du siehst.«

»Kirby, jetzt bist du eingeschnappt, nicht? Weil Richard dabei ist?«

»Ich hätte versuchen können, Susan zu überreden, mich zu begleiten«, sagte ich. »Aber ich glaube nicht, dass sie zu denen gehört, die am Freitagabend einen draufmachen können. Was trinkst du?«

»Ein Bier.«

»Und Richard?«

»Mineralwasser.«

»Mineralwasser?«

»Er trinkt keinen Alkohol.«

Richard und Spencer kamen zurück. Spencer ging zur Musikbox und warf einen Quarter ein.

Creedence Clearwater Revival. Black Moon Rising. Es klang in meinen Ohren irgendwie wie eine Warnung. Richard sagte, dass er gern ein Mineralwasser trinken würde. Perrier, wenn's ginge.

Spencer hatte kein Perrier. Pech für Richard.

Ich bestellte ein Bier für mich und bezahlte die drei Getränke. Natürlich wurden wir nicht warm miteinander. Torsten begann mir zu fehlen.

»Es tut mir Leid, dass ich hier bin«, sagte Richard nach einer Weile. Er war eigentlich okay. Ich sagte, das sei schon in Ordnung, und bestellte noch ein Bier für mich. Allmählich spürte ich die Wirkung. Nicht, dass ich betrunken gewesen wäre, nicht von drei Bieren, aber ich war etwas lockerer, und ohne dass ich es wollte, kam ich auf Marvin zu sprechen. Ich fragte Richard, was denn nun mit Marvin seiner Meinung nach geschehen würde.

»Ich möchte niemandem vorgreifen, aber ich glaube, man wird Marvin vor Gericht stellen«, sagte er.

Die Tür zum Restaurant ging auf und meine Schwester Andrea kam herein. Sie hatte McGill im Schlepptau. Ein Tischchen für sie war schon reserviert. Mit Kerze. McGill trug nicht einmal seine Uniform und ohne die Uniform sah er aus wie ein Hosenscheißer, mit Brillantine auf dem sorgfältig gescheitelten Haar. Sie sahen mich zwar, taten aber so, als wäre ich nicht da. Andrea trug ein merkwürdiges Kleid. Neueste Mode, vermutlich. Und große metallene Ohrgehänge. Außerdem war sie hübsch geschminkt und sah überhaupt nicht aus wie die Schwester, die ich einmal gekannt hatte.

Kurz nachdem Andrea und McGill hereingekommen waren, traten auch Lester Kinsley und der andere Anwalt ein. Sie kamen direkt in den Saloon. Amanda nahm meine Hand und drückte sie. Richard hätte sich wahrscheinlich am liebsten irgendwo verkrochen. Kinsley und sein Mann gesellten sich zu den Bauarbeitern. Kinsley war in Fahrt. »Eine Runde für meine Freunde hier!« Er klopfte einigen auf die Schultern.

»Später lassen sie ihn bestimmt dreimal hochleben«, flüsterte Amanda.

Ich bestellte ein Bier. Dieses Mal musste ich warten, weil Spencer mit Kinsleys Bestellung beschäftigt war.

»Gibt es sonst kein anderes Lokal, wo wir hingehen könnten?«, sagte Amanda.

»Wir könnten im Motelrestaurant sitzen und Mineralwasser trinken und Hawaii-Toast essen«, schlug ich vor.

»Ich esse keinen Schinken und keine Eier«, wandte Richard ein. Ich begann ihn zu mögen. Er war einer von denen, die man mit Hawaii-Toast nicht bestechen konnte.

Ich bestellte ihm ein Bier, was dazu führte, dass ich zwei Biere trinken musste, weil er sich nicht einmal dazu bewegen ließ, den Schaum vom Glas zu nippen. Er trank auch kein Mineralwasser mehr, da er dann die ganze Nacht hindurch hätte pinkeln müssen.

Kinsley machte Musik. Chuck Berry. Hail! Hail! Rock 'n' Roll. Er fuhr auf Oldies ab. Elvis. Ricky Nelson. Ich habe nichts gegen Oldies, aber in diesem Moment ging mir selbst Jerry Lee Lewis auf die Nerven.

Leroux zerrte das Mädchen vom Hocker und begann es durch das Lokal zu wirbeln. Das Mädchen kreischte.

»Willst du tanzen?«, fragte ich Amanda.

»Willst du sterben?«, gab sie zurück.

McGill schob meine Schwester auf die Tanzfläche und sie tanzten zusammen und meine Schwester glühte, als hätte sie Feuer im Blut. An der Bar fiel eine Alte vom Hocker. Allmählich ging es rund. Allmählich war hier Highlife. Richard lockerte seine Krawatte.

Ich weiß nicht mehr genau, wie es kam, dass wir plötzlich doch tanzten. Amanda und ich, meine ich. Und ich weiß auch nicht mehr, bei welchem Tanz es gewesen war, als die Saloontür aufging und Susan den Kopf reinstreckte. Ich weiß nur noch, dass ich butterweiche Knie kriegte und mich so klein machte, dass ich plötzlich Amandas Busen direkt im Gesicht hatte. Susan schaute hinter angelaufenen Brillengläsern hervor umher, sah mich nicht und wollte schon die Tür wieder zumachen, als Kinsley sie erspähte:

»Nur Mut, Goetzmann!«, rief er ihr zu. »Kommen Sie

rein und gesellen Sie sich zu uns.« Er ging mit ausgestreckten Armen auf die Tür zu. »Aber lassen Sie bitte die Kamera draußen, ja!«

Susan sagte etwas zu ihm, was ich nicht verstehen konnte, weil die Bauarbeiter alle grölten und die Musikbox lief. Kinsley nahm Susan beim Arm und zog sie mit sich ins Getümmel und da sah sie mich und ihr Blick war nichts als ein einziger Hilfeschrei.

»Entschuldige bitte«, sagte ich zu Amanda, überließ sie der Obhut Richards, der ein ausgezeichneter Tänzer war, und drängte mich durch die Leute auf Kinsley zu. Er sah mich erst, als ich bei ihm anlangte und ihm sagte, dass Goetzmann mit mir verabredet war und nicht mit ihm. Anstatt Susan nun loszulassen, packte er noch fester zu. Ich konnte in Susans Gesicht sehen, dass er ihr wehtat.

»Lassen Sie sie los, Kinsley«, forderte ich ihn auf. In diesem Moment ging die Musikbox aus. Irgendjemand musste den Stecker gezogen haben. Der Lärm verstummte und es wurde wie auf einen Schlag still.

»Bitte, lassen Sie mich los, Mr. Kinsley«, sagte Susan mit gepresster Stimme. »Sie tun mir weh.«

Ich glaubte eigentlich nicht, dass er sie loslassen würde, und deshalb war ich schon bereit, ihm einen schnellen Haken zum Kinnwinkel zu verpassen und anschließend den Trick zu versuchen, den mir mein Vater beigebracht hatte, aber da gab er Susan frei und lachte etwas verlegen und sagte, dass er sie eigentlich nur hatte zu einem Drink einladen wollen.

»Natürlich kann ich es Ihnen nicht übel nehmen, wenn Sie statt mit uns mit Ihresgleichen trinken wollen«, fügte er noch hinzu. Susan wusste nicht, was sie nun tun sollte, aber sie war bestimmt nahe daran, zur Tür zu stürzen und ins Motel zu fliehen.

Kinsley hob sein Glas vom Tisch und streckte es in die Luft.

»Leute, trinkt mit mir. Heute ist ein denkwürdiger Tag. Ich habe mich entschlossen, den Bau der Straße zum Bear River nicht länger durch jene Spinner aufhalten zu lassen, die diesem Dorf hier eine große Zukunft vorenthalten wollen!« Kinsley drehte sich zur Bar. »Und gleich noch eine Runde für alle, Mr. Spencer. Für dieses Dorf ist heute ein neues Zeitalter angebrochen.«

Ich wusste nicht, was mit mir geschah, aber ich drehte mich um und sprang mit einem Satz auf die Theke, wobei ein paar Flaschen und Gläser zu Bruch gingen.

»Das Zeitalter des Monsters, das seine eigenen Kinder frisst!«, rief ich auf die Menge hinunter. »Das ist es, was Kinsley die Zukunft unseres Dorfes nennt. Seht sie euch an, ihn und seine Freunde, die aus der Stadt hierher kommen! Blutleer sind sie und verseucht. Aber sie haben die Macht, über uns zu verfügen. Sie haben die Macht, unser Land auszubeuten und zu zerstören. Am Montag will er mit dem Bau der Straße beginnen und im Frühling werden am Bear River die ersten Bohrtürme stehen! Wisst ihr, was das für uns bedeutet?«

»Was bedeutet das für uns, du Schlaumeier?«, rief Porter Wilkinson, der sich von seinem Stuhl erhoben hatte und sich in voller Größe vor der Theke aufbaute.

Ich starrte auf ihn hinunter. Er stemmte die Fäuste in seine Hüften und schnaubte durch die Nase.

»Los, erzähl uns, was das für uns bedeutet, oder ist dir das Feuerwasser zu Kopf gestiegen, Rothaut!«

Ich wollte ihm irgendetwas Gescheites sagen. Ich wollte ihm sagen, dass wir unseren eigenen Untergang verschuldeten, wenn wir rücksichtslos weiterhin unsere eigene Umwelt zerstörten, aber dann blickte ich in Susans Gesicht und ich sagte nur: »Dann kehren die Karibus nie mehr zurück.«

Es wurde für einen Moment so still, dass man die Taschenuhr von Francis Leroux ticken hören konnte.

»Dann kehren die Karibus nie mehr zurück!«, ahmte Porter Wilkinson mich voller Hohn nach. »Rothaut, wenn das alles ist, was du uns zu sagen hast, dann steig von deinem Gaul herunter und verpiss dich!« Er langte nach meinem Bein, aber in diesem Moment trat ich ihm mit dem rechten Schuh mitten ins Gesicht und man konnte bis in den hintersten Winkel des Bear River Saloons vernehmen, wie sein Nasenbein entzweibrach. Mit einem Fluch auf den Lippen taumelte er rückwärts und riss dabei einige der anderen Arbeiter mit sich. Blut spritzte aus seiner Nase in alle Richtungen.

Susan schrie. Amanda stieß den armen Richard von sich und stürzte dabei. Lester Kinsley starrte auf seine Hemdbrust, die plötzlich voller Blutflecken war. Der Junge mit dem Rattengesicht sprang auf mich zu. Ich trat ihm von der Seite gegen den Kopf und es schien, als wäre er von einem Hufschlag getroffen worden. Er überschlug sich beinahe und krachte zwischen die Tische und Stühle. Erst jetzt kam ich in Fahrt. Wie Eroll Flynn in einem alten Freibeuterfilm. Ich riss eine der Hängelampen von der Decke. Es gab einen Knall und Funken sprühten wie Feuerregen auf uns nieder. Alle Lampen gingen aus. Nur die Bierreklame an den Wänden leuchtete noch. Ich sah Porter Wilkinson aus der Menge auftauchen, groß wie ein Bär, ein Monster, das sich aus einem Nest von kleinen Monstern erhob. Er stieß Susan zur Seite, die sich ihm in den Weg warf, und dann stieß er Richard zur Seite, der ihm in die Quere geriet und ihn bat, Vernunft walten zu lassen. Aber für Vernunft war an diesem Abend kein

Platz im Bear River Saloon. Porter Wilkinson brüllte wie ein Stier, als er Richard von sich stieß, um sich freie Bahn zur Theke zu verschaffen. Ich wartete auf ihn. Ich war bereit, ihm noch einmal in die Visage zu treten. Ich wusste nicht, was in diesem Moment in mir kaputtgegangen war. Eine innere Staumauer war gerissen. Der See überflutete. Vielleicht wurde mir gerade in diesem Augenblick klar, dass ich weder Kinsley noch die CANOIL aufhalten konnte, weil die Verseuchung bereits bis hierher fortgeschritten war und die Leute im Dorf den Anfang von ihrem eigenen Untergang nicht erkennen konnten.

Ich trat Porter Wilkinson erneut ins Gesicht. Er schwankte, aber er wich nicht zurück, knurrend griff er nach mir und ich hätte wahrscheinlich ausweichen können, aber ich erhielt in diesem Moment einen Schlag ins Kreuz, und im Stürzen sah ich gerade noch, wie Spencer mit einem kurzen Dachlattenstück ein zweites Mal ausholte.

Ich riss Porter Wilkinson mit mir in die Menge hinein, und als wir am Boden aufprallten, kam ich halb unter ihn zu liegen und er schlug mir seine Faust aufs Ohr. Ich hörte plötzlich die Glocken unserer alten Missionskirche läuten, die zusammen mit dem original Bear River Saloon und dem Zweizimmerschulhaus mit den himmelblauen Wänden auf dem Grund des Stausees stand. Ich verbiss mich in Wilkinsons Schulter und wir rollten zwischen den Beinen der Leute herum und einige von ihnen traten heimlich nach uns, ohne zu zielen, und jemand, ich glaube, es war McGill, rief, dass man uns die Tür aufhalten solle. Auf jeden Fall rollten wir keuchend und fluchend auf den Brettervorbau hinaus, und hier packten mich Porter Wilkinsons Freunde vom LK-Camp und zerrten mich auf die Beine, damit sie mich besser zusammenschlagen konnten. Sie prügelten mich windelweich, bis ich wie ein nasser Sack zu Boden fiel.

Im Saloon schrie jemand, es hätte zu brennen angefangen. Ich konnte nur noch aus einem Auge sehen, weil das andere zugeschwollen war, aber es genügte, um den guten alten Torsten zu erkennen, der sich an einem Stützbalken des Vorbaudaches festhielt, damit er nicht umfiel. Und etwas verschwommen gewahrte ich Amanda. Sie beugte sich über mich und dann war da plötzlich ihr Vater und er wollte sie hochziehen, aber sie fauchte ihn an, dass er sie nicht anfassen solle. Und Susan war auch da und ihre Lippen bewegten sich und ich wusste nicht, ob sie betete oder was, aber plötzlich stand sie auf und wandte sich an die Meute, in deren Mitte Lester Kinsley stand.

»Er hat gesagt, dass die Karibus nie mehr zurückkehren würden, wenn dort draußen die verdammten Bohrtürme stehen, Mister Kinsley! Und genau darum geht es und um nichts anderes, verstehen Sie denn nicht?«

Kinsley wagte nicht, ihr zu sagen, was er ihr im Moment und in aller Öffentlichkeit darauf geantwortet hätte. Meine Schwester Andrea tauchte über mir auf.

»Dein Vater und du, ihr seid die Gleichen«, stieß sie wütend hervor.

»Mein Vater ist tot«, hörte ich mich leise sagen und ich war nicht einmal ganz sicher, ob ich es war, der da redete. McGill beugte sich nieder und half mir, mich aufzusetzen, damit er mir die Handschellen anlegen konnte.

»Deine Zelle ist voll«, keuchte ich und schluckte das Blut, das mir aus der Nase in den Rachen lief.

11. Kapitel

Der Held in Susans Augen

Ich erwachte irgendwann in meinem Bett. Oder in Philips Bett, das nach ihm roch und dessen Kissenbezug einen großen bunten Schmetterling drauf hatte. Ich erwachte, weil es keine Stelle an mir gab, die nicht wehtat, und weil meine Nase vom eingetrockneten Blut verstopft war.

Eine dunkle Gestalt saß neben meinem Bett. Es war meine Mutter. Sie gab mir Wasser und zwei Aspirin. Ganz still saß sie danach da und wachte, so wie sie es getan hatte, wenn ich als Kind krank gewesen war. Ich schlief wieder ein und träumte von einem Tag im Herbst, als ich mit meinem Vater und mit Marvin auf die Jagd ging. Das war lange bevor der Damm gebaut worden war. Wir gingen zu Fuß den Stone Creek entlang den Bergen entgegen, von denen wir hin und wieder einen Felsengipfel über die Wipfel der Bäume hinwegragen sahen. Wir machten einen Umweg über die Hügel, damit wir in der Nähe der Grabstätten nicht den ruhelosen Geistern unserer Vorfahren begegneten, und am Mittag aßen wir vom Lachs, den uns Mutter mitgegeben, und vom Brot, das sie am Tag zuvor gebacken hatte, und Vater legte sich unter einem Baum ins Gras und trank ein bisschen Brandy aus dem Flachmann, bevor er die Augen schloss und seinen Mittagsschlaf hielt. Und am Abend fingen wir Forellen mit den

Händen und wir legten sie auf heiße Steine, bis sie gar waren. Wir waren mehrere Tage unterwegs und schließlich erklommen wir die Buckskin Ridge, einen kahlen, vom Wind gefegten Bergzug, hinter dem sich das Tal des Bear River ausbreitete, mit den unzähligen Bächen, die hoch oben im unwegsamen Felsengebirge entsprangen und über die Ebene dem Fluss zuströmten, im Abendlicht glitzernd wie Adern aus purem Silber. Dort unten im Talgrund, wo sich der Abendhimmel in einem unregelmäßigen Muster von kleinen und größeren Tümpeln spiegelte, auf den im ersten Frost gelb gewordenen Tundrakissen und im hohen Riedgras, bewegten sich tausende von Karibus, ruhelos, als wären sie von einer heimtückischen Gefahr aufgeschreckt worden, von einem hungrigen Grizzly, von Wölfen oder vielleicht von Menschen. Aber es war keine Gefahr, die sich in der Gestalt eines Wesens zeigte, es war der Winter, der sich in den Nordwinden ankündigte, in der gläsernen Stille eines frühen Morgens, wenn der Reif die Tundra in ein Meer von glitzernden Diamanten verwandelte. Niemand wusste, woran die Karibus merkten, dass ihre Zeit gekommen war, das Bear-River-Gebiet zu verlassen. Niemand wusste, warum sie Jahr um Jahr den gleichen Weg gingen und zur gleichen Zeit im Frühsommer wieder zum Bear River zurückkehrten und ihre Jungen zur Welt brachten.

Und in meinem Traum stand ich da oben auf dem nackten Felsgrat und nicht mehr mein Vater war bei mir oder Marvin. Ich war ganz allein und beobachtete, wie ein großer Adler aus dem Schatten der schroffen Felsen ins gleißende Licht der Sonne flog, durch das weite Tal schwebte und neben mir auf dem Grat landete, wo er sich beim Aufsetzen in die Gestalt Amandas verwandelte. Ich ging zu ihr und nahm sie bei der Hand und wir schauten den Karibus zu, wie die scheinbar grundlose Unruhe, dieses rastlose Hinundherwandern, allmählich begann, eine noch kaum erkennbare Ordnung anzunehmen. Nur ein geübtes Auge konnte am Anfang diese kaum merkliche Veränderung im Verhalten der Karibus erkennen. Die Herde geriet nach und nach in Bewegung, wurde zu einem Strom, der nach Süden hin abfloss, als ob irgendwo in der Ferne eine Schleuse geöffnet worden wäre. Lautlos, so schien es hier oben, zog die große Herde davon, nicht mehr anhaltend, nicht einmal zurückblickend, wenn die Jungen nicht zu folgen vermochten. Das Land entleerte sich und so, als wäre es der Stausee, der auslief, tauchten in meinem Traum die Dächer unseres alten Dorfes auf, die Spitze des kleinen Glockenturms an der Missionskirche, das Schulhaus mit den blauen Wänden, mein Vater, der den Straßengraben entlangtorkelte. Das rot-schwarz karierte Hemd hing ihm über die Hose herunter und Blue folgte ihm in einigem Abstand, hielt hier und dort und hob sein Bein.

Ich erwachte aus meinem Traum und es war nicht mehr meine Mutter, die neben mir saß, es war Susan. Die Schreibtischlampe brannte, obwohl es hell war. Susan klappte ein Buch zu.

»Guten Morgen«, sagte sie.

Sie legte das Buch auf Philips Schreibtisch.

»Melanie kam ins Motel und bat mich, mal vorbeizusehen«, sagte sie. Ich versuchte mich aufzusetzen. Mein Rücken schmerzte. Spencer hatte mir mit der Dachlatte wahrscheinlich das Kreuz gebrochen. Meine Lippen waren hart vom verkrusteten Blut und ich hatte eine Schramme an der Stirn und mein linkes Auge war noch immer fast ganz zugeschwollen.

Sonnenlicht fiel durch das Fenster und blendete mich, als ich endlich aufrecht saß. Susan stand auf und zog die Vorhänge zu.

»Deine Mutter hat Kaffee gemacht«, sagte sie.

»Wenn ich alleine wäre, würde ich aufstehen«, sagte ich.

Sie nickte heftig. »Ja. Ganz bestimmt würdest du das tun, obwohl du wahrscheinlich gleich wieder hinfallen und dir dabei das Genick brechen würdest.«

»Warum bist du hier?«

»Das habe ich dir gesagt. Weil Melanie mich darum gebeten hat. Und weil ich dir eigentlich sagen wollte, dass es Porter Wilkinson noch schlechter geht als dir. Er hat das Nasenbein mehrfach gebrochen und mehrere angeknackte Rippen. Ich weiß zwar nicht, wie viel dir das wert ist, aber dein Soloauftritt im Bear River Saloon hat mir einiges gezeigt, Kirby Halbmond.«

»Was? Dass ich ein Narr bin?«

»Nein. Ganz im Gegenteil. Es war ein großartiger Auftritt. Ich habe noch nie jemand auf eine Theke springen sehen, außer Burt Lancaster.«

»Errol Flynn.«

»Okay, Errol Flynn. Du hast uns alle beeindruckt. Freund und Feind.«

»Als ich mal auf der Theke stand, fehlten mir die richtigen Worte, das machte mich rasend.«

»Es waren die richtigen Worte, Kirby. Ich bin froh, dass du sie gesagt hast. Ich dachte schon, du würdest den Leuten einen Vortrag über die Naturverbundenheit der Indianer halten und über den Kreislauf des Lebens innerhalb des Universums. Ich dachte, du wolltest über den tieferen Sinn unseres Daseins reden und über den Stellenwert der Karibus in der Schöpfungsgeschichte.«

»Ich war nie auf der Uni«, sagte ich.

»Du hast mit einem Satz gesagt, worum es dir geht, Kirby. Um das Land am Bear River und um die Karibus. Und anschließend hast du zur Unterstreichung deines Anliegens Porter Wilkinson das Nasenbein eingeschlagen. Ist das etwa nichts?«

Ich seufzte ergeben und gab ihr wahrscheinlich keine Antwort. Mit all den Schmerzen, die ich hatte, tat es regelrecht gut, wenigstens in Susans schönen Augen ein Held zu sein.

»Kirby, deutlicher hättest du es nicht sagen können«, sagte Susan. »Es war eine Sprache, die Männer wie Lester Kinsley verstehen, besonders, wenn eine Tochter da ist, vor der man sich aufspielen will.«

»Amanda?«

»Ja. Ich hatte heute früh mit ihr ein feines Gespräch. Amanda hat begriffen, worum es geht. Sie ist stinksauer auf ihren Vater und verlangte von ihm, die gegenwärtige Situation heute Nachmittag mit den Dorfleuten zu besprechen. Und morgen werden wir zum Bear River fliegen, damit ich Luftaufnahmen vom ganzen Gebiet machen kann. Amanda ist auf unserer Seite, Kirby. Du hättest sie sehen sollen. Sie drohte ihm, nach Vancouver zurückzugehen und das Fernsehen mobil zu machen, falls man uns nicht zu Wort kommen lässt.«

»Wo ist Amanda jetzt?«

Susan lächelte. »Sie wollte erst herkommen, aber dann ließ sie sich von McGill im ganzen Dorf herumfahren, um mit den Dorfleuten zu reden und sie aufzufordern, an der Versammlung teilzunehmen. Kirby, ich glaube, wir haben in ihr eine gewichtige Verbündete gefunden. Als Joe Lassiter sich weigern wollte, für den Nachmittag eine außerordentliche Versammlung des Dorfrates einzuberufen, drohte sie ihm mit einer Untersuchungskommission, die feststellen sollte, ob er seine Position und seine politische Macht dazu benutzt hat, irgendwelche Gefälligkeiten anzunehmen oder gar Bestechungsgelder einzuheimsen. Joe erstickte fast an einem seiner eigenen Hotdogs.«

»Glaubst du, dass sich wirklich etwas ändern wird?«

»Es ist ein Anfang. Wir müssen der CANOIL konkrete Vorschläge machen. Keine Straße, zum Beispiel. Die ganze Maschinerie für die Versuchsbohrungen soll mit dem Helikopter eingeflogen werden, und zwar erst im nächsten Herbst, wenn die Karibus weg sind. Die Bohrungen können dann im Winter durchgeführt und bis Ende Frühling abgeschlossen werden.«

»Weißt du denn, ob so was technisch überhaupt möglich ist?«

»Marvin hat schon vor Monaten Erkundigungen eingeholt. Er meint, dass das absolut geht.«

»Und was geschieht, wenn sie tatsächlich auf Öl stoßen oder auf Erdgas?«

»Dann sehen wir weiter. Auf jeden Fall verschaffen wir uns dadurch Zeit, uns besser zu organisieren. Und vielleicht kriegen wir sogar Unterstützung von ›Greenpeace‹ oder einer anderen Organisation, wenn die Sache erst mal publik wird.« Susan hob die Schultern. »Außerdem wissen wir nicht einmal, ob es dort draußen tatsächlich große Öl- und Erdgasvorkommen gibt oder ob die Testergebnisse der Geologen auf Irrtümern beruhen. Das ist schon häufiger passiert, als man denkt.«

»Man wird irgendetwas finden. Basalt. Oder irgendein Metall. Titanium. Eisen. Was weiß ich. Irgendetwas, was eine Menge Geld einbringt. Darum dreht sich doch alles. Wenn dort draußen Geld zu scheffeln ist, dann wird selbst

Lester Kinsley von den größeren Fischen im Teich aufgefressen.«

»Du bist zu pessimistisch, Kirby.«

Ich schwieg. Vielleicht hatte sie Recht. Vielleicht war da irgendwo am Horizont ein schwacher Hoffnungsschimmer, den ich nicht sehen wollte, weil ich ihn eher für den eines glühenden Gifthauches hielt, der aus dem Schlund des alles vernichtenden Monsters kam.

»Gehst du zur Versammlung?«, fragte ich sie.

»Natürlich. Mit der Kamera und dem Notizblock.«

Susan hatte frischen Mut gefasst. Ihre Augen verrieten sie.

»Es ist ein Anfang, Kirby«, sagte sie noch einmal.

Ich schüttelte den Kopf. »Dein Hoffnungsschimmer ist ein Irrlicht, Susan«, sagte ich. »Lester Kinsley weiß genau, was er tut. Glaubst du im Ernst, dass er bereit wäre, auf einige hunderttausend Dollar zu verzichten, die ihm der Bau der Straße einbringen würde? Er ist hier, um die letzten Schwierigkeiten aus dem Weg zu räumen, und dazu braucht er die Unterstützung der Dorfleute. Heute Nachmittag wird er sie alle davon überzeugen, dass es sich lohnt, auf seiner Seite zu stehen.«

Ich ging nicht zur Versammlung. Stattdessen fuhr ich zu Leroux hinaus. Er war nicht da. Susan hatte ihn abgeholt.

»Da ist eine Versammlung im Dorf«, sagte Lavelle. Sie hatte Lockenwickler im Haar, trank Kaffee, rauchte und schaute sich in der Glotzkiste einen alten Lassiefilm an.

»War Robert hier?«

»Ja. Er war früh am Morgen hier. Bevor es hell wurde. Ich war noch im Bett. Francis und Robert unterhielten sich in der Küche. Francis machte ihm Frühstück. Später ging Robert weg und Francis kam zurück ins Bett und er sagte, dass Robert ein ziemlich verrückter Hund sei, dem man alles zutrauen könne.«

»Was hat er damit gemeint?«

»Keine Ahnung. Francis wollte nicht darüber reden.«

Das war alles, was ich von Lavelle erfuhr.

Auf dem Weg nach Hause, bei der Abzweigung, die zum See hinunterführte, glaubte ich im kahlen Gestrüpp rechts von der Straße eine schattenhafte Gestalt erspäht zu haben. Ich hielt an und fuhr ein Stück zurück, aber es war niemand dort. Ich stieg aus und rief Roberts Namen. Es kam keine Antwort.

Ich fuhr nach Hause und legte mich wieder ins Bett. Am Spätnachmittag kamen Susan und Francis zu uns.

»Der Bastard hat alles umgedreht«, schimpfte Francis sofort los. »Zuerst sagte er, dass es angebracht sei, die ganze Sache noch einmal zu überdenken, und dass er unsere Vorschläge Punkt für Punkt der CANOIL unterbreiten werde, und als wir schon beinahe dachten, dass Lester Kinsley doch ein vernünftiger und einsichtiger Mensch ist, begann er von der Wirtschaftlichkeit seines Unternehmens zu reden und von der Zukunft, in der nur die eine Chance hätten, die bereit wären, Wagnisse einzugehen, Probleme aus dem Weg zu räumen und mit festen Schritten voranzugehen, damit alle Menschen vom Fortschritt profitieren würden. Die alte Sache, Kirby, aber am Ende hatte er alle wieder auf seiner Seite.«

»Nicht alle«, unterbrach ihn Susan.

Leroux winkte ab. »Mich nicht und dich nicht, Goetzmann. Aber wer hört noch auf uns?«

»Vergessen Sie Amanda nicht, Francis.«

Leroux verzog sein Gesicht. »Da sie seine Tochter ist,

wird sie sich ihm gegenüber nicht durchsetzen können. Nein, Kinsley hat uns sozusagen stehend k. o. geschlagen.«

»Und was ist mit Marvin?«, fragte ich.

»Marvin bleibt in Haft und wird heute noch von zwei Mounties in einem Streifenwagen in die Stadt überführt, wo er vor den Untersuchungsrichter kommt. Dann wird sich entscheiden, ob er weiterhin in Haft bleibt oder auf Kaution bis zur Gerichtsverhandlung freigelassen wird.«

»Bis jetzt geht alles nach Kinsleys Wunsch«, sagte Leroux. »Marvin wird ohne Aufhebens vor Gericht gestellt und kein Mensch erfährt etwas davon, außer die Leute in der Stadt. Am Montag fängt Kinsley mit dem Straßenbau an und der Bastard hat das Gesetz und die Leute hier auf seiner Seite. Wir können ihn nicht mehr aufhalten, Kirby. Dazu ist es jetzt zu spät.«

Ich sah Susan an. Sie wich meinem Blick aus.

»Weißt du, wo Robert ist, Francis?«, fragte ich ihn.

»Keine Ahnung. Er kam heute Morgen vor Tagesanbruch zu uns, halb erfroren und bissig wie ein junger Wolf. Ich erzählte ihm, was im Saloon geschehen war, und da schwor er, dass er Kinsley in die Hölle befördern würde. ›Mach keinen Mist, Junge‹, sagte ich zu ihm. Ich bot ihm an, bei uns zu bleiben, weil McGill wahrscheinlich nicht so schnell wieder aufkreuzen würde, aber er sagte, dass es noch einiges zu erledigen gäbe, und dann verschwand er.«

»Hat er gesagt, wohin er gehen würde?«

»Nein. Kein Wort. Ich soll mir keine Sorgen machen, hat er noch gesagt. Sonst nichts.«

Susan sagte, dass sie ins Motel gehen und die Fotos entwickeln wolle, die sie bei der Versammlung gemacht hätte. Sie hatte den Mut noch nicht aufgegeben und war davon überzeugt, dass Amanda bei ihrem Vater einiges ausrichten konnte.

»Sie will, dass ich morgen Luftaufnahmen vom Karibuland mache, damit wir Material für die Zeitungen haben«, sagte Susan bei der Tür. »Ihr Vater hat nicht einmal versucht, sie aufzuhalten, Kirby. Es hätte einen Familienkrach gegeben.« Susan öffnete die Tür. Blue sprang an ihr hoch und sie streichelte ihn.

»Bleiben Sie«, sagte meine Mutter. »Sie mögen Spagetti. Ich mache Ihnen Spagetti.«

Susan lächelte, bedankte sich und ging hinaus. Leroux blieb zum Abendessen. Es gab Spagetti.

Nach dem Abendessen fuhr draußen ein Streifenwagen vor. Sie brachten Marvin nach Hause, damit er seine Siebensachen zusammenpacken konnte. Die Mounties warteten bei der Tür. Mel half ihrem Bruder, sein Zeug in eine Tasche zu stopfen. Nach zehn Minuten war er fertig. Marvin verabschiedete sich von uns.

»Sie müssen dir einen Anwalt zur Verfügung stellen«, sagte meine Mutter. »Das ist dein Recht, Marvin. Sag ihnen, dass du einen Anwalt haben willst.«

»Ma'am, Ihr Sohn wird einen Anwalt haben«, sagte einer der Mounties. »Machen Sie sich keine Sorgen.«

Bei der Tür drehte sich Marvin noch einmal um.

»Weiß jemand, wo Robert ist?«, fragte er.

Ich schüttelte den Kopf.

»Wenn du ihn siehst, sag ihm, dass es jetzt keinen Sinn mehr hat weiterzumachen. Die Straße wird gebaut.«

Er drehte sich um und ging zwischen den Mounties zum Streifenwagen. Sie ließen ihn hinten einsteigen. Ein Gitter trennte den hinteren Teil des Streifenwagens vom vorderen. Außerdem hatten sie Marvin Handschellen angelegt, obwohl er einen Arm in der Schlinge trug.

Meine Mutter, Melanie und Philip standen auf der Veranda, als der Streifenwagen davonfuhr.

Andrea war nicht da. Sie war zu einer Freundin gezogen.

12. Kapitel

Hinterhalt am Sutherland Creek

Andrea kam kurz nach Hause, um ein paar Kleider zu holen. Als sie mich in der Küche sitzen sah, streckte sie den Kopf herein.

»Warum gehst du nicht einfach wieder weg und lässt uns in Ruhe«, sagte sie, als ob ich an allem, was hier geschah, die Schuld hätte. Ich stand auf und folgte ihr in ihr Zimmer.

»Was ist los?«, fragte ich sie. Sie fing an den Schrank auszuräumen und gab mir keine Antwort. Ich ging wieder in die Küche. Es war kurz vor neun Uhr. Sonntagmorgen. Meine Mutter war mit Melanie und Philip in die Kirche gegangen. Andrea stampfte aus ihrem Zimmer. Im Flur, vor der Küchentür, blieb sie stehen, mit zwei Plastiktüten voller Kram.

»Amanda, dieses Aas, hat William dazu überredet, mit ihr und der Reporterin zum Bear River zu fliegen«, sagte sie ärgerlich. »Warum fliegst du nicht mit, Kirby? Du kennst dich doch in dieser trostlosen Einöde besser aus als jeder andere.«

»Es hat mich niemand darum gebeten, Andrea«, antwortete ich ruhig.

»Weißt du, warum dich niemand darum gebeten hat, Kirby?«, fragte sie.

Ich gab ihr keine Antwort.

»Man hält nichts von dir, Kirby, das ist der Grund!«, schnappte Andrea. »Für Amanda Kinsley bist du auch nur der Sohn eines Indianers, der sich zu Tode gesoffen hat. Deshalb bat sie William mitzufliegen.«

»Wer hat ihr von Vater erzählt?«

»Ich!« Sie lachte hämisch und verließ das Haus.

Ich ging nicht hinunter zum Steg, als Amanda mit der Cessna ihres Vaters zum Rundflug startete. Stattdessen fuhr ich zum Handelsposten von Leroux hinaus. Leroux trug sein Unterzeug und große Fellpantoffeln. Er war unrasiert, ungekämmt, ungewaschen, sein Gebiss lag neben seinem Teller auf dem Tisch und er jammerte über seine Migräne, die ihn an diesem Morgen nach langer Zeit wieder einmal heimsuchte.

»Das kommt immer, wenn er durcheinander trinkt«, erklärte Lavelle. »Er ist alt geworden, aber dumm ist er immer noch.« Sie brachte ihm ein Glas Wasser mit mehreren Tabletten zum Tisch. »Trinkst du einen Kaffee mit, Kirby?«

Ich lehnte ab und fragte sie, ob Robert aufgekreuzt sei.

Leroux stöhnte, stopfte sich die Tabletten in seinen zahnlosen Mund und spülte sie mit einem Schluck Wasser so vorsichtig hinunter, als fürchte er, sein Kopf würde sich bei der geringsten Bewegung vom Hals lösen und am Boden zerplatzen wie eine Glaskugel.

»Er war bei der Versammlung«, sagte Lavelle, die sich am Herd zu schaffen machte.

»Natürlich war ich bei der Versammlung«, stieß Leroux hervor. »Was meinst du, wovon ich meine gottverfluchte Migräne gekriegt habe?«

»Nach der Versammlung ließ er sich im Bear River Saloon voll laufen. Zusammen mit seinen Kontrahenten.«

»Kontrahenten, merde alors«, schnappte Leroux. »Gottverdammte Arschlecker sind sie alle. Und ich habe es ihnen gesagt. Kinsley hat sie alle in seine Tasche gesteckt. Joe Lassiter, dieser aufgeblasene Frosch, will seinen Lebenswinter nicht hier oben in dieser gottverlassenen Gegend verbringen, sondern in Chilliwack. Sacre nom de Dieu, das ist doch kein Grund, sich selbst zu verkaufen, oder was meinst du, Kirby? Joe Lassiter ist vielleicht ein Stinktier, aber selbst ein Stinktier hat seinen Stolz im Leib und scheißt nicht in sein eigenes Nest, sacrebleu.«

»Und du? Was ist mit dir, Francis Leroux? Du hast deinen Kragen gestern nicht voll kriegen können, bis dich McGill nach Hause fahren musste. Und wer hat die Zeche bezahlt, heh? Lester Kinsley hat sie bezahlt.«

»Na und?«, schnappte Leroux.

»Jesus, mit deinem Stolz kann es auch nicht zum Besten stehen, das meine ich.«

»Du begreifst wieder einmal überhaupt nichts, Lavelle, ma cherie«, gab Leroux ihr zurück. »Wenn ich gesoffen habe wie ein Loch, dann tat ich das zu Schaden von Monsieur Kinsley, compris?«

Sie brachte Rühreier zum Tisch und goss ihm Kaffee nach. Er kniff sie in den Hintern und nannte sie »mein Täubchen«. Sie wurde rot, weil ich da war. Leroux grinste.

»Kinsleys Tochter ist ein Biest, Kirby«, sagte er. »Die hat ihrem Vater das Feuer unterm Arsch angeblasen, dass es nur so knisterte. Sag mal, was ist mit dir und mit ihr?« Er zwinkerte mir mit einem Auge zu. Die Tabletten schienen zu wirken.

»Nichts«, sagte ich.

»Nichts? Das kannst du mir nicht weismachen, mon ami. Ihr kennt euch von der Stadt her, nicht wahr?«

»Wir kennen uns, Francis. Das ist alles.« Ich fragte noch einmal nach Robert. In diesem Moment wurde Motorengeräusch laut, das nicht von der Zapfsäule herkam, sondern durchs Dach in die Küche drang.

Ich ging hinaus. Über dem Busch im Norden tauchte Kinsleys Cessna auf. Sie leuchtete weiß im Licht der Sonne und vor dem tiefen klaren Blau des Himmels. Leroux trat hinter mir aus dem Haus, hielt sich aber vorsichtshalber den Kopf mit beiden Händen.

»Das ist Kinsleys Vogel, nicht wahr«, stöhnte er. »Weißt du was, Kirby, mit meiner Büchse könnte ich ihn auf diese Distanz bequem flügellahm schießen, damit er ins Trudeln gerät.«

»Da sitzen Amanda, Susan und McGill drin«, sagte ich. »Sie fliegen hinaus zum Bear River, damit Susan dort draußen Luftaufnahmen für ihre Zeitungsberichte machen kann.«

»McGill?« Leroux starrte mich ungläubig an. »Was will der denn dort oben?«

»Er ist dabei, damit sich Amanda nicht verfliegt«, sagte Lavelle.

»Jesus, warum hat sie nicht jemand mitgenommen, der sich auskennt, Kirby? Zum Beispiel mich. Selbst der alte McCafferty hat mich geholt, wenn er zum Bear River flog und dein Vater ihm das Flugzeug voll gekotzt hatte. Erinnerst du dich an McCafferty, Kirby? Er liegt unten auf dem Seegrund neben deinem Vater. Hat zwei Weltkriege und zehn Abstürze überlebt. Ohne Flachs. Er hat alle seine Knochen mindestens einmal gebrochen, und wer seine Narben sehen wollte, brauchte ihn nur zu fragen.«

Leroux blickte zur Cessna hoch. »Und jetzt fliegen da oben Pipimädchen herum. McCafferty kann von Glück reden, dass er das nicht mehr mit ansehen muss!«

Wir schauten der Cessna nach. Sie flog in südöstlicher Richtung am Pilot Hill vorbei, auf der der Umsetzer stand. Es war ungefähr die Richtung auf die Brücke über den Stone Creek zu. Wahrscheinlich würde Amanda den Stone Creek entlangfliegen, am alten Beerdigungsplatz vorbei und über die Buckskin Ridge in das weite Tal des Bear River hinein. Und vielleicht würde Amanda bis zur Bergkette auf der anderen Seite fliegen und McGill würde ihnen die Gletscher zeigen und die schroffen Felskämme und verschneiten Gipfel und sie würden über den Glenrose Canyon hinwegfliegen, wo vor vielen Jahren Curly Bill Baker Gold gefunden hatte und wo noch ein paar alte Goldgräberhütten standen.

Die Cessna überflog die Straße nördlich von Leroux' Trading Post. In einem der Seitenfenster tauchte ein Gesicht auf. Ich hätte schwören können, dass es Richards blasses Anwaltsgesicht war, und ich fragte mich, ob er auch heute seine Krawatte trug. Und während ich neben dem alten Leroux stand und dem Flugzeug nachschaute, wünschte ich, ich wäre am McGills Stelle mitgeflogen. Wer hätte ihnen das Karibuland besser zeigen können als ich. Niemand im Dorf kannte es, wie ich es kannte, außer dem Mann, der neben mir stand und seine Zähne auf dem Küchentisch liegen hatte.

Ich machte an der Zapfsäule den Tank voll und kontrollierte das Öl. Die Bremslichtbirne hatte ich auch noch nicht ausgewechselt. Als ich die Motorhaube zuknallte und hineingehen wollte, um zu zahlen, bemerkte ich auf der Straße nach Süden zwei Gestalten, die aus dem Waldschatten herauskamen. Sie waren noch etwa dreihundert Meter entfernt und ich dachte erst, das sind Leute von uns, Indianer, die irgendwo im Busch ein paar Flaschen billigen Fusel getrunken hatten und auf dem Heimweg waren. Es sah aus, als torkelten sie den Straßenrand entlang, und einmal schien der eine den anderen mit sich zu schleppen, ein andermal zog der andere seinen Gefährten am Ärmel weiter. Ich nahm Geld aus meiner Hosentasche und ging auf die Ladentür zu, als Leroux mit seiner Schrotflinte herauskam.

»Sacre nom de Dieu, weißt du, wer da kommt, Kirby?«, stieß er mit krächzender Stimme hervor. »Das sind John und Paul, die beiden Mounties, die mit deinem Bruder Marvin auf dem Weg in die Stadt sein sollten. Und zwar nicht zu Fuß!«

»Bist du sicher?«, fragte ich ihn ungläubig, denn auf diese Entfernung konnte ich nichts Genaues sehen.

»Ich habe mit dem Feldstecher geguckt«, sagte Leroux. »Die sehen aus, als ob sie die ganze Nacht unterwegs gewesen wären.«

Einer der beiden Mounties stürzte. Sein Gefährte blieb stehen, auf unsicheren Beinen schwankend. Als er sich niederbeugte, um dem anderen auf die Beine zu helfen, fiel auch er hin.

Bei den zwei Mounties handelte es sich tatsächlich um John Reeves und Paul Harker, die beiden Mounties, die zusammen mit Konstabler McGill für das Bear-River-Gebiet zuständig waren. Beide waren am Ende ihrer Kräfte, nachdem sie über zwanzig Meilen bei Dunkelheit und eisiger Kälte zu Fuß zurückgelegt hatten und schließlich beim Anblick des Handelspostens von Leroux völlig erschöpft zusammengebrochen waren.

Ich fuhr Reeves und Harker von Leroux' Laden ins Dorf und hatte sie eigentlich auf dem RCMP-Posten abliefern wollen, aber dort war die Tür abgeschlossen, obwohl in McGills Office die Schreibtischlampe brannte und ein Kurzwellenradio lief. McGills Streifenwagen stand auf dem Parkplatz vor der Garage. Am Fahnenmast flatterten der Union Jack und das Ahornblatt im harten Nordwind. Am Ufer des Sees hatte sich über Nacht Eis gebildet.

Die Kirche war aus, als ich Reeves und Harker bei Dr. Alexander ablieferte. Das ganze Dorf lief zusammen. Selbst Lester Kinsley, der sich die Gelegenheit nicht hatte entgehen lassen wollen, den Dorfleuten seine Rechtschaffenheit mit einem Kirchgang zu demonstrieren, wollte natürlich aus erster Hand erfahren, was geschehen war.

Reeves, der in mehrere Wolldecken eingehüllt war und Glühwein schlürfte, beschrieb im Behandlungszimmer von Dr. Alexander in knappen Worten, was auf der Straße beim Sutherland Creek in dieser eiskalten Nacht passiert war.

»Es war schon dunkel. Wir kamen zur Enge am Sutherland Creek. Da lag ein toter Elch mitten auf der Straße. Ich hielt an und Harker stieg aus. Er untersuchte den Elch. Blattschuss. Der Kadaver war noch warm. Harker leuchtete mit der Taschenlampe in den Wald hinein. Es schien niemand in der Nähe zu sein. Ich versuchte mit dem Streifenwagen links am Kadaver vorbeizukommen. Es ging nicht. Die Straße ist eng dort. Da stieg ich aus und nahm unsere Handseilwinde aus dem Kofferraum, um den Elch aus dem Weg zu räumen. In diesem Moment tauchte Robert auf. Er sprang über den Straßengraben und drückte mir die Mündung seines Gewehres in den Rücken. Ich sagte, Junge, jetzt gehst du zu weit. Er lachte nur und sagte, dass niemand seinen Bruder in die Stadt bringt und vor ein Gericht stellt. Wörtlich sagte er: ›Wenn du diese Nacht überlebst, Reeves, sag Kinsley, dass ich ihm die Fahrkarte in die Hölle schon besorgt habe.‹«

Ich sah Kinsley von der Seite an. Er war leichenblass im Gesicht.

»Der Junge ist verrückt«, stieß er hervor.

Reeves fiel die Tasse mit seinem Glühwein fast aus den Händen. Er entschuldigte sich.

»Ich habe kein Gefühl in den Fingern«, sagte er hilflos.

»Das kriegen wir schon hin«, versprach Dr. Alexander.

»Der Junge ist verrückt«, wiederholte Kinsley grimmig. Sein Blick traf mich. »Man hätte ihn wahrscheinlich schon lange einsperren sollen.«

»Er ist unberechenbar«, bestätigte Reeves. »Robert war entschlossen, uns umzubringen, falls wir Widerstand leisteten oder seinen Aufforderungen nicht nachkamen. Ich versuchte ihm ins Gewissen zu reden. Das war absolut zwecklos. Er befahl Harker, den Dienstrevolver aus dem Futteral zu ziehen und ihn auf das Dach des Streifenwagens zu legen. Als Harker zögerte, drehte er beinahe durch. Er schrie, dass er auf drei zählen und dann schießen würde. Es war ihm Ernst damit! Von da an taten wir, was er uns befahl. Harker musste Marvin die Handschellen abnehmen. Dann entwaffneten sie uns beide und Robert befahl uns, im Streifenwagen Platz zu nehmen. Er legte mir ein Eisen an, zog die Verbindungskette durch das Lenkrad und legte die andere Handschelle um Harkers Handgelenk. Dann warf er den Schlüssel in den Straßengraben, öffnete die Motorhaube und zerschmetterte mit dem Kolben seines Gewehres den Zündverteiler. Anschließend machten sie sich aus dem Staub, mit unseren Waffen und mit Harkers Uniformanorak, weil Marvin keine Jacke dabeihatte. Wir konnten uns einige Stunden später befreien, indem wir das Steuerrad mit der Handschellenkette entzweirissen, und dann fanden wir im Graben den Schlüssel …«

Jemand klopfte an der Tür. Das war meine Mutter Sie trug den langen schwarzen Bisammantel mit dem Silberfuchskragen, den sie sich selbst für die Sonntage gemacht hatte. Alle wurden still, als sie eintrat. Kinsley hatte sie wohl noch nie gesehen. Er blickte sie misstrauisch an.

»Ich bin die Mutter von Marvin, Kirby und Robert«, sagte sie. »Man hat mir gesagt, dass etwas Schlimmes geschehen ist und dass meine Söhne Robert und Marvin dafür verantwortlich sind.«

»Es sieht schlecht aus für Robert und Marvin«, sagte Reeves. »Robert überfiel uns auf dem Weg in die Stadt, um seinen Bruder zu befreien. Sie sind beide flüchtig.«

Meine Mutter blickte mich an. Nichts in ihrem Gesicht hätte den Leuten im Raum zeigen können, wie schlimm sie von dieser Nachricht getroffen worden war.

»Kommst du mit nach Hause, Kirby?«, fragte sie nach einer Weile.

Ich ging zu ihr und nahm sie beim Arm.

»Kirby!«

Das war Paul Harker. Er lag zähneklappernd unter einem Berg Decken auf einem Sofa. Sein Gesicht war von aufgeplatzten Frostbeulen bedeckt. Er stemmte sich auf den Ellbogen hoch, als ich mich nach ihm umdrehte.

»Was ist?«, fragte ich.

»Wir kriegen sie«, sagte er. »Verlass dich darauf, Halbmond, wir kriegen diese beiden Verbrecher!«

»Warum sagst du mir das, Harker?«

Harker schluckte. Das Sprechen bereitete ihm Mühe.

»Ich könnte mir denken, dass sie sich irgendwann mit dir in Verbindung setzen«, sagte Harker. Seine Unterlippe platzte auf. Blut lief ihm übers Kinn. »Sag ihnen, dass wir sie jagen werden, Kirby. Wie Wölfe!«

Ich gab ihm keine Antwort. Wir gingen hinaus. Auf der Straße standen Leute. Noch wusste niemand genau Bescheid. Die Leute blickten uns nach. Ich fuhr meine Mutter nach Hause. Mel und Philip waren dort. Ich erklärte ihnen, was geschehen war, und wir fragten uns, wo Marvin und Robert sich versteckt hielten. Es war noch immer furchtbar kalt draußen und Mel berichtete, dass im Radio für die nächste Nacht ein Blizzard angesagt worden war.

»Sie müssen irgendwo Schutz finden«, sagte Mel.

»Vielleicht verstecken sie sich bei Leroux«, sagte Philip.

»Wie kommst du denn darauf?«, fragte ich ihn.

Philip hob die Schultern. »Einfach so. Wenn ich dort draußen wäre, würde ich mich bei Leroux verstecken.«

»Bei Leroux wird McGill zuerst suchen, wenn er zurück ist«, sagte Mel.

»Ich fahr zu Leroux hinaus«, sagte ich.

Mel wollte unbedingt mitkommen.

Marvin und Robert hatten sich bei Leroux nicht blicken lassen. Lavelle war ziemlich verstört. Sie hätte es immer gewusst, dass die ganze Sache noch ein tragisches Ende nehmen würde. Sie umarmte Mel und beide weinten.

Es war Mittag. Über den Hügeln im Norden des Sees zogen Wolken auf. Der Wind war noch stärker geworden. Am Ufer des Sees begann sich Eis zu bilden. Leroux sagte, dass ein Sturm im Anzug wäre. Er spüre es in seinen Gelenken. »Marvin und Robert müssen irgendwo Schutz finden, sonst gehen sie dort draußen vor die Hunde, glaub es mir, Kirby.«

Leroux hatte auch keine Ahnung, wo sich die beiden hätten verstecken können. Es gab zwar einige alte Trapperhütten in den Tälern südlich des Sees, die das Feuer nicht vollständig zerstört hatte, aber die meisten waren seit langer Zeit unbewohnbar und vermochten während eines Wintersturmes kaum genug Schutz zu bieten.

»Jesus, ich weiß auch nicht, wo die beiden sind, Kirby«, sagte Leroux, während er seine verkrüppelten Hände über den Ofen hielt. »Ich wünschte, ich könnte dir weiterhelfen.«

Draußen fuhren mehrere Autos vor. Lavelle ging ans Fenster und schlug die Hände vor dem Gesicht zusammen.

»Oh, du lieber Gott, jetzt machen sie Jagd auf Marvin und Robert«, rief sie aus.

Ich ging zum anderen Fenster. An der Zapfsäule stand der blaue Ford Pick-up von Porter Wilkinson. John Reeves hatte einen Geländewagen der RCMP auf dem Parkplatz abgestellt. Auf der Straße standen der Lieferwagen von Joe Lassiter, McGills Streifenwagen mit Harker am Steuer und mehrere Pick-ups und Jeeps. Es sah fast aus wie in einem Film. So, als hätten sie den Handelsposten von Leroux umstellt. Einige der Männer stiegen aus. Die meisten waren vom Baulager, aber ich erkannte unter ihnen auch ein paar vom Dorf. Wilkinson saß als Beifahrer im blauen Ford, mit einer doppelläufigen Schrotflinte senkrecht zwischen den Knien. Der Fahrer war der blonde Junge, den ich schon im Saloon gesehen hatte. Er rollte das Fenster hinunter.

»Kriegen wir hier Benzin oder was ist?«, rief er ungeduldig herüber.

Lavelle und Leroux blickten sich an.

»Mach schon«, knurrte Leroux.

»Warum gehst du nicht hinaus«, gab sie scharf zurück.

»Weil ich noch nicht einmal angezogen bin, verdammt!«

»Gib mir den Schlüssel«, sagte ich. »Ich geh hinaus.«

Lavelle nahm einen Schlüssel vom Brett und gab ihn mir.

»Wir sollten eine der neuen Computeranlagen haben, die mit den Zapfsäulen gekoppelt sind«, sagte sie. »Dann müssten wir bei diesem Hundewetter nicht mehr hinausgehen.«

Leroux murmelte etwas von zu hohen Kosten. Ich ging hinaus. Da mein Pontiac auf dem Platz stand, waren sie nicht überrascht, als sie mich sahen. Joe Lassiter kam herüber.

»Du weißt nicht zufällig, wo deine Brüder sich verkrochen haben«, fragte er im Tonfall eines Mannes, der sich aufspielen wollte. Er öffnete den Reißverschluss seiner Jacke und zeigte mir, dass er einen Revolver im Hosenbund trug.

Paul Reeves stieg aus dem Geländewagen. Sein vom Frost lädiertes Gesicht war dick mit irgendeiner gelblichen Salbe eingeschmiert.

»Kirby, wir fahren zum Sutherland Creek hinaus und nehmen dort die Fährte deiner Brüder auf«, sagte er. »Wenn du willst, kannst du mitkommen.«

Ich steckte den Schlüssel in die Zapfsäule, öffnete die Arretierung und betätigte den Hebel, der die Anzeigenrädchen auf 0000 drehte.

»Voll machen«, schnappte der Junge mit den langen blonden Haaren. Porter Wilkinson saß steif wie ein Klotz neben ihm, die Nase in einer Mullbinde, die einen dunklen Blutfleck hatte. Er musste durch den Mund atmen.

»Niemand hätte etwas dagegen, wenn du mitkommst«, sagte Reeves. »Schätze, wir erwischen deine Brüder in einer der alten Trapperhütten.«

Ich deutete mit einer Kopfbewegung nach Norden, wo sich am Himmel dunkle Wolken ballten.

»Das Wetter wird schlecht, Reeves«, sagte ich und schob den Zapfhahn in den Einfüllstutzen des Ford. »Es ist ein Blizzard angesagt.«

»Erst in der Nacht. Wenn wir uns beeilen, kriegen wir deine Brüder, noch bevor es dunkel wird.«

Ich gab ihm keine Antwort mehr und er versuchte auch nicht, mich zum Mitgehen zu überreden. Stattdessen gesellte er sich zu den anderen. Sie rauchten und ich hörte Joe Lassiter etwas über meinen Vater sagen und sie lachten alle und ein Flachmann machte die Runde. Sie rauchten und tranken und alle ließen ihre Tanks und ein paar Reservekanister voll machen. Als der letzte aufgetankt hatte, waren meine Finger fast abgefroren. Die Sonne schien nicht mehr. Eine dunkelgraue Wolkendecke hatte den Himmel überzogen. Der Wind brannte auf meinem Gesicht, als ich in den Laden zurückging, wo Lavelle inzwischen das Licht angemacht hatte.

»Wenn sie Marvin und Robert dort draußen erwischen, bringen sie sie womöglich um«, sagte sie.

Ohne dass ich es zugegeben hätte, wartete ich den ganzen Tag und mit zunehmender Unruhe auf die Rückkehr der Cessna. Ich trieb mich zu Hause herum, blätterte in alten Magazinen und Zeitungen, schaute Philip zu, der auf dem Platz vor dem Haus ein paar Kunststücke auf dem BMX-Rad seines Freundes Kevin vorführte, und besichtigte den alten Camaro, mit dem sich Robert in den letzten Monaten beschäftigt hatte. Ich spielte ein wenig mit Blue rum, schaute jedoch immer wieder in die Richtung des Pilot Hill, dessen oberste Kuppe mit dem Umsetzer mehr und mehr von Wolken umhüllt wurde.

Schließlich ging ich mit Blue zum See hinunter. Es war so kalt geworden, dass meine Lungen schmerzten, wenn ich tief einatmete. An den Pfosten und Planken der Bootsstege hingen wulstige Eisgebilde. Heftige Windböen peitschten die Oberfläche des Sees. Wasser sprühte von den Wellenkämmen und verwandelte sich im harten Wind zu Eisnebel. Im Dorf war kaum jemand auf der Straße. Alle Läden waren zu. Die Straßenlaternen brannten schon, obwohl es erst zwei Uhr am Nachmittag war. Vor dem Moosehead Motel stand Susans gelber Käfer, die Scheiben dick mit Eis verkrustet. Der Parkplatz vor dem Bear River Saloon war leer. Die meisten Leute saßen daheim vor der Glotzkiste und schauten sich Eishockey an.

Selbst Blue verging die Lust, herumzulaufen und überall hinzupinkeln, wo seine Konkurrenten hingepinkelt hatten. Er drückte sich gegen meine Beine und machte einen krummen Rücken. Ich sah ihm an, dass er nach Hause wollte.

Der Weg nach Hause führte am Moosehead Motel vorbei.

Karl Jackson stand hinter der Glastür, ausgemergelt und grau. Er rauchte eine Zigarre. Ich erinnerte mich, dass er an Sonntagen schon früher immer Zigarren geraucht hatte. Sozusagen zur Feier des Tages.

Er machte die Tür auf, als ich vorbeiging. Der Wind riss ihn beinahe um.

»Heh, Kirby, was sagst du zu dem Wetter?«, rief er mit heiserer Stimme.

»Das gibt einen Sturm«, sagte ich. Was hätte ich sonst sagen sollen.

»Die Canucks liegen drei zwei vorn«, sagte er.

»Hervorragend«, sagte ich, obwohl mir scheißegal war, ob die Canucks vorn oder hinten lagen. Dass ich Karl Jackson an diesem Sonntag zum letzten Mal sah, wusste ich nicht. Ich dachte mir nur, dass er schon aussah wie eine Leiche und dass er vielleicht den Frühling nicht mehr erleben würde. Das dachte ich mir, obwohl ich nicht wusste, wie es tatsächlich um ihn stand.

Ich ging nach Hause.

Mel hatte einen Kuchen gebacken. Es gab Kaffee. Philip kam nach Hause. Er hatte geraucht. Meine Mutter roch es.

»Philip«, sagte sie, »geh und zieh dir andere Sachen an.«

Er sagte kein Wort und ging in sein Zimmer.

Mel machte den Fernseher an.

Wir tranken Kaffee und aßen Kuchen und wir glotzten in die Kiste. Draußen heulte der Wind. Obwohl unser Haus elektrisch beheizt wurde, wurde es an diesem Nachmittag nicht richtig warm. Auf den Fenstersimsen und an den Scheiben formte sich Eis. Das ganze Haus knisterte, weil die Kälte in die Balken drang. Meine Mutter ließ Blue herein. Blue legte sich neben einen der Heizkörper. Mel gab ihm ein Stück Kuchen.

Es war schon dunkel, als ich aus dem Küchenfenster zur Straße hinunterblickte und die Scheinwerfer der Autos sah, mit denen die Jäger von ihrer Treibjagd auf Marvin und Robert zurückkehrten. Wahrscheinlich hatten sie die Sache bei hereinbrechender Dunkelheit aufgeben müssen. Es schneite nun, obwohl es bitterkalt war. Es schneite nicht in Flocken, sondern in winzigen Eiskristallen, die der Wind gegen die Fensterscheibe prasseln ließ.

Kurz nachdem die Jäger zurückgekehrt waren, kam Leroux in seinem alten Klapperkasten den Weg zu unserem Haus hochgefahren. Er hielt neben meinem Pontiac an. Es knallte zweimal, bevor der Motor ausging. Leroux stieg aus. Er trug einen alten Grizzlyfellmantel und eine Fellmütze. Ich machte ihm auf.

»Sie sind zurück«, sagte er. »Joe Lassiter sind zwei, drei Zehen abgefroren und Wilkinsons Nase sieht aus wie eine faule Kartoffel.«

Meine Mutter bot Leroux Kaffee an.

»Ein Brandy wäre mir eigentlich lieber«, sagte er.

Wir hatten keinen Brandy im Haus, seit Vater tot war. Meine Mutter goss eine Tasse voll Kaffee.

»Das Flugzeug ist noch nicht zurück, Kirby«, sagte Leroux nach einer Weile.

Ich sagte nichts darauf. Er schlürfte Kaffee. Mel machte den Fernseher aus. Für einen Moment war es so still im Haus, dass man Blues Atem hören konnte. Blue schlief.

»Kann ich unter vier Augen mit dir reden?«, sagte Leroux plötzlich in die Stille hinein.

Meine Mutter, die auf dem Sofa saß und an einem Hemd nähte, blickte auf. Leroux verzog sein Gesicht.

»Es ist nichts Schlimmes«, sagte er. »Vielleicht nicht.«

»Vielleicht aber doch«, sagte meine Mutter. »Hat es etwas mit Marvin und Robert zu tun? Sind sie etwa zu dir gekommen, um sich zu verstecken?«

»Nein. Bei mir würden sie sie früher oder später finden.« Leroux erhob sich von seinem Stuhl.

»Ihr könnt in meinem Zimmer reden«, sagte Mel.

Wir gingen in Mels Zimmer. Der Fernseher ging wieder an.

»Was ist?«, fragte ich Leroux.«

Er nahm die Mütze vom Kopf und kratzte sich im Haar.

»Es ist wegen Robert«, sagte er. »Und wegen Lavelle.«

»Was ist mit ihnen?« Ich merkte, wie mir mulmig wurde.

»Er war da, Kirby.«

»Wer?«

»Robert. Gestern Nachmittag, als ich bei der Versammlung war. Lavelle hat mir nur nichts davon gesagt.«

Ich wich seinem Blick aus und sagte nichts.

»Er hat Werkzeug geholt.«

Jetzt blickte ich auf.

»Jesus, verstehst du denn nichts, Kirby!« Leroux packte mich am Arm. »Kinsleys Flugzeug! Robert war gestern Nachmittag hier und das Flugzeug stand unbewacht am See, während alle bei der Versammlung waren.«

Jetzt merkte ich erst, worauf er hinauswollte. Sekundenlang starrte ich ihn an. Dann lachte ich auf.

»Es ist dir ernst damit, nicht wahr? Du glaubst wirklich, dass sich Robert an Kinsleys Flugzeug zu schaffen gemacht hat, damit es abstürzt.«

Leroux seufzte.

»Wozu hätte er sonst das Werkzeug gebraucht, Kirby?« Ich wandte mich von ihm ab.

Minuten vergingen. Im Fernseher war eine Schießerei im Gange.

»Du bist verrückt, Francis«, sagte ich.

»Nein, ich bin nicht verrückt und du weißt es, mon ami! Du bist zurückgekehrt und du hast gedacht, dass hier alles so ist, wie du es dir vorgestellt hast. Du hast gedacht, dass die Leute mit Marvin und dir gegen Kinsley und die CANOIL kämpfen würden, aber du hast dich getäuscht. Die Leute sind anders geworden, Kirby. Auch dein Bruder Robert ist ein anderer geworden.«

»Was willst du damit sagen?«

»Ich will damit sagen, dass Robert keine Grenzen kennt und keine Hemmungen hat. Aus deinem Bruder ist ein ziemlich verschlagener Wolf geworden, Kirby. Nur so lange, wie ihn Marvin an der Leine hatte, war er ziemlich harmlos, aber nach dem Zwischenfall im Baulager, als McGill Marvin festnahm, war er allein dort draußen, mit nur einem Gedanken im Kopf, nämlich, sich an Kinsley zu rächen und gleichzeitig dafür zu sorgen, dass endlich die ganze Welt erfährt, was hier los ist. Jesus, ich habe zwar die gottverdammte Migräne, Kirby, aber mein Verstand funktioniert trotzdem!«

»Wann genau war Robert bei Lavelle?«

»Gestern Nachmittag. Nach fünf.«

»Wie kann er Kinsleys Flugzeug sabotiert und ein paar Stunden später am Sutherland Creek einen Hinterhalt gelegt haben. Das ist zeitlich unmöglich.«

»Frag mich nicht, wie er es getan hat, verdammt. Überleg dir lieber, was du sagst, wenn die Mounties hier aufkreuzen und dir Fragen stellen! Falls das Flugzeug abgestürzt ist, geht es hier nämlich nicht mehr um die Karibus, verstehst du, dann geht es um nichts anderes mehr als um Mord!«

»Wieso hätte Robert das Flugzeug mit Amanda und Susan zum Absturz bringen sollen, Francis«, verteidigte ich Robert.

»Dein Bruder konnte nicht wissen, dass Amanda und Susan heute zum Bear River fliegen, Kirby. Er dachte, Kinsley fliegt heute in die Stadt zurück. Wie hätte er wissen können, dass …«

Draußen wurde Motorengeräusch laut. Ich ließ Leroux stehen und rannte hinaus, aber es war nicht die Cessna, die zurückkehrte. Es war McGills Streifenwagen, der mit durchdrehenden Hinterrädern den frisch verschneiten Weg hochkam. Reeves saß am Steuer. Neben ihm Harker. Sie hielten vor dem Haus. Harker stieg aus. Schneeflocken umwirbelten seine hagere Gestalt.

»Wir haben Probleme, Halbmond«, sagte er mit rauer Stimme. »Kinsleys Flugzeug ist noch nicht zurück.«

Reeves und Harker wussten nichts davon, dass Robert gestern Nachmittag bei Leroux Werkzeuge geholt hatte. Sie kamen her, weil Kinsley nach mir verlangt hatte. Auf der Fahrt zum Posten fragte ich sie, was passiert war, aber sie wussten nur, dass der Kontrollturm des Stadtflugplatzes Notsignale der Cessna empfing.

»Kinsleys Tochter ist entweder notgelandet oder abgestürzt«, sagte Harker. »Und es könnte gut sein, dass es sich nicht um ein Unglück handelt, Halbmond.«

Reeves, der neben Harker saß, drehte den Kopf und blickte mich an.

»Hast du das verstanden, Halbmond?«, fragte er. »Es könnte gut sein, dass jemand sich an Kinsleys Flugzeug zu schaffen gemacht hat.«

»Soll das heißen, dass ihr mich beschuldigt?«, fragte ich zurück.

Reeves grinste schief. Sie sagten nun nichts mehr und ich schwieg auch. In meinem Kopf schwirrten die Gedanken. Konnte es sein, dass Robert tatsächlich an einem Unglück schuld war, das vielleicht vier Menschenleben gekostet hatte? Wozu hatte er die Werkzeuge gebraucht? Er war ein guter Mechaniker, der schon als Junge an alten Autos herumgebastelt hatte. Besaß er jedoch die Kenntnisse, bei einem Flugzeug Funktionsstörungen herbeizuführen, die auf dem nächsten Flug zu schwerwiegenden Flugbeeinträchtigungen führen konnten? Ich wusste die Antwort auf diese letzte Frage nicht und wollte sie eigentlich auch gar nicht wissen. Wenn Amanda notgelandet war, bestand eine kleine Hoffnung, dass alle vier Insassen mit dem Leben davongekommen waren und gerettet werden konnten. Wenn die kleine Cessna im Bear-River-Gebiet abgestürzt war, vielleicht an den zerklüfteten Felswänden der Berge zerschellt war, weil der Steuermechanismus plötzlich versagte oder die Ölpumpe ihren Geist aufgab, dann würde man das Wrack und die Toten, wenn überhaupt, erst im späten Frühling finden, wenn auch am Bear River endlich der Schnee schmolz. Das war die Zeit, wenn die Karibus zurückkehrten, falls dann nicht schon die ersten Bohrtürme der CANOIL errichtet waren und irgendwelche CANOIL-Arbeiter bei einem Sonntagspicknick zufällig auf die Trümmer der Cessna stießen und auf die vier Leichen.

Als wir beim RCMP-Posten ankamen, war ich nicht mehr in bester Verfassung, weil mich die Gedanken an Amanda und Susan beinahe umbrachten. Ich musste mir einreden, dass erstens Robert nichts mit der Sache zu tun hatte, und zweitens, dass Amanda die Cessna auf den Cariboo Flats am Bear River notgelandet hatte und sie alle in dem kleinen Flugzeug ausharrten, bis Rettung kam.

In McGills Büro saß Kinsley an McGills Schreibtisch und telefonierte mit jemandem. Auf einem Polsterstuhl saß sein zweiter Anwalt, Henry C. Pratt, von Monroe, Pratt & Fredericks. Er hatte einen Aktenordner auf den Knien und musterte mich über die Gläser seiner randlosen Brille hinweg mit kalter Geringschätzung.

»Wir sind nebenan, falls wir gebraucht werden«, sagte Reeves und machte die Tür hinter mir zu.

Pratt bot mir einen Stuhl an. Ich blieb stehen.

»Mach weiter, George!«, rief Kinsley ziemlich aufgeregt ins Telefon. »Herrgott, droh ihnen damit, dass wir das Militär alarmieren werden, wenn uns die CANOIL keinen ihrer Rettungshubschrauber zur Verfügung stellen kann. Sag ihnen, dass ...«

Kinsley brach ab und schwieg für einige Sekunden.

»Mir ist das scheißegal, George!«, brüllte er dann. »Mach was, hörst du! Es geht um Amandas Leben, verdammt!«

Kinsley knallte den Hörer auf die Gabel und blickte auf. Er war leichenblass im Gesicht, und obwohl er sich Mühe gab, seine wahren Gefühle zu verbergen, machte er in diesem Moment einen verlorenen Eindruck auf mich.

»Du kannst dir denken, warum ich dich herkommen ließ«, sagte er hart.

Ich schüttelte den Kopf. Ehrlich gesagt, ich wusste nicht, was er von mir wollte.

»Hat dir niemand gesagt, was geschehen ist?«, fragte er.

»Das Flugzeug ist noch nicht zurückgekehrt«, sagte ich.

Pratt räusperte sich.

»Mr. Halbmond, es gibt einen Zeugen, der gesehen haben will, wie sich gestern Nachmittag jemand am Steg herumtrieb, wo Mr. Kinsleys Flugzeug vertäut war.«

»Was habe ich damit zu tun?«

»Sie waren nicht bei der Versammlung, nicht wahr?«

»Nein. Ich war zu Hause.« Ich lächelte. »Wenn ich mich an Mr. Kinsleys Flugzeug hätte zu schaffen machen wollen, hätte ich das bei Dunkelheit getan, und zwar so, dass mich dabei niemand bemerkt hätte.«

»Ich habe nicht gesagt, dass wir Sie verdächtigen, das Flugzeug sabotiert zu haben«, erwiderte Pratt kalt. »Eine genaue Untersuchung wird notwendig sein, um in dieser Angelegenheit Klarheit zu schaffen. Mr. Kinsley ließ Sie herkommen, weil man im Dorf hier der Meinung ist, dass sich niemand im Bear-River-Gebiet besser auskennt als Sie und dass ...«

»Es ist dunkel draußen und es schneit seit drei Stunden«, fiel Kinsley seinem Anwalt heftig ins Wort. »Ein Sturm ist im Anzug. Ich habe versucht eine Rettungsaktion in die Wege zu leiten, aber das ist unter diesen Umständen zwecklos. Die CANOIL, die über mehrere Rettungshubschrauber verfügt, hat mich auf morgen vertröstet, falls der Sturm dann vorbei ist. Ich kann unmöglich bis morgen warten.«

»Etwas anderes bleibt Ihnen wohl kaum übrig«, antwortete ich, so ruhig ich konnte.

»Amanda ist kurz vor Einbruch der Dunkelheit am Bear River gelandet«, fuhr Kinsley fort und zeigte nervös auf die Landkarte, die hinter McGills Schreibtisch an der Wand hing.

»Sie hatte Verbindung zum Kontrollturm in der Stadt und meldete, dass irgendetwas mit dem Öldruck nicht mehr in Ordnung sei. Der Motor setzte einige Male aus. Das Flugzeug befand sich zu dieser Zeit in der Nähe des Glenrose Canyon. Amanda meldete, dass sie die Cessna notfalls im Sumpfgebiet des Bear River absetzen könne, obwohl dort die Seen und Tümpel alle zugefroren und mit Schnee bedeckt seien. Kurz danach brach die Verbindung ab. Das Flugzeug verschwand vom Radar. Zur Zeit empfängt der Kontrollturm nur noch die automatischen Hilferufsignale des Notsenders.«

Kinsley brach ab, ohne den Blick von der Landkarte zu nehmen. In diesem Moment klingelte das Telefon. Pratt griff nach dem Hörer, hob ab und meldete sich.

»Mr. Strickland«, sagte er und reichte Kinsley den Hörer.

Strickland war der Präsident der CANOIL, die ihren Sitz in Alberta hatte. Zwischen dort und hier lagen die Rocky Mountains, ein mächtiger Gebirgszug mit eisbedeckten Felsengipfeln, die über 3500 Meter hoch in den Sturm aufragten. Niemand, der bei Sinnen war, hätte es gewagt, in dieser Winternacht ein kleines Flugzeug oder einen Helikopter über die Rockies zu fliegen. Selbst wenn Kinsley seine Drohung wahr gemacht und das Militär angerufen hätte, wäre zur Rettung seiner Tochter vorläufig überhaupt nichts geschehen. Zwar konnte man den Ort, wo das Flugzeug niedergegangen war, anhand der Notrufsignale ungefähr bestimmen, aber das Bear-River-Tal um die Cariboo Flats war ein unübersichtliches Wildnisgebiet, im Osten begrenzt von den zerklüfteten Berghängen der Rocky Mountains, im Westen von der Buckskin Ridge, die nach dem großen Brand von den Sturmwinden kahl gefegt worden war. Selbst unter normalen Verhältnissen wäre es nicht einfach gewesen, das Flugzeug aufzuspüren, falls es nicht auf den Cariboo Flats notgelandet war, sondern in einem der vielen Seitentäler oder gar in der Enge einer unzugänglichen Steilwandschlucht abgestürzt war.

Auch George Monroe, Kinsleys Freund und Vertrauter, der von seiner Anwaltspraxis in der Stadt aus versuchte, Himmel und Hölle in Bewegung zu setzen, konnte nichts ausrichten, obwohl er den erfahrensten und tollkühnsten Buschpiloten unserer Gegend die großzügigsten Angebote machte. Und das war der Grund, warum Kinsley sich an mich wandte. Er stand mit dem Rücken zur Wand, hatte alle seine Trümpfe ausgespielt und wusste, dass ich seine einzige Chance war, falls er überhaupt noch eine hatte.

Draußen heulten die ersten Sturmböen durch das Dorf.

Das Licht flackerte und ging für einige Sekunden aus. Der Wind rüttelte an der Tür, als hätten sich im RCMP ein paar seiner Opfer verkrochen. Im anderen Büro redete Reeves über Radiofunk mit einem Meteorologen einer entlegenen Wetterstation im Norden. Kinsleys Anwalt zuckte jedes Mal zusammen, wenn das Licht beinahe ausging. Ich sah ihm an, dass er Angst hatte. Er hätte in der Stadt bleiben sollen. Oder in seinem Motelzimmer, wo er unter die Bettdecke hätte kriechen können. Aber hier, in McGills Office, wenn die Balken knarrten und der Wind an der Tür rüttelte, wenn das Licht flackerte und der Sturm aufheulte wie ein hungriger Wolf, war Mr. Henry C. Pratt von der Anwaltspraxis Monroe, Pratt & Fredericks schonungslos seinen Ängsten ausgeliefert. Er war ein feiger Mann, den Kinsley mitgenommen hatte, um hier nach dem Rechten zu sehen. Kinsley merkte es in diesem Moment selbst.

»Der Sturm ist noch nicht einmal da, Henry«, sagte er spöttisch. »Beruhige dich bitte!«

Er erhob sich hinter dem Schreibtisch.

»Wir haben keine Zeit zu verlieren, Halbmond«, sagte er hart. »Amanda ist notgelandet, davon bin ich überzeugt. Im Flugzeug befinden sich weder Decken noch Proviant, um im Sturm längere Zeit auszuharren. Es liegt Schnee dort oben und es leben kaum Menschen in diesem Gebiet, außer einigen Indianern. Die Chancen für Amanda, Susan, McGill und Richard, den Sturm zu überleben, sind gering, wenn ihnen niemand zu Hilfe kommt.« Kinsley brach ab und wartete darauf, dass ich ihm eine Antwort geben würde. Er wartete vergeblich.

»Gut«, sagte er nach einigen Sekunden. »Ich biete dir zehntausend Dollar bar auf die Hand, wenn es dir gelingt, Amanda lebend zurückzubringen.«

»Zehntausend Dollar«, wiederholte Pratt, als fürchtete er, ich hätte Kinsley nicht verstanden.

»Das ist viel Geld, Kinsley«, sagte ich und merkte, wie mir dabei furchtbar heiß wurde.

»Ich bin sicher, dass du dafür Verwendung hast«, sagte er.

Ich brachte es fertig, ihn anzugrinsen.

»Das ist es eben, Kinsley. Wenn du mich fragst, was ich mit zehntausend Dollar tun soll, dann sage ich dir, dass ich sie wahrscheinlich auf ein Bankkonto einzahlen würde.«

»Kein schlechter Gedanke«, lobte er.

»Und da die Bank dir gehört, würdest du die zehntausend Dollar zurückkriegen, sobald ich sie auf die Bank gebracht hätte. Und was würdest du mit den zehntausend Dollar tun, Kinsley? Du hast schon ein Haus auf dem höchsten Hügel. Du hast Autos und Flugzeuge. Du hast …«

»Moment, Halbmond, wenn du mehr willst, dann …«

»Nein, ich will nicht mehr, Kinsley. Ich überlege mir nur, was du mit meinem Geld alles machen würdest, wenn ich es auf die Bank brächte. Vielleicht würdest du einen neuen Straßenhobel kaufen. Oder eine hydraulische Baumschere. Oder würdest du irgendwelche Politiker bestechen, damit sie dir bei den nächsten Wahlen beistehen und du dein Amt in der Regierung kriegst? Vielleicht würdest du dir noch ein paar Freunde kaufen, oder du bezahlst damit eine überhöhte Rechnung deiner Anwälte, die dafür sorgen, dass niemand dich und deine Machenschaften antasten kann. Vielleicht …«

Kinsley hämmerte seine Faust auf den Schreibtisch, dass eine Briefwaage zehn Zentimeter hoch in die Luft sprang.

»Was willst du, wenn es kein Geld ist, Halbmond?«

Ich lächelte längst nicht mehr.

»Deine Tochter!«

Über den Schreibtisch gebeugt, starrte er mich von unten herauf an, als wollte er mir im nächsten Moment die Seele aus dem Leib reißen. Fast eine Minute verstrich, ohne dass sich einer von uns rührte. Kinsley bleckte regelrecht seine Zähne.

»Amanda gehört mir«, zischte er und richtete sich jäh auf. Langsam kam er um den Schreibtisch herum auf mich zu.

»Ich gebe dir zwanzigtausend Dollar!« Dicht vor mir blieb er stehen und er wollte mich bei den Jackenaufschlägen packen, aber ich schüttelte den Kopf.

»Fass mich lieber nicht an, Kinsley«, warnte ich ihn leise.

Er ließ die Arme sinken.

Pratt räusperte sich.

»Es geht um Menschenleben«, sagte er.

Kinsley drehte sich abrupt seinem Anwalt zu. »Halt den Mund, Henry«, sagte er. Henry hielt den Mund.

Reeves klopfte an die Tür und streckte den Kopf herein.

»Ich habe mit meinen Vorgesetzten gesprochen, Mr. Kinsley. Mit dem Motorschlitten geht alles in Ordnung. Soll ich ihn bereitstellen?«

Kinsley nickte. Reeves warf mir einen Blick zu.

»Sag mir, was du brauchst, Halbmond«, sagte er. »Es ist kein Proviant im Flugzeug, keine Decken und nichts. Ich schlage vor, dass du ein kleines Domzelt mitnimmst und einen Kerosinofen und Proviant für mehrere Tage. Außerdem Kleider, Schuhe und Decken. Es kann natürlich sein, dass McGill da draußen bei deinen Leuten Schutz gefunden hat.«

»Die Leute, die noch dort draußen leben, mögen McGill nicht besonders«, sagte ich.

Harker kam herein.

»Jetzt geht es bald richtig los mit dem Sturm«, sagte er. »Das Zentrum befindet sich im Yukon-Territorium. In White Horse ist die Temperatur inzwischen auf minus zweiundzwanzig Grad gesunken.«

Kinsley fuhr sich mit den Fingern durchs Haar.

»Was ist, Halbmond? Zwanzigtausend Dollar für das Leben meiner Tochter.«

Ich schüttelte den Kopf. Harker gab einen Stoßseufzer von sich.

»Sag mir, dass die Straße nicht gebaut wird, Kinsley!«, sagte ich.

»Wenn ich die Straße nicht baue, dann wird sie von anderen gebaut, Halbmond!«, antwortete Kinsley. »CANOIL gibt nicht einfach auf.«

»Wenn du uns nicht im Weg stehst, haben wir eine Chance. Steh uns nicht im Weg, Kinsley, das ist alles, was ich von dir verlange!«

Kinsley starrte mich an, als hätte ich ihm eben die lang gehegte Vermutung bestätigt, dass ich nicht alle Tassen im Schrank hatte. Nur langsam löste sich die Verkrampfung auf seinem Gesicht. Er versuchte ein Lächeln, das ihm kläglich missglückte. Und dann machte er seinen zweiten Fehler. Er streckte mir seine Hand entgegen, als ich bereits dabei war, mich abzuwenden. Schnell zog er die Hand wieder zurück.

13. Kapitel

Der sanfte Tod

Der Versuch, bei diesem Wetter und bei völliger Dunkelheit mit einem Motorschlitten der RCMP das Tal des Bear River zu erreichen, war ein nahezu aussichtsloses Unterfangen. Es sprach für Kinsley und seinen Mut, dass er mich begleiten wollte, aber ich überzeugte ihn davon, dass zu zweit die Chancen noch viel geringer waren, da ich mich letztlich auch um ihn hätte kümmern müssen.

Das Land dort draußen war mir vertraut. Ich brauchte niemand, der mir den Weg zeigte oder mich auf Gefahren aufmerksam gemacht hätte. Wenn ich jemand mitgenommen hätte, dann wäre es Marvin gewesen. Oder Leroux. Aber Leroux war zu alt und Marvin war nicht aufzutreiben. Flüchtig. Ich hätte von Kinsley fordern sollen, dass Marvin und Robert nicht vor Gericht gestellt würden, aber daran dachte ich erst, als ich schon unterwegs war und im heftigen Schneetreiben querfeldein zur alten Furt über den Stone Creek fuhr. Es lag hier unten noch nicht viel Schnee und der Boden unter der dünnen Decke war beinhart gefroren. Ich kam nur langsam voran, weil ich nicht Gefahr laufen wollte, die Raupe an einem Stein oder an einem Baumstrunk zu beschädigen. Im Scheinwerferlicht trieb der Schnee so dicht im Wind, dass ich kaum etwas sehen konnte. Aber ich kannte den Weg. Ich war ihn oft genug mit meinem Vater gegangen.

Der Schnee im Scheinwerferlicht blendete mich. Trotzdem wusste ich, wo ich war. Ich fuhr an jenen Felsen vorbei, wo früher ein Totenhaus gestanden hatte. Die Felsen sahen aus, als wären sie von jemandem aus den Bergen hergetragen und an dieser Stelle abgesetzt worden. Einige lagen herum wie Lebewesen, die im Schlaf zu Stein erstarrt waren. Diese Stelle nannten wir »Platz der lebenden Schatten«. Das Totenhaus war von unseren Leuten gebaut worden, als Schutz für die Geister unserer Vorfahren, die oft hierher kamen und die Felsen zum Leben erweckten, um sich mit ihnen zu vereinen. Das war eine unserer alten Geschichten, von denen es viele gibt. Ich hatte sie als Junge oft gehört, aber ich wusste nicht, ob sie heute noch erzählt wurde.

Ich fuhr langsam an diesem merkwürdigen Platz vorbei. In dieser Nacht war niemand da. Schnee lag auf den Felsen, zwischen denen die knöchernen Stämme toter Bäume aufragten. Auch hier hatte der Waldbrand gewütet. Das Totenhaus existierte nicht mehr.

Um dem Platz auszuweichen, wo unsere Vorfahren begraben worden waren, überquerte ich einen Hügelzug und fuhr ein Stück weit ins Tal des Sawmill Creek ostwärts. Zu meiner Rechten befand sich der Pilot Hill, aber ich konnte ihn nur erahnen. Nicht einmal die roten Blinklichter am TV-Umsetzer konnte ich sehen. Das Tal des Sawmill Creek wurde enger. Ich kannte mich hier gut aus. Eine unserer Fallenstrecken hatte früher durch das Tal geführt. Die steilen Hänge schützten mich etwas vor dem Wind, der an Stärke zugenommen hatte. Je weiter ich das Tal hochkam, desto mehr spürte ich die Kälte. Ich trug zwar einen daunengefütterten Anorak und wollenes Unterzeug, aber die Kälte kroch trotzdem langsam durch alle meine Kleider. Ich fuhr über die Hügel zurück in das

Tal des Stone Creek. Der Platz, wo unsere Vorfahren begraben waren, lag nun hinter mir. Im Schutze einer Bauminsel, die den Brand überlebt hatte, hielt ich an. Die mächtigen Bäume bogen sich im Sturmwind, rieben sich aneinander, knarrten und krachten, als würden die alten Stämme im nächsten Moment bersten. Eis flog im Wind. Ich wagte es nicht, den Motor auszuschalten, aus Furcht, er würde vielleicht nicht mehr anspringen.

Als ich mich vom Sitz erhob, merkte ich, wie steif ich auf der Fahrt hierher geworden war. Meine Glieder schmerzten. Die Knie schienen aus Glas zu sein. Ich wagte es nur, mich mit äußerster Vorsicht zu bewegen, sonst wären meine Knochen vielleicht gebrochen. Langsam stakste ich um den Motorschlitten herum, bis mir etwas wärmer war. Nach einigen Minuten stieg ich wieder auf und fuhr weiter. Das Gepäck, das hinter mir aufgestapelt war, diente mir als Rückenlehne. Der Neuschnee lag hier bereits mehr als zwanzig Zentimeter hoch und unter dem Neuschnee lag eine dünne und vereiste Kruste von Schnee, der in der Nacht meiner Rückkehr gefallen war. Ich kam gut voran, obwohl das Gelände schwierig war und an vielen Stellen steil anstieg. Kurz vor Mitternacht befand ich mich dort, wo zwei kleine Quellbäche sich vereinten und den Anfang des Stone Creek bildeten. Es war einer unserer alten Lagerplätze. Ich hielt an. Trotz des Motorenlärms konnte ich den Sturm hören, der über die Buckskin Ridge hinwegraste. Noch befand ich mich im Schutze der Talhänge, aber vor mir lag der Anstieg zum Buckskin-Pass. Irgendwann, hoch oben über den Tälern, wo Marvin einmal einen Grizzly geschossen hatte, würden wir aufeinander treffen, der Sturm und ich.

Ich aß ein Stück Schokolade als Energiespender. Außerdem hatte ich eine Thermosflasche voll heißem Tee dabei. Ich trank einige Schlucke und wärmte meine Hände an der Flasche. Marvin und Robert fielen mir ein. Sie mussten sich irgendwo vor diesem Sturm in Sicherheit gebracht haben. Ich dachte auch an Amanda und Susan und auch an McGill und den jungen Anwalt. Wie lange würden sie, in ihrem kleinen Flugzeug eingeschlossen, der Kälte trotzen können? Einige Stunden? Oder vielleicht die Nacht hindurch? Ich musste mich beeilen. Hastig verstaute ich die Thermosflasche im Anorak, wo sie mir als Wärmespender diente.

Auf der Passhöhe konnte ich nicht einmal mehr die Hand vor Augen sehen. Es war kurz nach Mitternacht und der entfesselte Sturm wollte mich verschlingen. Ich musste mich mit aller Kraft auf dem Motorschlitten festhalten und einige Male schien es, als hätte sich der Boden unter mir aufgelöst und ich flöge im Wind wie ein Blatt oder wie ein Drachen, dessen Leine gerissen war. Es war kein Schutz hier, wo nicht einmal mehr Gestrüpp wachsen konnte, weil die Sturmwinde im Laufe der Jahre die Erde zu Staub geblasen hatte. Mein Kopf war erfüllt von einem ohrenbetäubenden Lärm, der in meinem Innern zu entstehen schien. Der Sturm heulte und kreischte, als wären Heere von Erdgeistern in den tiefen Schluchten dabei, sich gegenseitig zu Tode zu quälen.

Hier oben schneite es nicht mehr. Der Wind trieb Schleier von Eisnadeln über die kahlen Hügel. Obwohl mein Gesicht mit einer Wollmaske völlig vermummt war, verbrannte er mir die Haut. In meiner Nase und um den Mund herum bildete sich Eis. Meine Augen schmerzten. Ich hatte Angst, stecken zu bleiben. Hier oben wäre es mir nicht gelungen, das Domzelt aufzuschlagen. Hier oben herrschte der Sturm mit unbarmherziger Gewalt.

Die Buckskin Ridge gehörte in dieser Nacht zu seinem Reich. Und es schien, als richtete sich sein ganzer Zorn gegen mich, den Eindringling.

Ich wusste nicht, wie es geschah. Auch später, wenn ich versuchte mich an die Einzelheiten zu erinnern, verließ mich das Gedächtnis in jenem Moment, als der Motorschlitten unter mir ein letztes Mal aufheulte und dann lautlos in einen rasenden weißen Trichter hineinsauste, ohne auf meine verzweifelten Lenkversuche zu reagieren. Sekunden später prallte der Motorschlitten irgendwo hart auf, der Scheinwerfer verlöschte und ich erhielt einen Schlag gegen den Kopf. Der Schlag ist das Letzte, an das ich mich erinnern kann. Danach war Schluss. Aus. Amen.

Später erwachte ich. Nicht viel später. Ich war noch nicht ganz starr gefroren. Nur die Beine konnte ich zuerst überhaupt nicht bewegen. Ich war nicht einmal sicher, ob ich noch Beine hatte. Genau genommen wusste ich nicht einmal, ob ich überhaupt noch am Leben war oder ob der weiße Trichter nichts anderes als ein Strudel in die Unendlichkeit gewesen war, in dem ich mich vom Menschen in einen Geist verwandelt hatte. Die Stimmen, die ich hörte, mussten die ruhelosen Seelen meiner Vorfahren sein; kreischende alte Weiber mit weißen Haaren um den zahnlosen Mund, Männer, die mit lautem Geschrei und mit erhobenen Lanzen und Steinkeulen auf einen brüllenden Grizzly eindrangen, dem das Blut aus dem zottigen Fell lief. Ich versuchte mich aufzurichten, um besser sehen zu können, aber meine Beine versagten mir ihren Dienst und ich tastete mit den Händen herum und fand sie im Schnee und sie waren immer noch ein Teil von mir.

Es war der Sturm, der den Lärm machte, und nicht die Geister. Der Sturm tobte in einiger Entfernung an mir vorbei, als hätte er mich nach kurzem Spiel gelangweilt von sich geschleudert. Obwohl ich in der absoluten Finsternis nichts sehen konnte, ahnte ich, dass ich in einer der Furchen lag, von denen der Buckskin Ridge auf der Ostseite durchbrochen war. Einige dieser Furchen wurden weiter unten zu tief ausgewaschenen Schluchten, die am Fuße der Buckskin Ridge und am Rande der Cariboo Flats ihre Ausgänge hatten. Falls ich meine Beine dazu brachte, sich zu bewegen, und falls sonst nichts gebrochen war, konnte ich also dem Graben talwärts folgen, ohne mich zu verirren oder mich noch einmal der Wut des Sturmes auszuliefern. Ich war hier unten ziemlich geschützt. Auf dem Boden lag Schnee und nur hin und wieder rauschte ein Windstoß wie ein Wasserfall über die Steilwände herunter, aber im Gegensatz zur Hölle, die ich oben bei der Überquerung des Passes erlebt hatte, war hier unten das reinste Paradies.

Ich fing an mich zu bewegen. Meine Beine machten mit. Mein Kopf wurde klarer. Ich erinnerte mich an die Thermosflasche in meinem Anorak. Ich trank, bis ich mich besser fühlte und meine Finger von der Wärme zu schmerzen anfingen, als hätte mir jemand mit dem Hammer auf die Fingernägel geschlagen. Ich bewegte mich mehr, achtete aber darauf, nicht ins Schwitzen zu geraten. Vorsichtig tastete ich mich in der Dunkelheit herum und stieß gegen Felsen und steile Geröllhänge. Über mir tobte der Sturm. Ich blickte hinauf. Es war genauso schwarz über mir wie um mich herum.

»Du kriegst mich nicht mehr da raus!«, rief ich zu ihm hoch. Meine Stimme funktionierte auch noch. Nur die Zehen spürte ich nicht mehr.

Ich ging ein Stück in diese Richtung und ein Stück in die andere. Irgendwo musste der Motorschlitten liegen, mit all dem Gepäck, dem Proviant für die Verunglückten, dem kleinen Domzelt, in dem sie alle Schutz gefunden hätten, und dem Kerosinofen. Ich musste das Zeug finden!

Wenn ich wenigstens die Taschenlampe bei mir gehabt hätte.

Ich suchte herum, fiel in ein Loch und kletterte wieder heraus. Weiter unten stieß ich zufällig gegen den Schlitten. Er hatte sich zwischen zwei Felsen verkeilt. Das Gepäck war nicht mehr drauf. Aber ich fand einen Packen ganz in der Nähe. Er enthielt Lebensmittel. Ich setzte mich hin und aß ein Stück luftgetrockneten Lachs, der in Plastik verpackt war und aus dem Supermarkt stammte.

Ich kroch, rutschte, kletterte und ging manchmal sogar aufrecht talwärts. Dabei schleifte ich alles Gepäck, das ich hatte finden können, in einer blauen Plastikplane eingewickelt, am Strick hinter mir her. Mit dem Auge des Sturmes gesehen, war ich die Ameise, die einen Brotkrümel über Stock und Stein schleppte, ihn manchmal vor sich herstoßend, dann wie besessen an ihm zerrend, wenn er sich an einem Hindernis verfing. Obwohl die Temperatur inzwischen bestimmt auf über dreißig Grad unter null gesunken war, geriet ich ins Schwitzen. Und das war, so wusste ich aus eigener Erfahrung, unter allen Umständen zu verhindern, weil nämlich der Schweiß auf der Haut zu gefrieren begann, sobald die Kräfte nachließen und die körperliche Anstrengung geringer wurde. Dann konnte es geschehen, dass einem das Unterzeug am Leib festfror, ohne dass man mehr spürte als ein anfängliches Brennen, das schon nach kurzer Zeit verging. Und was danach geschah, wusste jeder, der einmal bei Temperaturen von vierzig unter null eine Fallenstrecke abgegangen war. Was danach geschah, nannte man in Fachkreisen Hypothermie. Unterkühlung. Langsamer Tod, leise und sanft und warm. Jeffrey Parker, der alte Trapper, war diesen Tod gestorben. Alle Trapper fürchteten ihn. Er war ein hinterlistiger Gefährte, dessen Sanftmut mit Vorsicht zu genießen war.

Ich öffnete den Reißverschluss meiner Daunenjacke ein bisschen, damit mehr kalte Luft eindringen und die Körperhitze entweichen konnte. Außerdem versuchte ich mit meinen Kräften so sparsam wie möglich umzugehen, keine unnötigen Bewegungen zu machen und mir den leichtesten Weg ins Tal zu suchen, indem ich Hindernisse umging, wenn immer dies möglich war. Oft war es nicht möglich. Ich stieß gegen Felsbrocken, die mir, auf dem Grunde der Schlucht ineinander verkeilt und manchmal haushoch aufgetürmt, den Weg verlegten. Bei Tag hätte ich solche Hindernisse wenigstens abschätzen und mir einen Umweg ertasten können. Es war aber stockdunkel, und so tastete ich mich vorwärts wie ein blinder Maulwurf in seinem Tunnel, kraxelte über verschneites Geröll, zog mich an Felskanten hoch, rutschte in Abgründe hinein, von denen ich nicht wusste, ob sie überhaupt irgendwo aufhörten oder direkt in die Unterwelt der Geister führten.

Die Kräfte ließen nach. Ich spürte es. Manchmal lehnte ich mich völlig erschöpft an eine Felswand, nach Atem ringend, obwohl jeder Atemzug in meinem Innern brannte, als wäre die Luft voll mit giftigen Dämpfen. Meine Beine wollten mich nicht mehr tragen, meine Arme die Last nicht mehr ziehen.

Es wäre einfach gewesen aufzugeben. Ich war schon eine ganze Weile nicht mehr allein. Mein Gefährte hatte seine Arme wie ein guter Freund um mich gelegt und ich spürte die Wärme seines Körpers und ich vernahm seine sanfte Stimme, die mir sagte: »Leg dich hin, Kirby Halbmond, ruh dich eine Weile aus. Nicht lange. Nur ein paar Minuten, bis du wieder zu Kräften kommst.«

»Wenn du etwas für mich tun willst, trag das Gepäck!«, forderte ich ihn auf und warf ihm den Strick zu, aber er lachte nur und der Strick fiel in den Schnee.

Beim nächsten Mal, als die Plane mit dem Gepäck hinter mir zwischen Felsen stecken blieb, setzte er sich einfach hin und schaute zu, wie ich durch den Schnee zurückstapfte und bei den Packen hinfiel. Ich schlug mit dem Kopf gegen einen Stein, aber ich spürte es nicht. Mit beiden Händen tastete ich nach der Plane und ich zog mich an ihr hoch und legte mich bäuchlings quer über die Packen. Nach einer Weile hörte ich ihn kommen und er beugte sich über mich.

»Ruh dich aus«, flüsterte er mir zu.

Ich hob den Kopf und da sah ich ihn zum ersten Mal. Er saß auf seinem alten Motorrad, mit seinen kniehohen Schnürstiefeln, ein Fuß auf der Fußraste, der andere am Boden. Er trug die braune Fliegerjacke mit dem RAF-Abzeichen und ein schwarzes Halstuch, an dem der Wind zerrte.

»Vater«, stöhnte ich, »was tust du hier?«

»Komm, steig auf, Kirby«, sagte er. Er streckte mir eine Hand entgegen und grinste dabei sein wildes Piratengrinsen.

Ich drückte mein vermummtes Gesicht in den Jackenärmel. Mein ganzer Körper zitterte. Ich wusste, dass ich den Morgen nicht erleben würde, wenn ich mich nicht ausruhte.

»Steig auf, Kirby«, hörte ich ihn noch einmal sagen. Ich

hob den Kopf und stemmte mich auf, aber jetzt war er nicht mehr da. Ich packte die Plane mit beiden Händen und zerrte an ihr, bis sich die Packen vom Gestein lösten. Mit letzter Kraft wuchtete ich sie hoch und schob sie auf den verschneiten Felsvorsprung über mir. Allein diese Anstrengung brachte mich außer Atem. Ich wartete etwa dreißig Sekunden, bevor ich begann mich an den Felskanten hochzuziehen. Schließlich kroch ich in meiner eigenen Spur zu jener Stelle zurück, wo mein Gefährte in der Dunkelheit saß. Ich konnte ihn nicht sehen, aber ich spürte seine Nähe. Still saß er da und beobachtete mich. Ich versuchte nicht, ihn wegzujagen. Ich hasste ihn nicht einmal. Er war ein Teil von mir. Wie mein eigener Schatten. Oder eine Erinnerung.

»Komm, wir gehen weiter«, sagte ich keuchend zu ihm und er erhob sich und folgte mir lautlos durch die Schlucht zum Tal des Bear River hinunter.

Es war Tag, als ich das Ende des Canyons erreichte. Es war Tag, ohne dass es richtig hell wurde. Der Sturm raste über die Talebene, die sich im Eisnebel unsichtbar vor mir ausbreitete, über die vielen kleinen und großen Seen, die alle mit Eis bedeckt waren, über die tausend kleinen Zuflüsse des Bear River und die vielen Baum- und Buschinseln. Ich taumelte an der Felswand entlang und der erste Windstoß, der mich voll erwischte, stieß mich von den Beinen. Ich blieb liegen, starrte in das windgefegte Grau hinaus, in dem ich nichts sehen konnte, nicht einmal die Silhouette eines Baumes, die Umrisse einer Erhebung. Nichts.

Keuchend taumelte ich auf die Füße und drückte mich gegen die Felswand. Ich schaute mich nach meinem Gefährten um, aber der war irgendwo in der Schlucht zurückgeblieben, wahrscheinlich dort, wo ich das Gepäck liegen gelassen hatte.

Ich ging nicht zurück. Dazu hatte ich keine Kraft mehr.

»Kommst du oder kommst du nicht?«, rief ich in die Schlucht hinein. Ich erhielt keine Antwort. Da ging ich alleine weiter, und sobald ich aus der Schlucht herauskam und mich die Felsen nicht mehr schützen konnten, fiel der Sturm über mich her, als hätte er die ganze Nacht nur auf diesen einen Moment gewartet.

Vielleicht bin ich etwa drei Meilen weit in die Ebene hinausgegangen, bevor ich hinfiel und mich nicht wieder erheben wollte. Vielleicht waren es auch nur zwei gewesen. Ich bin seither einige Male am Bear River gewesen, aber ich habe weder feststellen können, durch welche Schlucht ich in das Tal gelangt war, noch hatte ich die Stelle ausfindig machen können, wo ich hingefallen war.

Ich lag zusammengekrümmt am Boden und ich hörte ihn kommen. Ich hörte sein altes Motorrad und ich hob den Kopf, als er anhielt, nur ein paar Schritte von mir entfernt. Es war ein schöner Frühlingstag. Sonnenlicht spielte in der Wäsche, die meine Mutter zum Trocknen aufgehängt hatte. Blue grub kläffend ein Loch in den weichen Boden beim Schuppen.

»Die Karibus kehren zurück, Kirby«, sagte mein Vater. Und er streckte die Hand aus und ich ging zu ihm, setzte mich hinten auf sein Motorrad und wir fuhren davon. Wir fuhren vorbei an Leroux' Handelsposten und die Straße zum Stone Creek hinunter, über die alte Brücke und das Tal hoch, auf Pfaden, die nur mein Vater kannte. Ich hätte jubeln können vor Freude, denn ich hatte den ganzen Winter hindurch auf diesen Augenblick gewartet.

Wir fuhren bis zum Ende des Pfades, irgendwo am Fuße der Buckskin Ridge, und von dort aus gingen wir zu Fuß weiter, bis wir oben auf dem Kamm ankamen. Wir setzten uns hin und blickten in die Ferne, hinüber zu den Bergen, und wir brauchten nicht lange zu warten, bis wir den Strom sehen konnten, der sich zusammen mit den langen Abendschatten in das Tal hinein ergoss. Der jedes Jahr wiederkehrende Strom der Karibus, die so zahllos waren wie die Sterne am Himmel, wie die Lachse im Fluss. Mein Vater legte einen Arm um mich und ich lehnte meinen Kopf gegen ihn. Unten im Tal lagen noch Schneereste, aber von den Tümpeln und Seen war das Eis weggeschmolzen und die kleinen Bäche waren angeschwollen mit dem Schmelzwasser aus den Bergen. Hier und dort lag ein Hauch von Grün über der Tundra.

Lautlos, gespenstisch, so als hätten sie ihre lange Reise in meinen Träumen begonnen, zogen die Karibus im Talgrund den Fluss entlang, bis der Strom zum Stillstand kam. Jetzt schien er über die Ufer zu treten und das ganze Tal zu überfluten. Die Karibus waren zurück. Dieser Tag war ein neuer Anfang. Der Beginn eines neuen Sommers.

Ich hörte den Schuss und er brachte mich in die Wirklichkeit zurück.

Mein Vater war nicht da. Der Gefährte, den ich in der Schlucht zurückgelassen hatte, auch nicht. Ich war allein. Mühsam stemmte ich mich hoch und schüttelte den Schnee von mir.

Konnte es sein, dass in meiner Nähe jemand einen Schuss abgefeuert hatte?

Ich blickte mich in alle Richtungen um. Meine eigene

Spur zeigte mir, woher ich gekommen war. Ich ging in entgegengesetzter Richtung weiter und da erspähte ich ihn plötzlich. Er tauchte wie ein Gespenst aus den Eisnebeln auf und war im nächsten Augenblick wieder verschwunden, als ein heftiger Windstoß Schnee aufwirbelte. Ich blieb stehen und starrte in das Schneegestöber hinaus. Und da sah ich ihn wieder. Etwa dreißig Schritte von mir entfernt torkelte er ziellos umher, als suchte er in der Leere nach einem Gegenstand, an dem er sich hätte festhalten können.

Es war McGill. Ich erkannte ihn, als er sich schwankend umdrehte und mir für einen Augenblick das Gesicht zuwandte.

»McGill!«, brüllte ich in den Wind. Er hörte es nicht. Wie ein Schlafwandler stapfte er im Schnee herum, seine Dienstpistole in der rechten Hand, die linke tastend ausgestreckt, als wäre er blind. Der Sturm spielte mit ihm, stieß ihn hierhin und dorthin und jedes Mal, wenn McGill beinahe das Gleichgewicht verlor, hielt er ihn aufrecht.

Ich ging auf ihn zu, langsam, stemmte mich mit aller Kraft gegen den Wind. Er hob die Pistole hoch in die Luft. Der Knall des Schusses ging im Lärm des Sturmes unter. McGill taumelte am Rande einer Böschung entlang, die steil zum Ufer eines zugefrorenen Sees abfiel. Der Wind hatte am Rand der Böschung eine brettharte, eisverkrustete Schneewechte von bizarren Formen gebildet. McGill taumelte rückwärts. Seine Füße durchbrachen die Schneewechte und jetzt verlor er das Gleichgewicht. Er stürzte über die Böschung hinunter und prallte hart auf dem blanken Eis auf.

McGill lebte noch, als ich bei ihm ankam, aber sein Gesicht war zu einer eiskalten Fratze erstarrt, überzogen mit einer glitzernden Kruste aus Eis, die sogar seine Augen bedeckte.

Ich zog ihn in den Schutz der Böschung, nahm die Thermosflasche aus der Jacke und wollte ihm zu trinken geben, aber sein Mund war zugefroren, seine Lippen hart wie Glas. Eisklumpen hingen ihm von der Nase. Ich ließ ihm einen Rest des noch lauwarmen Tees über das Gesicht laufen und ich spürte deutlich, wie er wieder Luft kriegte. Seine Brust hob und senkte sich. Mit jedem Atemzug gab er ein schwaches Stöhnen von sich.

»McGill, wach auf!«, schrie ich ihn heiser an.

Seine Augen waren halb geöffnet und er bewegte jetzt den Mund, als wollte er etwas sagen, aber es kam kein Laut über seine Lippen.

»McGill, wo ist das Flugzeug?«, brüllte ich ihm ins Gesicht, während ich ihn schüttelte. »Was ist passiert? Leben die anderen noch? Verdammt, wach auf, McGill! Ich bin's, Kirby Halbmond!«

Ich zerrte ihn hoch und er hing an mir wie ein nasser Sack und dann fielen wir beide hin. Ich wälzte ihn von mir und packte ihn bei seiner Jacke.

»McGill, wach auf!«, flehte ich ihn an. »Sag mir, wo das Flugzeug ist, McGill!«

»Ich weiß nicht, wo das Flugzeug ist«, hörte ich eine Stimme im Sturm. Ich fuhr herum, aber da war niemand. Ich ließ McGill los und sank keuchend gegen die Böschung. Die zackigen Ränder der vereisten Wechte ragten über mich hinweg. Mir fiel ein, dass McGill sicher nicht wusste, wo das Flugzeug war. Deshalb hatte er die Schüsse abgefeuert, in der Hoffnung, dass sie von jemand gehört wurden. Wahrscheinlich hatte er die anderen zurückgelassen, um Hilfe zu holen. Ich beugte mich über ihn und schleifte ihn am Rand des Tümpels entlang bis zu einer Stelle, wo die Böschung ziemlich flach war. Dort zog ich ihn hoch, aber oben war der Schnee fast einen Meter tief und ich blieb stecken.

»Lass ihn liegen«, hörte ich die Stimme aus dem Nichts. Ich blickte mich um. Mein Gefährte war da. Er hatte mich wieder eingeholt. Er stand einige Schritte entfernt, mehr ein formloser Schatten als eine Gestalt.

»Hast du wenigstens das Gepäck mitgebracht?«, fragte ich ihn.

Ich zog McGill weiter durch den Schnee. Mein Gefährte folgte mir, bis ich schließlich keine Kraft mehr hatte und McGill loslassen musste. Ich fiel neben ihm auf die Knie.

»Geh alleine weiter, Kirby«, forderte mich mein Gefährte mit sanfter Stimme auf. »Ich kümmere mich um ihn.«

»Ja, ich weiß«, sagte ich. »Der Teufel soll dich holen.«

Ich wollte mich erheben, als ich bemerkte, dass McGills Finger immer noch die Pistole umklammerten. Ich packte sie am Lauf und versuchte sie ihm aus der Hand zu ziehen, aber seine Finger waren um den Griff erstarrt. Ich musste sie, einen nach dem anderen, zurückbiegen, bevor es mir gelang, ihm die Waffe wegzunehmen. Ich erhob mich, steckte die Pistole in meinen Anorak und begann langsam am Ufer des Sees entlangzustapfen. Nach einigen Schritten drehte ich mich noch einmal um. Jetzt sah ich meinen Gefährten bei McGill im Schnee kauern. Ich ging schnell weiter.

Die Cessna stand schief und mit einem gebrochenen Flügel zwischen ein paar vereinzelten Bäumen, in denen sie sich verfangen hatte. Ich sah es zuerst gar nicht. Ich sah nur die Bäume, die mit ihrem kahlen Geäst über eine verschneite Böschung hinwegragten. Da in meinen Beinen die Kraft nicht mehr dazu ausreichte, aufrecht zu gehen, kroch ich im tiefen Schnee die Böschung hoch, und als ich auf der Erhebung war und mich erschöpft zum Sterben hinlegen wollte, bemerkte ich plötzlich das Flugzeug. Ich dachte zuerst, das ist eine Halluzination, wie mit meinem Vater auf dem Motorrad. Ich legte mich hin und bedeckte mein Gesicht mit den Händen. Ich wusste, dass ich nicht mehr weitergehen konnte. Nicht einmal kriechen hätte ich mehr können. Ich war am Ende. Der Sturm hatte meinen Willen gebrochen.

Da lag ich und ich wartete darauf, dass mein Gefährte kommen würde. Ich wartete auf seine sanfte Stimme, mit der er mich begrüßen würde wie einen alten Freund. Als er jedoch nach einigen Minuten noch nicht erschienen war, hob ich den Kopf. Alles, was ich vorhin schon gesehen hatte, war immer noch da. Die kahlen Bäume. Das Flugzeug mit dem gebrochenen Flügel. Es war keine Halluzination. Ich rieb mir das Eis von den Augen. Dann erhob ich mich und meine Beine trugen mich. Ich lief auf das Flugzeug zu und ich stürzte und kroch ein Stück und dann kam ich noch einmal auf die Beine und taumelte weiter, aber als ich die ersten Bäume erreichte, fiel ich hin. Ich schlug sanft im Schnee auf und der Schnee war warm wie die weiße Felldecke, mit der mich meine Mutter zugedeckt hatte, als ich klein gewesen war. Ich machte die Augen zu. Die kleine Glocke der alten Kirche läutete. Es musste Sonntagabend sein.

Die Glocke verstummte plötzlich. Ich machte die Augen auf und blickte mich um. Obwohl niemand da war, hatte ich das Gefühl, als ob mich jemand beobachtete. Ich kroch durch das Wäldchen auf das Flugzeug zu, das schon halb vom angewehten Schnee zugedeckt war.

Mit letzter Kraft zog ich mich an der rechten Tragfläche hoch und lugte durch das vereiste Seitenfenster in das Cockpit. Ich konnte nichts erkennen, und da öffnete ich die kleine Tür, aber es war niemand im Flugzeug. Keuchend verharrte ich einen Augenblick, dann versuchte ich in das Cockpit zu steigen, rutschte dabei jedoch aus und fiel nach hinten in den Schnee. Völlig erschöpft blieb ich liegen, öffnete mit der rechten Hand den Anorak und nahm McGills Pistole heraus. Ich hob sie und krümmte den Zeigefinger am Abzug. Mit einem peitschenden Knall löste sich der Schuss. Der Rückschlag war so stark, dass mir die Pistole aus der Hand fiel. Ich richtete mich auf und lehnte mich gegen den dünnen Stamm eines Baumes, um auf meinen Gefährten zu warten. Schon nach wenigen Minuten tauchte er im Schneegestöber auf und dieses Mal sah ich ihn deutlich. Er trug einen langen zottigen Fellmantel, an dem Schneeklumpen hingen. Sein dunkles Gesicht war wie eine Maske aus Holz, mit weißsträhnigen Barthaaren, die ihm lang vom Kinn hingen. Groß und wuchtig ragte er hinter einem Schlitten auf, der von vier kläffenden Hunden gezogen wurde. Ich vernahm den heiseren Ruf, mit dem er die Hunde anhielt. Atemwolken hoben sich von den Mäulern der Hunde, die am Geschirr zerrten.

Ich hob den Kopf. »Worauf wartest du?«, fragte ich ihn. Meine eigene Stimme drang wie durch dichten Nebel an mein Ohr. Ich merkte, wie ich die Besinnung verlor.

Das Erste, was ich sah, als ich aus der Ohnmacht erwachte, war das narbige Gesicht eines Mannes, den ich von früher kannte und als Kind gefürchtet hatte. Ross Lightfoot war es, der sich über mich gebeugt hatte. In seinen schwarzen Augen glühte ein Feuer und aus den großen Löchern seiner Nase kam der Rauch einer Zigarette, die ihm im Mundwinkel von der dicken Unterlippe hing.

»Heh, bist du da, Halbmond?«, fragte er mich in unserer alten Sprache.

Ich hob den Kopf.

»Ich bin da«, sagte ich leise.

Er richtete sich auf und da sah ich im Schein einer Kerosinlampe Amanda stehen und neben ihr Susan und Richard. Sie starrten mich an, als hätten sie mir schon eine Weile beim Auftauen zugesehen, und als ich mich endlich aufgesetzt hatte, umarmten sie sich und weinten.

»Deine Weiber dachten, dass du es nicht schaffst«, sagte Ross Lightfoot. »Ich habe ihnen gesagt, dass du zäh bist wie eine Ratte.« Er humpelte auf seinen Stock gestützt um das Lager herum, nahm eine Flasche vom Regal und zog den Korken mit seinen langen gelben Zähnen heraus. Er trank einen Schluck, wischte sich den Mund mit dem Handrücken ab und hielt mir die Flasche entgegen. »Hier, trink!«, forderte er mich auf. »Das ist echtes Feuerwasser.«

Ich ergriff die Flasche mit beiden Händen und trank einen kleinen Schluck. Ich glaube, meine Augen drehten sich nach innen, denn plötzlich konnte ich nichts mehr sehen.

»Lieber Gott, wollen Sie ihn etwa umbringen?«, hörte ich Amanda sagen und jemand nahm mir die Flasche aus den Händen, während ich beinahe erstickte.

14. Kapitel
Zukunftsträume

Während draußen noch immer der Sturm heulte, erzählten mir Amanda und Susan, was geschehen war. Kurz nach zwei Uhr am Sonntagnachmittag, als Amanda die Cessna an den Westhängen der Berge entlangflog, bemerkte sie, dass die Nadel des Öldruckzeigers wild auszuschlagen begann. Sie meldete ihre Beobachtung sofort über Sprechfunk an den Tower des Stadtflugplatzes und startete zum Rückflug. Kurz danach fiel der Öldruck auf 0 und die Motorleistung ließ merklich nach. Die Cessna hätte auf dem Rückflug zum Stausee fast direkt gegen den zunehmenden Wind aus nordnordwestlicher Richtung anfliegen müssen. Da auch der Drehzahlmesser immer niedriger werdende Werte anzeigte, entschied sich Amanda zur Notlandung auf den Cariboo Flats. Die Sicht war zwar nicht mehr die beste, weil es wieder zu schneien angefangen hatte, aber die zugefrorenen Seen und Tümpel boten sich mit ihrer vermeintlich glatten, schneebedeckten Oberfläche als Landepisten geradezu an.

Kurz entschlossen setzte Amanda zur Landung an. Erst kurz bevor die Cessna aufsetzte, bemerkte sie jedoch, dass die Schneedecke auf dem See von einem Gewirr von Gräben und Rinnen durchzogen war, zwischen denen die windgefegten Schneewechten aufragten, als ob aufgepeitschte Wasser im Sturm von einem Moment auf den anderen zu Eis erstarrt wären. Amanda hatte keine andere Möglichkeit mehr, als die Cessna zu landen. Der Motor ging aus, als die Schwimmer knirschend aufsetzten und die verharschte Schneekruste durchbrachen. Polternd und krachend schoss die Cessna über den See, sprang über die tiefen Gräben hinweg, ackerte mit ihren Schwimmern die Schneewehen durch, verlor schnell an Fahrt und kippte plötzlich zur Seite, als am rechten Schwimmer die Halterungsstreben knickten. Der Schwimmer blieb stecken und die Cessna wurde mit einem scharfen Ruck um ihre eigene Achse geschleudert. Sie drehte sich zweimal wie ein Kreisel, bevor der Schwimmer weggerissen wurde und die rechte Tragfläche so hart auf dem Eis aufprallte, dass der Holm und die Stringer zwischen der Landeklappe und dem Querruder abknickten. Vom Sturmwind gebeutelt, schlitterte die Cessna über den See auf das Ufer zu und blieb schließlich in einem kleinen schütteren Wäldchen zwischen kahlen Bäumen stecken.

Trotz der harten Landung waren Amanda und ihre Passagiere mit dem Schrecken davongekommen. Nur Susan hatte eine Prellung am Knie und eine schmerzende Knöchelverstauchung. Außerdem war die Sprechfunkverbindung mit dem Tower abgebrochen. Amanda versuchte verzweifelt, Kontakt herzustellen, aber das Sprechfunk- und das Funknavigationsgerät waren defekt. Es war ihnen allen klar, dass sie sich in einer nahezu aussichtslosen Situation befanden. Die Bordheizung war in dem Moment ausgegangen, als der Motor abgestorben war. McGill schlug vor, draußen ein Feuer zu machen, aber der Sturm nahm schnell an Gewalt zu und die Temperatur sank auf über zwanzig Grad unter null. Die Kälte drang durch das Aluminiumblech des Flugzeugrumpfes in das Cockpit und verdrängte schnell die darin aufgestaute

Wärme. Susan und Amanda versuchten sich gegenseitig warm zu halten, indem sie zu zweit in Susans übergroßen Strickpullover schlüpften und Susans Mantel über sich ausbreiteten. Richard fand hinter der Rückenlehne der hinteren Sitzbank eine Plane, unter der er zusammen mit McGill etwas Schutz fand. Der einzige Wärmespender war McGills Feuerzeug, das aber schon bald ausging.

McGill überzeugte Amanda, Susan und Richard davon, dass sie nur eine Überlebenschance hatten, wenn es ihm gelang, Hilfe zu holen. Zu Fuß wollte er die Buckskin Ridge überqueren und in den Tälern auf der anderen Seite Hilfe holen. Es war Nacht, als McGill aus dem Cockpit kletterte und im Schneegestöber verschwand. Als der Tag graute, tauchte eine Gestalt aus dem Sturm auf, aber es war nicht McGill, der zurückkehrte. Es war Pete Lightfoot, einer der beiden Lightfoot-Brüder, die im Glenrose Canyon eine Hütte hatten. Susan öffnete die Cockpittür und rief um Hilfe. Pete näherte sich dem Wrack voller Misstrauen und mit dem schussbereiten Gewehr in den Händen, aber schließlich half er Susan und Amanda und Richard aus dem Wrack und er schleppte sie durch das Wäldchen und über einen großen See zur alten Trapperhütte, die sich kaum zwei Kilometer von der Stelle entfernt befand, wo die Cessna zum Stillstand gekommen war.

Hier waren Amanda, Susan und Richard nun in Sicherheit, aber die Sorge um McGill ließ ihnen keine Ruhe. Obwohl sich Pete und Ross Lightfoot weigerten, für einen Mountie einen Finger zu rühren, gelang es Susan und Amanda schließlich doch, Pete dazu zu bringen, die Hunde vor den Schlitten zu spannen und nach McGill zu suchen. Pete fuhr zum Flugzeugwrack zurück, um von dort aus das Tal in Richtung Buckskin Ridge zu durchqueren, aber dann vernahm er den Schuss und er fand mich, einige Schritte vom Wrack entfernt, im Schnee liegen.

Jetzt war nur noch McGill draußen, aber ich wusste, dass es keinen Sinn mehr hatte, nach ihm zu suchen. McGill konnte nicht mehr am Leben sein. Trotzdem überredeten Amanda und Susan Pete dazu, noch einmal in das Tal hinauszufahren. Als ich aus der Ohnmacht erwachte, war er noch nicht zurück.

Ich war sicher, dass er nur noch McGills steif gefrorenen Leichnam bergen konnte, falls er ihn überhaupt fand.

Am Nachmittag kehrte Pete Lightfoot zurück. Ohne McGill natürlich. Da ich es schon gewusst hatte, war ich nicht überrascht. Aber für Amanda und Susan und Richard war es ein echter Schock, als sie durchs Fenster nach draußen blickten, wo Pete die Hunde aus dem Geschirr nahm, um sie in einem Zwinger einzusperren.

»Glaubst du, dass er erfroren ist?«, fragte mich Susan.

Ich nickte.

»Wie kannst du so sicher sein?«, sagte daraufhin Richard. Ich hätte ihm eine Geschichte vom sanften Tod erzählen können, aber ich glaube nicht, dass es mir gelungen wäre, seine Zweifel abzuschwächen. Immerhin war er ein Anwalt und ich hätte ihm keinen einzigen stichhaltigen Beweis für die Existenz des sanften Todes liefern können.

Schneeflocken wirbelten in die Hütte, als Pete Lightfoot hereinkam. Eisklumpen hingen in seinem langen Kinnbart. Er zog den Mantel aus, hängte ihn an einen Haken neben der Tür, hockte sich auf einen Schemel und begann die Lederriemen aufzuschnüren, mit denen die

Schäfte seiner Fellstiefel umwickelt und zugebunden waren. Er sagte kein Wort.

»Warum sagt er nichts?«, wollte Amanda wissen.

»Weil es nicht viel zu sagen gibt«, sagte ich.

Pete zerrte sich die Fellstiefel von den Füßen und stellte sie neben den Kamin auf ein Blech. Dann ging er zum Eckschrank und nahm eine Flasche Brandy heraus. Sein Bruder Ross, der die ganze Zeit still auf seinem Bett gelegen hatte, hob den Kopf.

»Die Weiber wollen wissen, was los ist«, sagte er in unserer Sprache zu seinem Bruder.

»Ich habe ihn nicht gefunden«, antwortete Pete und trank aus der Flasche.

»Er sagt, dass er McGill nicht gefunden hat«, sagte ich zu Amanda, Susan und Richard.

»Ich habe nicht einmal eine Spur von ihm gefunden«, sagte Pete und wischte sich mit dem Handrücken die Lippen ab.

Ross ließ den Kopf aufs Bett zurückfallen.

Pete setzte sich auf einen Stuhl am Tisch, nahm einen Tabakbeutel aus der Hose und begann eine Zigarette zu drehen. Beide taten, als wären wir überhaupt nicht da. Mir machte das nichts aus. Ich setzte mich beim Kamin auf einen Schemel, lehnte den Rücken gegen die Wand und schloss die Augen. Mein Gesicht brannte, obwohl ich es mit einer Salbe eingeschmiert hatte. Wir befanden uns alle in einer ziemlich merkwürdigen Situation, die besonders Richard zu schaffen machte. Er saß auf dem zweiten Bett und bewegte sich, als wäre ihm das Hemd zu eng geworden. Susan saß neben ihm, blass, das Gesicht voller Frostbeulen. Ihre Brille war bei der Notlandung zerbrochen.

»Vielleicht hätte er noch eine Weile länger suchen sollen«, sagte Richard. »Vielleicht ist es McGill gelungen, in einer Bergschlucht Schutz zu finden.«

Ich öffnete die Augen.

»Wie ich schon einmal sagte, Richard, ich habe McGill sterben sehen.«

Er schüttelte den Kopf und da nahm Susan seine Hand in ihre Hände, um ihn zu beruhigen. Amanda kam zu mir herüber und sie kauerte sich bei mir nieder.

Draußen stritten sich die Hunde um Fleischstücke, die ihnen Pete Lightfoot in den Zwinger geworfen hatte. Es klang, als wären sie dabei, sich gegenseitig zu zerfleischen.

Pete trank aus der Flasche und rülpste.

Im Kamin zersprang ein Harzknoten. Funken flogen heraus und verglühten am Boden.

»Wie lange bleiben wir hier?«, fragte Richard.

»Bis der Sturm vorbei ist und man uns sucht«, sagte ich.

»Das kann Tage dauern«, sagte er.

Darauf gab ihm niemand eine Antwort.

Der Sturm dauerte an. Die ganze Nacht hindurch fiel Schnee. Am nächsten Morgen schneite es immer noch, aber der Wind hatte stark nachgelassen.

Ross und Pete Lightfoot verließen die Hütte, um die Fallen im hinteren Glenrose Canyon nachzusehen und sie, wenn nötig, aus dem Tiefschnee auszugraben. Sie nahmen den Hundeschlitten mit.

Der Morgen verging.

Richard schrieb einen Brief an seine Tante Kimberly, die in Florida überwinterte. Der Nachmittag verging. Vergeblich warteten wir auf die Rückkehr von Ross und Pete Lightfoot. Es wurde dunkel.

»Möglicherweise haben sie sich im Schneegestöber verirrt«, sagte Richard später am Abend.

»Du brauchst dir um diese beiden keine Sorgen zu machen«, versicherte ich ihm. Aber er beruhigte sich nicht. Ich schickte ihn hinaus, um Holz hereinzuholen. Nach einigen Sekunden stürzte er wieder herein.

»Ich habe einen Stern gesehen!«, rief er voller Freude und umarmte Susan und küsste sie dabei so stürmisch, als wäre sie schon seit Jahr und Tag seine Geliebte. Es war merkwürdig, wie schnell sich Menschen in einer solch isolierten Situation näher kamen. Ich ging hinaus und holte das Holz selbst, weil auf Richard im Moment kein Verlass mehr war. Tatsächlich erspähte ich einige Sterne am Himmel, der vollkommen schwarz war. Wahrscheinlich hatte die Wolkendecke nun einige Löcher und mit etwas Glück schien morgen die Sonne.

Amanda kam aus dem Haus. Ich zeigte ihr die Sterne. Zwei von ihnen leuchteten besonders hell. »Einer ist für dich«, sagte ich.

»Und der andere ist für dich«, sagte sie und wir küssten uns.

Es hatte mindestens vierzig Grad unter null und wir gingen schnell wieder in die Hütte. In dieser Nacht schliefen Amanda und ich im Bett von Ross Lightfoot. Es war eine der besten Nächte meines bisherigen Lebens. Vielleicht war es auch für Richard und für Susan eine besondere Nacht.

Am nächsten Morgen war Richard der Erste auf den Beinen. Er brachte das Feuer in Gang, füllte draußen den Kaffeetopf mit Schnee und hängte ihn über die Flammen.

»Der Himmel ist vollkommen klar«, sagte er. »Man wird uns heute bergen.«

Ich wusste gar nicht, ob ich geborgen werden wollte

oder nicht. Amanda und ich blieben im Bett, bis draußen der Tag graute. Als die Sonne aufging, verließen wir alle die Hütte und schauten in das Tal des Bear River hinaus, auf dem das Licht der Sonne glitzerte und funkelte.

Auf der anderen Seite des Tales hob sich die Buckskin Ridge in den wolkenlosen Himmel. Das Wrack der Cessna konnten wir von hier aus nicht sehen, weil uns die steilen Hänge des Glenrose Canyon die Sicht versperrten.

Zweieinhalb Stunden nachdem die Sonne aufgegangen war, flog das erste Flugzeug über die Buckskin Ridge hinweg in das weite Tal des Bear River hinein. Wie ein Verrückter rannte Richard zum Ausgang des Canyons und fuchtelte dabei mit beiden Händen wild in der Luft herum.

Wir wurden endlich knapp vor halb eins am Nachmittag gerettet, als ein knallroter Hubschrauber der CANOIL über den Glenrose Canyon hinwegflog und Richard vom Piloten gesichtet wurde, weil er einen orangefarbenen Skianorak trug.

Inzwischen wimmelte es über dem Tal des Bear River von Kleinflugzeugen und Helikoptern und es war schon fast ein Wunder, dass es nicht zu einem Zusammenprall in der Luft kam oder sonst ein Unglück passierte. Auch das Wrack der Cessna wurde gesichtet, obwohl es fast ganz vom angewehten Schnee zugedeckt war. Mehrere Flugzeuge, die mit Kufen versehen waren, landeten auf dem See. Ein Hubschrauber von CBC spuckte ein ganzes Kamerateam aus, inklusive Reportern. Da ich keinen Bock darauf hatte, den Leuten Geschichten zu erzählen, stürzten sie sich auf Amanda und Susan und Richard. Susan war natürlich für eine solche Gelegenheit gewappnet. Sie erzählte von den engen Beziehungen zwischen den Leuten, die in diesem weiten Land lebten, und den Karibus, die den Sommer im Tal des Bear Rivers verbrachten. Sie erzählte von der Bedeutung, die unberührte Wildnisgebiete in der Zukunft der Menschheit haben würden. Sie las aus ihrem Notizblock ein 10-Punkte-Programm vor, wie die Cariboo Flats als ein ursprünglicher Teil der Schöpfung geschützt werden konnten, ohne dass die Ölgesellschaften auf ein einträgliches Geschäft zu verzichten brauchten. Ich hörte ihr zu und ich bewunderte sie und gleichzeitig wusste ich, dass die Welt von diesem Tag an auf Susan und auf Marvin hören würde. Niemand konnte sie mehr zum Schweigen bringen. Niemand konnte verhindern, dass ihre Botschaft gehört wurde, in den Städten und Dörfern und den Büros der großen Wirtschaftsbosse, in den Banken, in den Millionen von Autos, die irgendwo im Stau standen, an den Tankstellen und in den Häusern der Reichen und der Armen und überall, wo Menschen vor der Flimmerkiste hockten oder das Radio eingeschaltet hatten oder vielleicht die Zeitung lasen.

Bevor wir uns alle in den Rettungshubschrauber begeben konnten, musste ich doch noch vor der Kamera ein paar Sachen erzählen, aber ich machte es kurz und sagte nur, dass meine Rettungsaktion auch hätte schief gehen können und dass ich Glück gehabt hatte, mehr Glück als Konstabler William McGill, der irgendwo im Tal unter dem Schnee begraben war.

Um es vorwegzunehmen, man suchte einige Tage nach McGills Leichnam, fand ihn aber nicht, obwohl das Wetter für eine solche Suchaktion hundertprozentig geeignet war. Es schneite nämlich nicht mehr, aber es blieb unwahrscheinlich kalt. Auch im Frühling, als der Schnee schmolz, blieb McGills Leichnam unauffindbar. Ein Trapper entdeckte nur seine Armbanduhr und sein Abzeichen am Ufer eines der vielen Quellbäche des Bear River und später, im Herbst, wurde seine Sonnenbrille gefunden.

Der Rettungshubschrauber wollte uns in die Stadt überführen, aber Susan bestand darauf, dass man uns ins Dorf zurückbrachte.

»Man hat aber angeordnet, euch alle in die Stadt zu bringen«, sagte der Notarzt.

Susan erwiderte darauf, dass es ganz gewiss im Interesse von CANOIL wäre, uns in die Stadt zu überführen, damit wir in nächster Zeit vom Schauplatz der Dinge fern gehalten werden konnten. Der Pilot unterhielt sich daraufhin über Sprechfunk mit dem Einsatzleiter und schließlich erhielt er die Bewilligung, uns ins Dorf zu fliegen.

Wir landeten auf dem Platz vor dem RCMP-Gebäude und dort erwartete uns das ganze Dorf und es war eine ganze Meute von Zeitungsreportern zugegen und mehrere TV-Mannschaften. Blitzlichter zuckten auf, als wir ausstiegen, und Harker und Reeves hatten alle Hände voll zu tun, die Leute zurückzuhalten. Lester Kinsley war auch da. Er umarmte Amanda und ich bemerkte, dass ihm dabei Tränen über das Gesicht liefen. Schließlich kam er zu mir und bot mir seine Hand an.

»Was ist?«, fragte ich.

»Danke«, würgte er hervor.

Die Szene kam in den Abendnachrichten, wahrscheinlich überall im ganzen Land. Man zeigte auch ein Bild von McGill, der als Held um sein Leben gekommen war. Und anschließend gab es einen Spezialreport über die Karibus und über das Tal des Bear River und darüber, wie man es gegenüber den Eingriffen der CANOIL schützen konnte. Der Report wurde direkt aus Vancouver gesendet, wo sich Vertreter der CANOIL, der Regierung und mehrerer Umweltorganisationen trafen. Die Sache war groß aufgezogen. Die Beteiligten diskutierten heftig, tranken Wasser, beschuldigten sich gegenseitig, die Welt kaputtzumachen, entweder durch ein übersensibles Umweltschutzempfinden oder durch gewissenloses Profitdenken. Man sprach vom Amazonasgebiet, von den verseuchten Weltmeeren, den sterbenden Wäldern und der giftigen Luft über Los Angeles. Man sprach von Überbevölkerung, von Hungersnot und von Naturkatastrophen, und je länger man redete, desto weiter entfernten sich die Diskussionsteilnehmer vom Bear River. Als die Sendung zu Ende ging, schien kaum einer mehr zu wissen, dass es um ein kleines, einzigartiges Stück unserer Welt ging, das zufällig zu meiner Heimat gehörte.

Am nächsten Tag flogen Amanda und ihr Vater zurück in die Stadt.

Susan wurde nach Vancouver eingeladen, wo sie an einer großen Diskussion teilnehmen sollte. Die Reporter belagerten unser Haus. Andrea kam im Fernsehen. Sie weinte um McGill und die Tränen verschmierten ihr ganzes Gesicht. Man machte auch ein Interview mit Philip. Philip saß auf Kevins BMX-Rad und sagte, dass er sich keine Sorgen um Marvin und Robert machte. »Die tauchen schon wieder auf, wenn mal Gras über die Sache gewachsen ist«, sagte er kaltschnäuzig. »Und außerdem glaubt sowieso niemand, der alle Tassen im Schrank hat, dass Robert Kinsleys Flugzeug sabotiert hat.«

Der ganze Zirkus dauerte mehrere Tage. Alle kamen irgendwann einmal im Fernsehen. Lassiter in seiner Würstchenbude sprach von Geschäftseinbußen, falls die Straße zum Bear River nicht gebaut würde. Karl Jacksons Frau klimperte mit den aufgeklebten Wimpern und redete von der Zukunft, als könnte sie sich diese wie eine ihrer Perlketten um den Hals hängen. Und der alte Leroux bekam Gelegenheit, von seinen Abenteuern in jener Zeit zu erzählen, als es den Stausee noch nicht gab und ihn das Gelenkrheuma noch nicht zum Krüppel gemacht hatte.

Nach und nach zogen die Reporter ab. Es wurde wieder still im Dorf.

Susan schrieb aus Toronto und aus Ottawa. Ihr Bericht über die Cariboo Flats im Tal des Bear River sollte in einem internationalen Magazin erscheinen.

»Verlass dich darauf, Kirby«, schrieb sie, »die ganze Welt hört von uns. Wir machen gewaltige Fortschritte und ich bin absolut davon überzeugt, dass die Karibus im Frühjahr wieder in das Tal des Bear River kommen. Vielleicht ist es dann schon ein Naturschutzgebiet.«

Amanda telefonierte jeden Tag. Sie sagte mir, dass ihr Vater den Vertrag mit der CANOIL aufgelöst hatte und seine Baufirma die Straße nicht bauen würde. Außerdem verzichtete er auf eine Klage gegen Marvin und Robert. Jetzt waren es nur noch die Mounties, die sich Robert vorknöpfen wollten. Man stellte einen Haftbefehl gegen ihn aus.

Ich fuhr zum Handelsposten von Leroux hinaus.

Leroux stand in seinem Laden vor den Regalen mit all den Tennisschuhen und den Mickey-Mouse-Uhren und den Videofilmen.

»Wenn ich das Zeug nicht verkaufen kann, bin ich bald pleite«, sagte er säuerlich.

Lavelle kam in den Laden.

»Heißt das etwa, dass wir Paris nie zu sehen kriegen, den Louvre und den Eiffelturm und alles?«

Leroux hob die Schultern.

»C'est la vie, ma cherie«, sagte er und gab ihr einen Kuss.

Leroux und ich gingen hinaus. Es hatte leicht zu schneien angefangen. Ein kalter Wind wehte von Norden her über den gefrorenen See. Die Sonne stand tief über dem Land und schien blass durch die Wolken und den Schnee.

»Bleibst du hier?«, fragte mich Leroux plötzlich.

»Was soll ich sonst tun?«, gab ich zurück.

»Jesus, du bist jung, Kirby. Dein Leben hat erst kürzlich angefangen. Ich erinnere mich an den Tag, als dein Vater in den Bear River Saloon kam und herumbrüllte, dass er schon wieder einen Sohn hat. ›Dann gib mal eine Runde aus, James‹, habe ich zu ihm gesagt, und siehe da, er gab eine Runde aus und dann haben wir alle zusammen gefeiert, bis wir umfielen.«

Leroux legte mir eine Hand auf die Schulter.

»Vielleicht wird man die Straße nicht bauen, Kirby«, sagte er. »Nicht in diesem Jahr und vielleicht auch nicht im nächsten Jahr. Aber eines Tages wird man sie bauen und dort draußen am Bear River werden die Ölpumpen stehen und die großen Tanks und dann wird man vielleicht sogar eine Pipeline bauen, bis hinunter ins Flachland, wo die großen Raffinerien stehen. An deiner Stelle würde ich nicht hier bleiben, Kirby.«

»Wohin sollte ich gehen, Francis?«

Er hob die Schultern. »Irgendwohin. Geh hinaus und such eine neue Welt. Diese hier geht nämlich kaputt.«

»Es gibt keine andere Welt, Francis«, sagte ich.

Ich ging zu meinem Pontiac, setzte mich hinters Steuer und fuhr davon. Ich fuhr im Schneegestöber zum Ufer des Sees hinunter. Dort parkte ich den Pontiac. Wenn es eine andere Welt gibt, dann gehört sie den Toten, dachte ich. Meinem Vater und den anderen, die im alten Dorf zurückgeblieben waren.

Eine ganze Weile starrte ich auf den See hinaus ins Leere. Schließlich fuhr ich nach Hause und packte mein Zeug zusammen. Meine Mutter kam aus der Stube in das Zimmer. Sie schaute mir schweigend zu und sie wusste, dass ich weggehen würde.

Am Abend, kurz bevor es dunkel wurde, verabschiedete ich mich von ihr und Mel und von Philip. Ich fuhr den Weg hinunter und Blue lief hinter dem Pontiac her bis zur Hauptstraße. Dort blieb er stehen. Ich sah ihn im Rückspiegel, während ich langsam durchs Dorf fuhr, vorbei am Supermarkt, wo Andrea an der Kasse arbeitete, vorbei am Bear River Saloon und am Moosehead Motel.

Beim Handelsposten von Leroux hielt ich noch einmal an und machte den Tank voll. Danach wollte ich erst wieder anhalten, wenn ich in der Stadt war. Vielleicht vor Amandas Tür.